# DER KILLER VON KÖLN

Sebastian Schmidt, geboren 1985 in Düren, ist im Herzen schon immer Kölner gewesen. Fünfzehn Jahre lang war er in der Redaktion und im Marketing der Mediengruppe RTL Deutschland tätig. 2020 beschloss er, seine Leidenschaft, das Schreiben, zum Vollzeitberuf zu machen, und arbeitet seither als selbstständiger Autor und Werbetexter.
www.schmidtwiemüller.de/sebi-schmidt

SEBASTIAN SCHMIDT

# DER KILLER VON KÖLN

*Kriminalroman*

emons:

**Bibliografische Information der Deutschen Nationalbibliothek**
Die Deutsche Nationalbibliothek verzeichnet diese Publikation in der Deutschen Nationalbibliografie; detaillierte bibliografische Daten sind im Internet über http://dnb.d-nb.de abrufbar.

MIX
Papier aus verantwortungsvollen Quellen
FSC® C083411


Umschlagmotiv: istockphoto.com/horstgerlach
Umschlaggestaltung: Nina Schäfer, nach einem Konzept von Leonardo Magrelli und Nina Schäfer
Umsetzung: Tobias Doetsch
Gestaltung Innenteil: DÜDE Satz und Grafik, Odenthal
Lektorat: Dr. Marion Heister
Druck und Bindung: CPI – Clausen & Bosse, Leck
Printed in Germany 2021
ISBN 978-3-7408-1251-5
Originalausgabe

Für Nina und Flo

## Prolog

Niemals zuvor hatte sie so einen Hunger verspürt. Ihr ganzer Körper schrie nach Nahrung. In den ersten Tagen waren die Schreie kaum zu ertragen gewesen. Erst mit der Zeit gewöhnte sie sich daran, ihr Körper gewöhnte sich daran. Sie hatte viel über Askese gelesen, Mönche, die auf Essen verzichteten, um eine höhere geistige Ebene zu finden. Doch bei Nicole war es anders. Sie war hier, um den Tod zu finden. Sie starrte eine der beiden Betonwände des kleinen Raumes an, in dem sie eingeschlossen war. Das trostlose Grau passte zu ihrer ausweglosen Situation. Die einzigen Lichtquellen waren eine Neonröhre in der Ecke und das spärliche Tageslicht, das unter der schweren Stahltür zu ihr hereinkriechen konnte. Es war schwer, den Tag-Nacht-Rhythmus einzuhalten. Trotz der Dunkelheit in ihrer Zelle hatte sie die ersten Nächte gar nicht geschlafen. Aus Angst. Und vor Kälte. Die dünne Isomatte, die das Monster ihr überlassen hatte, hielt die Kälte des kahlen Steinbodens kaum fern. Eine Sitzmöglichkeit bot der ansonsten leer stehende Raum nicht, und so drang die Kühle erbarmungslos in ihren Körper ein. Zumindest hatte das Monster ihr die Kleidung gelassen. Etwas, wofür sie dankbar war. Auch wenn ihr bei dem Gedanken übel wurde, dafür Dank zu empfinden.

Nicole starrte gedankenverloren die Stahltür an, die sie von der Freiheit trennte. Das war ein Automatismus. Jedes Mal, wenn sie an das Monster dachte, schaute sie zur Tür. Sie hatte es nie zu Gesicht bekommen, nur manchmal hörte sie Schritte und sah einen Schatten durch den Bodenritz der Tür. Das quälte sie mehr als Hunger und Kälte zusammen. Sie wusste nicht, warum sie hier war. Klar hatte sie sich in ihrem Leben Feinde gemacht, und ihre Familie war durchaus wohlhabend, aber war das Grund genug, ihr das anzutun? Beim ersten Besuch des Monsters war Nicole noch voller Hoffnung, dachte, ihre

Rettung wäre da. Sie klopfte gegen die Tür, schrie um Hilfe. Erst als sie ein wegfahrendes Auto hörte, wurde ihr klar, dass es aussichtslos war. Beim zweiten Besuch war sie besser vorbereitet. Sie wollte Antworten. Erst flehte sie. Als eine Reaktion ausblieb, änderte sie die Strategie. Brüllte, fluchte und provozierte. Doch die andere Seite der Tür blieb stumm. Bei den nächsten zwei Besuchen war es dann Nicole, die stumm blieb. Sie ließ den dunklen Schatten an der Tür vorbeiziehen und atmete erst wieder, als das Auto sich entfernte. Dennoch fragte sie sich, warum das Monster immer wiederkam. Es dauerte etwas, bis sie verstand. Sie sollte sterben, und es wollte dabei sein.

Mittlerweile hatte Nicole sämtliches Zeitgefühl verloren. Sie stand auf und ging zu der rostigen Wasserleitung, die genau gegenüber der Tür aus der Wand kam. Sie brauchte einige Sekunden, bis sie sich wieder fing. Mehr als einmal war sie umgefallen. Ihr Kreislauf spielte nicht mehr mit, eine Folge des Nahrungsmangels. Sie stellte ihren dreckigen Becher unter den Wasserhahn und drehte ihn auf. In ihrem alten Leben hätte sie dieses gelbliche Wasser niemals runterbekommen. Doch hier, in diesem wahr gewordenen Alptraum, hielt es sie am Leben. Sie lehnte sich gegen die Betonwand und dachte unter hämmernden Kopfschmerzen nach. Wie lange war sie nun hier? Mit einem Mal versetzte es ihrem Herzen einen Stoß. Der 3. April. War das heute? Konnte das sein? Schon mehrfach hatte sie darüber nachgedacht, mit einem kleinen, spitzen Stein eine Strichliste im Steinboden einzuritzen. Ein Strich für jeden Tag. Doch den Gedanken hatte sie bisher immer wieder verworfen. Anfangs, weil sie sich sicher war, dass sie nur kurz eingesperrt sein würde. Später, weil sie die Vorstellung frustrierte, täglich auf die vielen Striche zu starren. Jetzt ärgerte sie sich, dass sie es nicht gemacht hatte. Sie begann die vergangenen Tage zu rekonstruieren. Jeder Gedanke, der durch ihr Hirn schoss, bereitete ihr Schmerzen.

Am 19. März hatte alles begonnen, da war sie sich sicher. Sie war an dem Tag noch mal in ihrer Agentur gewesen. Normalerweise arbeitete sie sonntags nur, wenn Events stattfanden, aber ein Kunde wollte bis Montagfrüh ein Konzept haben. Es ging um eine Firmenfeier. Sie verließ die Agentur gegen einundzwanzig Uhr und wollte schnell nach Hause. Zu Johanna. Bei dem Gedanken begann Nicole zu weinen. Normalerweise brachte sie nichts zum Weinen, aber seitdem sie an diesem Ort war, weinte sie viel. Und heftig. Es war nicht einmal die Angst vor dem Tod, sondern der Essensentzug, der sie so dünnhäutig werden ließ. Meistens wurde das Weinen schnell zu einem Schluchzen und das Schluchzen zu einem verzweifelten Schreien. Aber nicht jetzt.

Nicole riss sich zusammen. Sie musste wissen, welches Datum heute war. Es war nicht so einfach, die vergangenen Tage nachzuvollziehen.

Für jeden Tag machte sie einen Strich. Sie ging sie noch mal durch. Und noch mal, bis sie sich sicher war. Sie zählte die Striche. Fünfzehn. Wieder begann sie zu weinen. Es war der 3. April. Johanna wurde heute neun Jahre alt. Und ihre Mutter war nicht bei ihr.

Nie wieder würde sie bei ihr sein.

# 1

Als er die Augen öffnete, schaute er auf die vergilbte Raufasertapete an der Decke. Fast zwei Jahre war es nun her, dass er Paula einen Antrag gemacht hatte. Er starrte auf einen gelben Fleck, der sich in die Tapete fraß. Er war ihm nie wirklich aufgefallen. Ein Jahr wohnte er jetzt schon hier. Er überlegte, ob es sich länger oder kürzer anfühlte. Eigentlich war es auch egal.

Marc hasste es, in dieser Wohnung wach zu werden. Auch nach all der Zeit hatte er sich nicht daran gewöhnt, brauchte jeden Morgen einige Sekunden, um zu realisieren, wo er war. Er nahm das Handy, das neben seinem Bett auf dem Boden lag, und schaute aufs Display. Es war fast zwölf. Er musste grinsen. Um die Uhrzeit waren Paula und er damals gerade in Barcelona. Er war so nervös gewesen und hatte alles genau durchgeplant. Erst das Essen in dem schicken Restaurant an der Plaça Reial. Danach war er mit ihr zum Park Güell gefahren. Die Fahrt bis zur berühmten Parkanlage von Antoni Gaudí dauerte ewig. Er fragte sich heute noch, wie er es geschafft hatte, zwischen den Scharen an Touristen die kleine, romantische Ecke zu finden, in der er mit Paula ganz allein sein konnte. Er war noch nicht ganz auf den Knien angekommen, da hatte sie ihm schon ein lautes »Ja« entgegengeschrien.

Marc setzte sich auf, und der Raum begann sich zu drehen. Er hatte zu viel getrunken. Wieder. Er war arbeitslos, von der Verlobten verlassen worden und auf dem besten Weg, ein Alkoholproblem zu entwickeln. Aber das Schlimmste war dieses stinkende Loch von Wohnung. Hätte ihm damals in Barcelona jemand gesagt, was aus ihm werden würde, hätte er das niemals geglaubt. Früher hatte Marc höchstens über solche gescheiterten Existenzen in seinen Reportagen geschrieben. Meist mit einem Touch Sarkasmus und Überheblichkeit. Erst seit seinem Absturz hatte er so was wie Demut gelernt.

Marc stand auf. Zum Schwindel gesellten sich starke Kopfstiche hinzu. Dabei hatte er nur Bier getrunken. Den Schnaps hatte er wegen des Termins weggelassen. Nichts zu trinken kam ihm nicht in den Sinn. Die Vögel machten bestialischen Lärm vor seinem Fenster, der nur von dem Quietschen der bremsenden Straßenbahn übertönt wurde. Marc stand auf und machte sich einen Kaffee. Er hätte nicht aufstehen müssen, denn von seinem Bett aus war die Kochnische seiner Wohnung nur eine Armlänge entfernt.

Mit dem fertigen Kaffee setzte er sich auf die Bettkante. Mit jedem Schluck spürte er seine Lebenskräfte zurückkommen. Er schaute in die deprimierenden fünfunddreißig Quadratmeter seines Lebens.

Paula und er hatten geplant, gleich nach der Hochzeit Eigentum im Kölner Speckgürtel zu suchen. Das Kapital war da, und sie hatten sich bereits umgeschaut. Ein gutes Jahr später schlief er nun einsam neben dem Abwasch der letzten drei Tage. Immerhin rauchte er nicht in der Wohnung. Der gelbe Fleck an der Decke konnte also nicht von ihm sein. Er überlegte, ob ihn das jetzt freuen oder beunruhigen sollte, und zog die Jeans an, die er am Abend achtlos neben dem Bett abgestreift hatte.

Als Paula ihn vor die Tür gesetzt hatte, dachte Marc noch, es sei nur eine Phase, eine Meinungsverschiedenheit zweier Liebenden. Er wusste, was er getan hatte, was aus ihm geworden war, aber er hätte nie gedacht, dass sie ihn wirklich verlassen würde. Als er damals nach dem Streit den Mietvertrag unterschrieben hatte, war ihm völlig egal gewesen, wo sein Übergangsquartier war, solange es ein Bett und eine Dusche hatte. Und die kleine Wohnung am Kölner Barbarossaplatz, die er im Internet gefunden hatte, war billiger, als in den überteuerten Kölner Hotels abzusteigen. Er hatte sie nicht mal besichtigt, so sicher war er sich, dass Paula ihn nach ein paar Tagen wieder nach Hause zurückholen würde.

Nach einer Katzenwäsche in dem grellgrünen, fensterlosen Badezimmer und dem Versuch, seine Frisur zu richten, verließ

Marc seine Wohnung. Er schloss nie ab. Es erschien ihm sinnlos, da jeder die dünne Holztür hätte auftreten können, wenn er hätte eindringen wollen. Und selbst wenn, was sollte man ihm schon stehlen? Das einzige von Wert war sein Laptop, und den trug er immer in seiner Umhängetasche bei sich.

Marc entschied, zu Fuß zu gehen, um noch ein wenig auszunüchtern. Nach dem Katastrophenjahr ohne Paula und nachdem seine Ersparnisse sich langsam dem Ende zugeneigt hatten, war er fest entschlossen, wieder in die Spur zu kommen. Auch wenn sein Ruf in der Branche beschädigt war, hatte er anfangs noch gedacht, ein Jahr würde reichen, um Gras über die Sache wachsen zu lassen.

Er zündete sich eine Zigarette an und passierte den Neumarkt. Schon jetzt schoben sich die Leute hektisch aneinander vorbei, als hinge ihr Leben davon ab. Er fragte sich, wo sie alle so schnell hinwollten. Vermutlich hatten sie alle einen Job. Dass er auch bald wieder einen haben würde, war kaum vorstellbar. Die ersten Bewerbungen hatte er noch voller Elan geschrieben. Doch je mehr Absagen er erhielt, desto klarer wurde ihm, dass sein Name in der Branche verbrannt war. Schlimmer als die 0815-Absagen, die er erhielt, waren Einladungen zu Vorstellungsgesprächen wie dem, welches er in wenigen Minuten haben würde. Die ersten Gespräche hatte er noch mit Charme und schicker Kleidung bestritten, doch dann bemerkte er, dass seine Einladungen immer nur Versehen waren. Von übereifrigen Personalleuten, die sich nicht die Mühe machten, den Namen »Marc Bauer« in die Suchmaschine einzugeben, und voreilig einen Termin mit ihm ausmachten. Meist realisierten sie noch vor dem Gespräch, wen sie sich da eingeladen hatten, und sagten kurzfristig unter einem Vorwand ab. Schlimmer war es, wenn sie es erst im Gespräch merkten oder sich verpflichtet fühlten, den Termin wahrzunehmen, obwohl es aussichtslos war, eine Anstellung zu bekommen.

Doch es lag nicht in Marcs Natur, aufzugeben. Er zog noch

ein letztes Mal an seiner Zigarette, bevor er in das Redaktionsgebäude ging. Früher, als er noch ein gefragter Reporter war, hatte er oft solche Gespräche gehabt. Meistens wollte ihn jemand abwerben. Die Gespräche waren einfach, er hatte nichts zu verlieren. Sein Gegenüber war in der Pflicht, ihn zu umwerben. Das war nun anders. Er hatte alles zu verlieren. Auch wenn er es sich selbst nicht eingestehen wollte, machte er sich Hoffnungen. Jedes Mal. Aber er war nicht naiv. Ihm war klar, dass er kaum eine Chance auf den Job hatte, auch wenn er auf Empfehlung hier war. Er hatte über einen alten Kollegen den Kontakt zu einem Herrn Weiler bekommen. Sie hatten ein nettes Telefonat, an dessen Ende Marc eingeladen wurde. Marc konnte nicht abschätzen, ob Herr Weiler nicht wusste, mit wem er es zu tun hatte, oder ob er sich wegen des gemeinsamen Bekannten, der den Kontakt hergestellt hatte, verpflichtet fühlte.

Am Empfang wurde er freundlich begrüßt und gebeten, im Wartebereich Platz zu nehmen. Dankbar bediente sich Marc an dem dort stehenden Wasserspender. Er hatte völlig vergessen zu trinken. Das Gemisch aus Rauch und altem Bier in seinem Atem würde nicht gerade für ihn sprechen. Zum Glück hatte er am Abend noch Kaugummis gekauft, von denen er sich schnell eins in den Mund steckte.

»Herr Bauer«, trällerte eine sympathische Frauenstimme. Eine Frau Mitte zwanzig näherte sich Marc und streckte ihm die Hand entgegen. »Danke, dass Sie gewartet haben.«

Marc grinste freundlich. Es fiel ihm nicht schwer, die Frau wirkte nett.

»Mein Name ist Jessica Preuß«, fuhr sie fort. »Ist es okay, wenn wir ›Du‹ sagen?«

Es war okay. Marc kannte es nicht anders in der Branche. Das fehlende »Sie« führte in der Regel dazu, dass sich alle nach zwanzig Minuten aufführten, als würde man sich schon ewig kennen. Jessicas nervös wirkender Blick ließ ihn aber vermuten, dass sie keine zwanzig Minuten haben würden.

Sie führte ihn in einen kleinen verglasten Besprechungsraum.

»Danke, dass du dir die Zeit nimmst«, sagte Marc. »Wird Herr Weiler noch dazustoßen?«

»Nun ja«, sagte die junge Frau, die vermutlich vor Kurzem noch in einer Hochschule gesessen und Journalistik studiert hatte. Sie machte eine Pause, um sich zu sortieren.

Diese Pause kannte Marc bereits aus anderen Gesprächen. Es war erstaunlich, wie oft alteingesessene Redakteure Anfänger vorschickten, um Bewerber abzuwimmeln. Das Lächeln auf ihrem Gesicht zitterte ein wenig.

»Weißt du, Herr Weiler hat total viel zu tun gerade, aber ich soll das Gespräch mit dir führen. Ist das okay?« Auch das war okay. Sie war nett, und Marc hatte eh nichts Besseres zu tun. Er nickte sanft. »Dann sag doch mal, Marc, was hast du denn so gemacht die letzten Jahre?«

Die Frage allein machte Marc wütend. Wollte sie ihn provozieren? Jessica schien an Marcs Blick zu merken, dass sie gerade keine kluge Frage gestellt hatte. Sie blätterte nervös in Marcs Lebenslauf.

»Moment. Sind Sie etwa *der* Marc Bauer?«, entfuhr es ihr. Herr Weiler hatte sie nicht mal informiert, warum sie ihm absagen sollte.

Die junge Frau sammelte sich und fuhr fort: »Marc, was kannst du einbringen, wenn du die Stelle bekommen würdest?«

Ob es am Restalkohol in seinem Blut lag oder an der Tatsache, dass er nach den vielen Gesprächen zu müde war, seinen Lebenslauf runterzubeten und stumpf Stärken und Schwächen aufzuzählen: Marc reichte es.

»Okay, Julia, ich glaube, wir können das hier beenden.«

»Ich heiße Jessica«, entgegnete sie empört. Ihr Lächeln war verschwunden.

Es war keine Absicht, Marc hatte sich ihren Namen nicht gemerkt. Das war jetzt aber auch egal.

»Du kannst nichts dafür, dass dein zuständiger Redakteur dich in dieses Gespräch geschickt hat und noch nicht mal den

Anstand hatte, dir zu sagen, dass du ein Gespräch mit dem größten Nestbeschmutzer der Branche vor dir hast. Daher lass uns aus Respekt vor dir und mir dieses Schauspiel hier beenden. Ja, ich bin *der* Marc Bauer, und nein, ich werde hier keinen Job bekommen. Ich schlage daher vor, dass ich jetzt diesen Raum verlasse und du zu Herrn Weiler gehst und ihm sagst, wie professionell und souverän du mich abgewimmelt hast. Okay?«

Noch bevor Jessica was sagen konnte, stand Marc auf und reichte ihr die Hand. Nach einem wortlosen Abschied verließ er erst den Besprechungsraum und dann das Redaktionsgebäude. Auf der Straße zündete er sich eine Zigarette an. Sein Gesicht fühlte sich taub an.

# 2

Das Handy lag vor ihm auf dem massiven Brauhaustisch. Er überlegte, was sein nächster Schritt sein würde. Er leerte sein Glas und winkte damit dem Köbes zu. Der urkölsche Kellner mit Leinenschürze, umgeschnalltem Ledergürtel und gezwirbeltem Schnurrbart nickte und machte sich auf den Weg zum Zapfhahn. Marc ging oft in die Malzmühle. Das Brauhaus am Heumarkt hatte gutes Essen und noch besseres Kölsch. Während er auf den Mittagstisch wartete, überschlug er im Kopf die Bewerbungsgespräche, die er im vergangenen Jahr geführt hatte. Es waren um die zwanzig. Und das heute gehörte zu einem der besseren.

Er musste mit Jens reden. Er hatte keine andere Wahl. Die Ersparnisse waren aufgebraucht. Gerade wollte er zum Handy greifen, da knallte der Köbes das frische Bier auf den feuchten Deckel, der vor ihm lag. So schnell er gekommen war, war er schon wieder verschwunden und ließ nur den Geruch von abgestandenem Zigarettenqualm und Leder zurück. Marc konnte Jens nicht anrufen. Völlig ausgeschlossen.

Er öffnete den Browser auf seinem Handy und gab »Marc Bauer« ein. Damals während seines Volontariats hatte er seinen Namen oft aus Eitelkeit gegoogelt, um zu sehen, welche Artikel von ihm besonders gut ankamen und welche neuen Kommentare es zu seinen Storys gab. Nach der Katastrophe war von der Eitelkeit nicht mehr viel übrig geblieben. Er googelte seinen Namen zwar immer noch, aber aus anderen Gründen. Er war selbst zur Story geworden und im Fokus der Öffentlichkeit. Täglich bemühte Marc seitdem die Suchmaschine, um zu sehen, was andere Journalisten Neues ausgegraben hatten, auf welche Art sie in seine Privatsphäre eingriffen. Immer und immer wieder. Marc machte ihnen keinen Vorwurf. Er hatte es verdient – und sie machten nur ihren

Job. Er würde es genauso machen, stünde er auf der anderen Seite.

Unerträglich waren die Berichte über Paula. »Die Verlobte des gewissenlosen Reporters«. Sie hatte das nie wirklich gestört, oder sie ließ es sich nicht anmerken. Selbst als die Staatsanwaltschaft gegen ihn ermittelte, stand sie zu ihm und behielt einen kühlen Kopf.

Paula wollte mit der Sache so schnell wie möglich abschließen und ihr gemeinsames Leben mit Marc zurück. Seine tägliche Suche nach neuen Artikeln über sich machte sie wütend. Sie stritten oft deswegen. Sie wollte, dass er mit der Selbstgeißelung aufhörte und nach vorne schaute. Aber wie hätte er jemals damit abschließen sollen? Stattdessen trank er zu viel. Ein halbes Jahr hatte sich Paula den jämmerlichen Zustand ihres Verlobten angeschaut, seinen immer gleichen Klagen geduldig zugehört. Doch dann hatte sie ihm ein Ultimatum gestellt. Marc hätte es ernst nehmen sollen. Das hatte er nicht, was in der Wohnung am Barbarossaplatz endete.

Die heiße, dampfende Pfanne, die der Köbes stumm vor seinem Gesicht abgestellt hatte, riss Marc aus seinen Gedanken. Er tat es schon wieder. Verlor sich in der Vergangenheit. Durchlebte alles noch einmal. Seit knapp zwei Jahren. Er schaute auf sein Handy. Die Treffer zu seinem Namen waren überschaubar. Keine News, nur alte Geschichten und der Wikipedia-Eintrag »Fall Bauer«, den er sicher schon zwanzigmal gelesen hatte. Er musste es sich eingestehen: Keine namhafte Redaktion der Republik wollte ihn. Er konnte das mit Sicherheit sagen, denn er hatte von allen Absagen erhalten.

Marc begann zu essen und ging seine Optionen durch. Er könnte die Branche wechseln. PR machen oder Bücher schreiben. Einen Blog schreiben oder einen YouTube-Channel anlegen. Er schüttete das dritte Kölsch hinunter, während der Köbes das vierte vor ihn stellte. Er mochte den Laden. Oder er würde eben Promoter oder Influencer. Bei dem Gedanken musste er auflachen. Influencer Marc Bauer. Während er den

Kontakt in seinem Handy suchte, schluckte er das große Stück Fleisch in seinem Mund herunter. Er tippte das Profilbild von Jens Brenner an. Wem machte er was vor. Er war Reporter mit Leib und Seele.

»Marc Bauer hier, stellen Sie mich bitte zum Chefredakteur durch.«

## 3

Es war ein schickes Viertel, wenn nicht das derzeit schickste in Köln. Alle Firmen, die was auf sich hielten, wollten hierhin. Früher wurde im Rheinauhafen Handel getrieben. Werftarbeiter gab es heute nicht mehr. Die alten Gebäude waren restauriert worden, neue Glaspaläste entstanden. Über allem thronten die drei Kranhäuser, Wohn- und Bürogebäude, die in ihrer Form den Kränen nachempfunden waren, die früher hier im Einsatz waren, um Waren zu verladen. Im Schatten eines der Gebäude fand sich das Redaktionsgebäude der »Excrime«.

Marc hatte sich nach der deftigen Brauhauspfanne auf sein Fahrrad geschwungen und war auf die kleine Halbinsel gefahren, auf der sich der Rheinauhafen befand. Marc war nicht oft hier. Auch wenn die Ecke architektonisch interessant war und sich die Stadt alle Mühe gegeben hatte, hier ein attraktives Erholungsgebiet entstehen zu lassen, fühlte sich Marc immer etwas fehl am Platz. Die teuren und zum Teil versnobten Geschäfte und Weinbars passten nicht zu ihm und er nicht zu ihnen.

Das Redaktionsgebäude war leicht zu finden. Auch wenn es nicht direkt an der Rheinpromenade lag, sondern in der dazu parallel verlaufenden Straße, wollte Marc sich nicht mal vorstellen, was Jens für den Standort gezahlt haben musste. Die Redaktion befand sich in einem restaurierten ehemaligen Hafengebäude mit roten Backsteinwänden. Im Vergleich zu den gläsernen Neubauten wirkte es von außen schon fast bodenständig.

Den Eindruck revidierte Marc sofort, als er den Empfangsraum des Magazins betrat. Die linke Seite des Raums war ein einziger riesiger Bildschirm. In Echtzeit konnte man die News und Postings vorbeirauschen sehen, die in der Redaktion erstellt wurden. Dazu alle Reaktionen von Lesern, gute wie schlechte. Im Social Stream waren vor allem Bilder und kurze

Clips aus der Redaktion zu sehen. Auf der anderen Seite des Raumes war in großen roten Lettern das Credo der Excrime zu lesen: »Crime is business«. Darunter hingen ausgewählte Cover des Magazins. Auf einem war der abgetrennte Kopf eines Mannes zu sehen, auf einem anderen eine Frau, die auf den Gleisen einer U-Bahn stand und die heranrasende Straßenbahn erblickte, Sekunden, bevor sie in den Tod gerissen wurde.

Marc kannte die Bilder. Sie waren durch die Presse gegangen, nachdem die Excrime darüber berichtet hatte. Aber nicht die Schicksale des getöteten Mannes auf dem Cover, ein Szene-Anwalt aus Berlin, wie sich Marc erinnerte, oder der armen Frau, die Sekunden vor ihrem Tod von ihrem eifersüchtigen Ex-Freund geschubst worden war, waren Inhalt der öffentlichen Debatte gewesen, sondern die Frage nach Ethik und Moral in den Medien.

Immer wieder hatten die Veröffentlichungen der Excrime Diskussionen darüber ausgelöst, was Medien dürfen. Ob es sein durfte, dass sich ein Magazin am Tod und Elend anderer bereicherte. Politiker, Medienräte und brüskierte Journalisten forderten schon seit der Gründung die Einstellung des Betriebs, aber der Erfolg gab Jens recht. Die Leser rissen ihm das Magazin aus den Händen, fast täglich schauten sie auf den digitalen Seiten der Redaktion vorbei, um ihren Voyeurismus zu befriedigen und ihre Sensationsgier zu stillen. Niemals hätte sich jemand dazu bekannt, Leser der Excrime zu sein, aber die Reichweite entwickelte sich rasant. Auch weil es keinen Wettbewerber gab. Kein anderes Nachrichtenmagazin ging so weit wie die Excrime. Keines wollte so weit gehen.

Während Marc die Titel betrachtete, zog sich sein Magen zusammen. Er konnte hier nicht anfangen. Er riss seinen Blick los und bewegte sich wieder zur Tür, als er eine Stimme hörte.

»Willkommen bei der Excrime, was kann ich für dich tun?«, hallte es durch den Raum.

Marc bemerkte erst jetzt den kleinen weißen Schreibtisch am Ende des Raumes, an dem ein junger Mann mit wilder Frisur saß.

»Ich wollte mich nur umschauen, danke«, log Marc.

»Moment, du bist doch Marc Bauer.« Der junge Mann stand auf und ging auf ihn zu. Das diffuse Licht in dem Raum und sein selbstsicherer Gang verliehen ihm etwas Bedrohliches, was im krassen Gegensatz zu seiner betont jugendhaften Kleidung stand. »Mann, das ist eine Ehre«, sagte er und reichte Marc schwungvoll die Hand.

Marc versuchte, nicht so irritiert zu schauen, wie er es war, und schüttelte die Hand. Der andere stellte sich als Ben vor.

»Als ich dich auf der Empfangsliste für heute gesehen habe, war ich total geflasht. Jens erwartet dich schon. Seine Assistentin holt dich gleich ab. Ich texte ihr, dass du da bist.«

Zufrieden grinsend ging er zurück zum Schreibtisch und tippte dabei in Schallgeschwindigkeit auf sein Smartphone ein.

Marcs Instinkt sagte ihm, dass er so schnell wie möglich verschwinden sollte, doch stattdessen atmete er dreimal tief durch. Bens Worte hallten in seinem Kopf nach. »Eine Ehre«, hatte er gesagt. So etwas hatte er seit Jahren nicht gehört. Er wusste zwar, dass sein alter Freund Jens ein sehr spezielles Magazin erschaffen hatte, eine zweifelhafte Insel in der Medienlandschaft. Doch er fühlte sich wie auf einem völlig anderen Planeten. Wieder fiel sein Blick auf die Frau, die mit erhobenen Armen versuchte, die heranrasende Bahn abzuwehren.

»Hi, ich bin Laura.«

Marc war so in Gedanken versunken, dass er die junge Frau mit dem Pferdeschwanz fast nicht bemerkt hätte. Mit einem einladenden Grinsen bat sie ihn, sie zu begleiten.

»Wir haben leider keinen Aufzug, aber die Aussicht vom Dach ist der Hammer. Da treffen wir uns freitags nach Feierabend immer auf ein Kölsch. Das wird dir gefallen.« Das silberne Piercing in der Unterlippe gab ihrem leicht rundlichen Gesicht eine verführerische Note. Er schätzte sie auf Anfang dreißig.

Nach wenigen Stufen erreichten sie die erste Etage, die genauso weitläufig war wie das Erdgeschoss. Nur ein paar Glaswände unterbrachen den riesigen Raum, wodurch Marc die gesamte Redaktion sofort überschauen konnte. Im hinteren Bereich waren ein paar gläserne Büros und abgeschlossene Besprechungsräume. An den Seiten reihten sich modern gestaltete Holzschreibtische aneinander. Nur das leise Klappern der Tastaturen verriet, dass hinter den großen Bildschirmen Redakteure saßen.

In der Mitte des Raumes befand sich ein großer Konferenztisch, an dessen Kopfende ein kleiner Mann mit kurzen roten Haaren und einem langen, ebenso roten Bart saß. Um den Tisch herum saß ein Dutzend Redakteure. Ein, zwei Gesichter erkannte Marc. Der Rothaarige war gerade in einer wilden Diskussion mit einem der Leute am Tisch. Es war die Nachmittagskonferenz.

»Das ist doch scheiße. Die ganze Branche hat schon darüber berichtet. Und diese Archivbilder kann auch keine Sau mehr sehen. Die Geschichte ist tot.« Gerade wollte er Luft holen, um weiter auf den zerknirschten Redakteur einzureden, da erblickte er Marc. »Wir sind hier fertig. Oli, schick bitte den Themenplan wie besprochen rum. Danke.«

Der Rothaarige stand auf und ging in sein verglastes Büro am Ende des weitläufigen Raumes und bedeutete Marc, ihm zu folgen.

»Gratuliere, du bist genauso ein Arschloch wie unser alter Chefredakteur«, sagte Marc grinsend, nachdem er die Tür hinter sich geschlossen hatte.

Jens grinste zurück. »Über ein Jahr hast du dich nicht blicken lassen, und das ist das Erste, was du zu mir sagst?«

»Der Bart steht dir unheimlich gut. Ist das besser?«

Jens lachte auf und nahm seinen Freund in die Arme. »Ich bin wirklich froh, dich zu sehen. Es wird auch Zeit, dass du endlich für mich arbeitest.«

»Wer sagt, dass ich für dich arbeiten will?«, sagte Marc mit Nachdruck.

»Du wolltest einen kurzfristigen Termin, um was Persönliches zu besprechen. Was kannst du denn sonst wollen?«

»Du warst mal mein bester Freund, reicht das nicht als Grund, dich in deinem neuen Imperium zu besuchen?«

Jens nahm hinter seinem Schreibtisch auf dem voluminösen Designersessel Platz und bat seinen Gast, sich zu setzen.

»Mensch, Marc, ich bin immer noch dein bester Freund. Und als der weiß ich auch, dass dir die Arbeit hier guttun würde. Wie lange hast du nicht mehr geschrieben?«

»Mach dir um mich keine Sorgen. Ich hab einiges am Laufen«, log Marc.

»Bullshit!«, rief Jens.

Marc wollte etwas erwidern, sich verteidigen. Doch Jens kannte ihn lange und gut. Er hätte ihm nichts vormachen können. Also blieb er sitzen und hörte zu.

»Ich bin froh, dass du mich gerade jetzt kontaktiert hast, Marc. Die Excrime hat Probleme. Noch sind wir obenauf, aber seit ein paar Monaten stagnieren die Reichweiten. Mir fehlen die Reporter. Karla Kolumna könnte bessere Reportagen machen als die Loser da draußen, die mehr an ihren Selfies interessiert sind als an den Opfern von Kriminalfällen. Und die Alten führen sich auf wie die letzten Diven und wollen mir erzählen, wie ich meinen Job zu machen habe. Ich brauche dich hier, Marc. Mit dir an meiner Seite wird die Excrime an Relevanz gewinnen und vom Skandalblatt zu dem relevantesten Magazin in Deutschland aufsteigen. Arbeite für mich. Mit mir. Wie früher.«

Jens' Worte verklangen in dem gläsernen Büro. Marc überlegte kurz und schüttelte den Kopf. Alles in ihm wollte Nein sagen, aber was war seine Alternative? Wieder in die dreckige Bude am Barbarossaplatz zurückgehen, weitere Bewerbungen schreiben und auf die Absagen warten? Den Frust weiter runterspülen?

»Okay«, sagte Marc resigniert.

Jens sprang von seinem Stuhl auf. »Yes!«

»Aber nur als freier Mitarbeiter. Ich arbeite von zu Hause, und ich will meine Storys selbst aussuchen.«

»Alles klar. Sonst noch was?« Jens wirkte selbstgefällig.

»Ich will den höchsten Tagessatz und eine Erfolgsbeteiligung.«

Jens nahm einen Umschlag aus der obersten Schublade und warf ihn schwungvoll auf den Schreibtisch in Marcs Richtung.

»Hier ist der Vertrag. Du kriegst einen höheren Tagessatz als die Dilettanten hier und eine Zusage über mindestens zehn Beschäftigungstage im Monat. Wenn du mehr machst, ist es natürlich umso besser. Deine Erfolgsbeteiligung richtet sich nach der Anzahl deiner Storys, die es auf den Titel der wöchentlichen Ausgabe schaffen. Auch wenn das Hauptgeschäft digital ist, ist die Printausgabe das Herzstück unserer Arbeit.«

Marc öffnete den Umschlag und überflog ungläubig das Dokument.

»Selbst du kannst nicht so arrogant sein, schon einen Arbeitsvertrag anfertigen zu lassen, bevor wir überhaupt miteinander geredet haben.«

Jens lehnte sich selbstzufrieden in seinen Ledersessel. »Siehst du doch.«

Damit hatte Marc nicht gerechnet. Er überflog den Vertrag und setzte seine Unterschrift darunter.

»Wann habe ich meinen ersten Tag?«

Jens zog die Schultern hoch. »Wann du willst, aber bring besser eine geile Story mit.«

Marc steckte die Kopie des Vertrags zurück in den Umschlag und verließ Jens' Büro. Dort erwartete ihn Laura bereits mit einem Grinsen und brachte ihn zurück in die Empfangshalle. Ben nickte ihm freundlich zu, als er an dessen Schreibtisch vorbeiging. Laura verabschiedete sich ebenso freundlich, wie sie ihn empfangen hatte. An derselben Stelle, wo sie ihn abgeholt hatte. Vor dem Cover mit der Frau auf den Gleisen, die dem nahenden Unheil entgegensah, ohne etwas ausrichten zu können. Marc ahnte nun, wie sich das anfühlte.

# 4

Jan Mäuser stand an der Theke und schaute ungeduldig auf sein Handgelenk. Schon das dritte Mal in den letzten fünf Minuten. Er betrachtete die Armbanduhr, die schon deutlich bessere Zeiten gesehen hatte. Seine Frau wollte ihm schon öfter eine neue kaufen, aber sie war es, die sie ihm damals in der Schulzeit geschenkt hatte. Er hätte sich nie davon trennen können. Weder von ihr noch von dem Schmuckstück an seinem Handgelenk. Es war zehn nach acht. Für gewöhnlich machte dem Zwei-Meter-Mann eine Verspätung nichts aus, aber er freute sich sehr auf seinen Freund Marc. Sie kannten sich seit fast zehn Jahren.

Damals hatten sie sich hier im »Stiefel« am Billardtisch kennengelernt. Er spielte gerade mit einem Kommilitonen, als Marc ihn herausforderte. Sie kamen ins Gespräch und freundeten sich nach ein paar Bieren an. Die ehemalige Jazz- und spätere Punkrockkneipe wurde schnell zu ihrem Stammlokal. Zu der Zeit, im Sommer 2005, hatte Marc sein Kommunikationsstudium begonnen, während Jan seine Ausbildung zum Rechtsmediziner beendet hatte. Die zehn Jahre Altersunterschied waren nie ein Thema zwischen den beiden, da Marc ein sehr reifer Zwanzigjähriger und Jan ein jung gebliebener Dreißigjähriger war. Sie trafen sich gefühlt in der Mitte. Und je älter sie wurden, desto weniger machte sich der Altersunterschied bemerkbar.

»Maus! Natürlich finde ich dich an der Theke.«

Jan Mäuser musste grinsen, als er Marcs Stimme hörte. Auch wenn er seinen verhassten Spitznamen verwendete. Als sie sich kennenlernten, hatte Marc ihm den Namen verpasst. Wegen seines Nachnamens und seiner robusten Erscheinung hielt Marc es für witzig, ihn »Maus« zu nennen. Witzig fand Jan das nie, was Marc eher ermutigte, ihn so zu nennen.

»Marc. Es ist schön, dich zu sehen. Was hast du die ganzen Monate getrieben?«

Beide umarmten sich herzlich.

»Ich habe versucht, wieder aufs Pferd zu kommen.«

»Erfolgreich?«

»Na ja, heute habe ich ein lukratives Jobangebot bekommen.«

Maus nickte anerkennend und nahm eines der beiden Kölschgläser, die Thomas ihnen ungefragt hingestellt hatte. Der tätowierte Barmann mit den freundlichen Augen arbeitete schon ewig im Stiefel. Über die Jahre hatte er seine beiden Stammgäste kennengelernt. Thomas tippte zur Begrüßung zweimal auf den Schirm seiner Kappe, bevor er wieder hinterm Zapfhahn verschwand.

Das zweite Glas drückte Maus seinem Freund in die Hand, noch bevor er die Chance hatte, seine Jacke auszuziehen. Sie stießen an und leerten die Gläser in einem Zug. Wer nicht aus dem Rheinland kam, belächelte die schmalen Null-Komma-zwei-Liter-Gläser nicht selten als »Reagenzgläser«. Rheinländer hingegen verstanden nicht, warum Bayern stundenlang an abgestandenem Bier in ihren Literhumpen rumzuzelten. Marc und Maus gehörten keiner Bierreligion an. Sie tranken, was Thomas ihnen auf den Tisch stellte.

»Ein neuer Job also. Und du hast mich angerufen, um das zu feiern. Da fühle ich mich aber geehrt«, sagte Maus, nachdem er sich den Bierschaum vom Mund gewischt hatte.

Tatsächlich war das der Grund gewesen. Nachdem Marc die Redaktion verlassen hatte, machte sich erst ein flaues Gefühl in ihm breit. Aber je länger er darüber nachdachte, desto mehr konnte er der Sache abgewinnen. Das erste Mal seit Monaten war man ihm mit Wertschätzung und Respekt begegnet. Und allein die Tatsache, dass er nicht mehr arbeitslos war, war Grund genug zur Freude.

Eine Freude, die er mit seinem Freund teilen wollte. Seit der Trennung von Paula hatte sich Marc kaum noch bei Maus gemeldet, seine Anrufe größtenteils ignoriert. Nur zwei Mal hatten sie sich in der ganzen Zeit im Stiefel getroffen. Beide

Treffen waren eher deprimierend verlaufen. Die Freundschaft zu Maus war Marc nach wie vor wichtig. Doch er konnte es nicht ertragen, mit ihm über Paula zu sprechen. Maus' Frau und Paula waren beste Freundinnen. Über ihn hatte Marc sie erst kennengelernt. Die vier waren unzertrennlich gewesen. Nach der Trennung hatte Marc keinen Weg gefunden, damit umzugehen, dass er nicht mehr Teil davon war. Bei jedem Treffen und Telefonat fragte er seinen Freund aus. Wollte wissen, wie es seiner Ex-Verlobten ging. Ob sie andere Männer sah.

Aber heute hatte er sich geschworen, nicht der Vergangenheit nachzuhängen, denn heute gab es was zu feiern. Endlich wieder. Er hatte einen Job. Würde wieder Geld verdienen und könnte die versiffte Einzimmerwohnung hinter sich lassen und in eine ziehen, die zu einem erwachsenen Mann passte.

»Ich hatte wirklich eine Durststrecke«, begann Marc zu berichten. »Kein Schwein wollte mir einen Job anbieten. Alle bringen meinen Namen nur mit dem Knorr-Jungen in Verbindung. Alles andere, mein Lebenslauf, meine Reportagen, meine Storys, alles, was ich bewegt habe, interessiert nicht.«

Maus schaute nachdenklich auf seine Hände. Er hätte gern etwas Tröstliches gesagt, aber der Tod von Malte Knorr war kein Thema, das er gern mit seinem Freund besprach. Er konnte ihm nicht helfen, auch wenn er die Schuld gern von ihm genommen hätte.

»Aber heute Morgen habe ich mich durchgerungen und einen Kontakt spielen lassen, um wieder ins Geschäft zu kommen. Und dir wird es nicht gefallen«, sagte Marc mit einem Augenzwinkern.

Jans Miene verfinsterte sich schlagartig. »Bitte nicht, sag es nicht.«

»Doch.«

»Du hast Jens angerufen?«

»Ja. Ich arbeite jetzt für die Excrime.«

Maus kam aus dem Kopfschütteln nicht mehr raus. Er hatte Marcs Karriere von Beginn an verfolgt und wusste um seine

Qualitäten. Ebenso kannte er Jens. Beide waren Journalisten, aber sie waren grundverschieden. Während Marc mit seiner Arbeit und seinen Storys etwas verändern wollte, hatte Jens nur Geld und Macht im Kopf. Für eine öffentlichkeitswirksame Story ging er über Leichen, was die Excrime mit ihren skandalösen Veröffentlichungen immer wieder eindrucksvoll bewies.

Die Freundschaft zwischen Marc und Jens war ihm von Anfang an ein Rätsel gewesen. Nicht nur, dass sie sich trotz aller Unterschiede gut verstanden. Jens hatte immer einen großen Einfluss auf Marc und seine Entscheidungen gehabt. Immer wieder stiftete er seinen Freund an und brachte ihn mit seinen Praktiken in Schwierigkeiten. Maus hielt Marc für einen ausgezeichneten Journalisten mit einem ausgeprägten Wertesystem. Doch mehr als einmal hatte er in der Zusammenarbeit mit Jens die Grenzen von Moral und Ethik überschritten. Nicht zuletzt beim Tod von Malte Knorr. Maus hatte gehofft, dass der tragische Vorfall Marc endlich die Augen geöffnet hätte. Dass er sich endlich von seinem diabolischen Reporter-Freund trennen würde. Doch das Gegenteil war offenbar der Fall. Jetzt wollte er sogar für ihn arbeiten. Maus konnte seine Enttäuschung nicht verbergen.

»Du kannst doch dein Talent nicht bei dem Idioten verschwenden.«

Marc musste grinsen. »Ja, Jens kann ein Idiot sein, aber er hat mir wirklich ein gutes Angebot gemacht. Und wenn ich mir erst mal wieder einen Namen gemacht habe, kann ich ja immer noch in eine seriöse Redaktion wechseln.«

»Wenn du dir bei der Excrime einen Namen gemacht hast, packt dich keine seriöse Redaktion auch nur mit der Kneifzange an. Und das weißt du auch.«

Natürlich wusste Marc das. Aber das wollte er jetzt nicht hören.

Thomas stellte zwei neue Kölsch ab.

Marc nahm eines. »Lass uns das Thema wechseln.«

»Ich kann das Thema jetzt nicht wechseln.« Maus lehnte sich nachdenklich über die Theke und starrte das kühle Bierglas in seinen Händen an. »Jens hat einen schlechten Einfluss auf dich.«

Marc runzelte die Stirn. »Du bist zwar zehn Jahre älter als ich, aber das ist ein bisschen wenig, um meinen Vater zu spielen, meinst du nicht auch?«

Maus holte tief Luft. »Erzähl mir doch nicht, dass du die Sache mit dem Knorr-Jungen so weit getrieben hättest, wenn Jens nicht gewesen wäre. Er hat dich doch auf den Jungen angesetzt.«

»Hey!«, rief Marc und erschrak selbst, wie laut seine Stimme war. Ein paar Gäste drehten sich um. »Was ich dem Jungen angetan habe, ist ganz allein meine Sache. Jens ist ein Arsch, aber ich trage die Verantwortung.«

Maus merkte offenbar, dass er zu weit gegangen war. »Entschuldige. Lass uns wirklich das Thema wechseln.«

»Danke.«

Marc atmete tief durch. Dennoch gab ihm seine heftige Reaktion selbst zu denken. Maus meinte es nur gut mit ihm und wollte ihn schützen. Und tatsächlich war seine Freundschaft zu Jens immer ein Katalysator gewesen. Immer wenn er ethische und moralische Bedenken bei einer Story hatte, war es Jens, der ihn ermutigte, noch tiefer in die Story einzutauchen. Mehr rauszuholen. Aber das würde ihm nicht noch mal passieren.

Mit versöhnlichem Gesichtsausdruck prostete Marc dem Zwei-Meter-Mann zu, der das Friedensangebot dankbar annahm.

»Wie geht es Steffi?«

»Der geht es super. Die ist diese Woche in der Pfalz unterwegs mit ...« Er biss sich auf die Zunge. »Einer Freundin.«

»Sie ist mit Paula unterwegs, oder?«

Maus nickte.

Marc spürte einen Stich im Brustkorb, und mit einem Mal war er wieder da. Der Abgrund, das alles verschlingende schwarze Loch in seinem Inneren, das ihn seit Monaten immer tiefer in die Dunkelheit zog. Aber nicht heute. Er kämpfte gegen seine Gefühle an.

»Wir hatten schon mal flüssigere Unterhaltungen«, scherzte Maus.

»Allerdings. Dann hören wir auf zu reden. Der Billardtisch ist gerade frei geworden. Du holst Sambuca, ich baue die Kugeln auf.«

Maus nickte und machte sich auf den Weg zur Theke. Er hätte sich früher um seinen Freund kümmern sollen.

## 5

»Kommissar Seger hier, was kann ich für Sie tun?«

»Hallo, Benno, lange nichts gehört.«

Benno Seger erstarrte, als er die Stimme am anderen Ende der Leitung erkannte. Die letzten Monate hatte er gehofft, sich endlich aus dem Würgegriff befreit zu haben. Er war damals den Pakt mit dem Teufel eingegangen. Naiv von ihm zu glauben, es würde einfach aufhören. Er würde ihn einfach in Ruhe lassen.

»Was willst du?«, fragte er wütend.

»Nur reden.«

»Na klar. Dein ›Reden‹ kenne ich. Ich will mit dir nichts mehr zu tun haben. Das ist mir zu heiß.« Nervös sprang Seger von seinem Stuhl auf und schloss die Bürotür aus Angst, ein Kollege könnte etwas mitbekommen.

»Mensch, Marc, ich sitze gerade an einem wichtigen Fall. Ich kann hier wirklich Karriere machen. Da kann ich mir unseren Kontakt nicht leisten.«

»Wusste gar nicht, dass Pädophile bei der Polizei Karriere machen können«, sagte Marc mit einem sarkastischen Unterton.

Seger hasste es, mit Marc zu reden. »Ich bin nicht pädophil. Ich dachte, sie wäre neunzehn. Und wenn du das noch mal behauptest, komme ich vorbei und versohl dir deinen Journalistenarsch.«

»Okay, okay. Ich mach doch nur Spaß. Wie geht es dir, Benno? Ich habe gehört, dass du und deine Frau euch getrennt habt. Das tut mir aufrichtig leid.« Seger merkte, dass die Anteilnahme des Reporters ernst gemeint war, und beruhigte sich wieder.

Marc und Seger hatten sich vor fünf Jahren bei einer Reportage kennengelernt. Damals waren Marc und Jens Volontäre bei einer lokalen Zeitung. Während die meisten Volos in der Redaktion saßen und langweilige Agenturmeldungen abschrieben, zog es Marc und Jens auf die Straße. Sie wollten investigativ arbeiten, eigene Storys schreiben, Skandale aufdecken, was bewirken. Ihr Chefredakteur war ein harter Hund, ihm gefiel aber das journalistische Feuer der beiden Mittzwanziger, und so gab er ihnen die Chance, sich zu beweisen. Und sie nutzten sie. Egal, wie langweilig die Geschichten auch waren, die beiden Nachwuchsreporter gruben, bis sie was fanden. Der Bericht über einen Kleintierverein im Bergischen wurde zu einer Story über Tierquälerei. Ein Interview mit einem lokalen Politiker zu einer Enthüllung über Veruntreuung, ein Ausflug zu einem lokalen Fußballverein zu einer fesselnden Reportage über Schiedsrichter, die in ländlichen Gegenden mit Anfeindungen und Morddrohungen leben müssen.

Mit jeder Story wuchs das Vertrauen ihres Chefredakteurs in ihre Fähigkeiten und damit die Freiheit der beiden Volontäre. Im Herbst des zweiten Ausbildungsjahres nahmen Marc und Jens einen osteuropäischen Mädchenschieberring ins Visier, der sich im Kölner Süden ausgebreitet hatte. Immer mehr Mädchen, meist aus Rumänien, füllten die Straßen nach Sonnenuntergang. Für Stadt und Bürger ein Ärgernis, für die beiden eine Chance, endlich einen echten Enthüllungsbericht zu veröffentlichen. Nächtelang lagen sie auf der Lauer, observierten die Prostituierten, ihre Zuhälter und Freier. Recht schnell fanden sie heraus, dass einige der Mädchen minderjährig waren, was für die meisten ihrer Kunden weniger Hindernis als Anreiz darstellte.

Es ging Marc dabei nicht nur um die Story, er wollte den Mädchen helfen, sie aus dem Elend holen. Jens witterte hingegen den großen Erfolg und eine Festanstellung in der Redaktion. Eines Abends legten sie sich auf die Lauer, um Beweise zu sammeln. In wochenlanger Recherche konnten sie die Geburtsurkunde einer fünfzehnjährigen Rumänin auftreiben. Den ganzen Abend saßen sie vor dem Wohnwagen und machten Fotos von den Freiern und deren Nummernschildern. Auch wenn die Mädchen im Fokus ihrer Berichterstattung standen, hofften sie, jemand

Bekanntes aus Politik und Wirtschaft könnte dumm genug sein, bei den minderjährigen Prostituierten abzusteigen.

Sie waren vor dem Abschluss der Reportage, aber Marc war mit dem Fotomaterial unzufrieden. Ein paar verschwommene Bilder von Wohnwagen im Dunkeln hätten es niemals auf den Titel geschafft, also entschloss er sich, handfesteres Material zu besorgen. Beim letzten Freier schlich Marc zu dem Wohnwagen, während Jens den Zuhälter der Mädchen im Auge behielt. Mit seiner Spiegelreflexkamera im Anschlag klopfte er laut an die Tür. Das Mädchen öffnete sie verängstigt. Marc sprang in den Wohnwagen und schoss ein Foto des Freiers, der gerade vergeblich versuchte, seine Hose über die Knöchel hochzuziehen. Marcs erste Begegnung mit Benno Seger.

Auch wenn dem Polizisten zu dem Zeitpunkt nicht klar gewesen war, dass das erstaunlich reif aussehende Mädchen minderjährig war, war ihm die Brisanz der Lage sofort bewusst. Nicht nur, dass er eine aussichtsreiche Karriere vor sich hatte, Segers schwangere Frau saß zum selben Zeitpunkt nichts ahnend auf der Couch der gemeinsamen Wohnung und überlegte, welche Farbe wohl die Tapete des Kinderzimmers haben sollte, das sie mit ihrem geliebten Benno am Wochenende einrichten wollte.

All das war Seger durch den Kopf geschossen, während er mit heruntergelassener Hose dem Auto nachgesehen hatte, in das der junge Reporter gerade gesprungen war.

»Was willst du, Bauer?«, wollte Seger wissen.

»Ich bin wieder im Geschäft und aktiviere meine alten Informanten.«

»Du rufst mich nach all den Monaten an? Auch noch in meinem Büro? Ich bin Kommissar, nicht irgendein Penner, den du auf der Straße nach Infos ausquetschst.«

»Lass uns miteinander reden. Heute Abend am alten Treffpunkt? Ich lege auch ein paar Scheine drauf.«

Widerwillig stimmte Seger zu.

## 6

Es waren nun sechzehn Striche. Niemals hätte sie gedacht, so lange ohne Nahrung überleben zu können. Sie musste oft an Johanna denken. Ihre Tochter hatte bestimmt schreckliche Angst. Der Gedanke an sie ließ sie überleben. Nicole war nie die perfekte Mutter gewesen. Ihr Job beanspruchte sie sehr, und sie war nie so für Johanna da, wie es das Mädchen gebraucht hätte. Sie liebte ihre Tochter, aber sie liebte auch ihren Job. Das lag in ihrer Familie. Schon ihr Großvater war ein erfolgreicher Geschäftsmann gewesen. Nach dem Zweiten Weltkrieg war er aus Polen über die Grenze gekommen, um das zerbombte Berlin wieder aufzubauen. Auch wenn er als Ausländer zu Beginn von vielen Alt-Nazis angefeindet worden war, machte er sich durch gute Arbeit schnell einen Namen. Aus dem Drei-Mann-Unternehmen, das er mit seinen Freunden führte, wurde bald ein großes Bauunternehmen, das Nicoles Vater in zweiter Generation zu einem Bauimperium ausbaute.

Nicole hatte es nie an etwas gefehlt. Ihre Familie war reich. Dennoch war es ihren Eltern wichtig gewesen, dass sie und ihre Brüder früh Verantwortung übernahmen. Während andere Jugendliche einem Hobby nachgingen oder sich im Kino trafen, arbeitete sie im Familienunternehmen. Als ältestes Kind hatte sie sich darauf eingestellt, in die Fußstapfen ihres Vaters zu treten. Zwar hatte sie ganz andere Interessen, aber es schien ihr Schicksal zu sein. Zu ihrer Überraschung übertrug ihr Vater dann aber ihrem ältesten Bruder die Firma und zahlte Nicole aus. Auch wenn sie sich nach außen erwartungsgemäß enttäuscht gab, war sie insgeheim erleichtert. Endlich konnte sie ihrem Traum nachgehen. Schon als kleines Mädchen liebte sie es, Teepartys für ihre Kuscheltiere zu organisieren, später plante sie ihre eigenen Kindergeburtstage und schließlich Familienfeste. Nachdem die familiäre Bürde von ihr genommen war, begann sie ihr Eventmanagement-Studium in Berlin. Sie war noch nie so glücklich gewesen. Berlin verließ sie erst, als sie sich einen Kundenstamm im Westen aufgebaut hatte. Schon länger hatte sie von ihrer eigenen Agentur im Rheinland geträumt. Durch das frühzeitige Erbe und ihren guten Ruf konnte sie sich diesen Traum mit Ende zwanzig erfüllen. Alles war perfekt. Sie organisierte Firmenevents, Hochzeiten und Musikfestivals. So wie der Name Dabrowski in der Hauptstadt als Gütesiegel für Bauunternehmungen galt, war er im Rheinland das Gütesiegel für Events aller Art geworden. Wer zu ihr kam, wusste, was er bekam und wie viel er dafür zu bezahlen hatte.

Mit fünfunddreißig passierte es dann. Niemals zuvor hatte sie sich auf Auftraggeber privat eingelassen. Aber Tino Pfeiffer war charmant und fiel mit seinen grauen Schläfen voll in Nicoles Beuteschema, die aus ihrem Vaterkomplex nie ein Geheimnis gemacht hatte. Nach zu viel Champagner landeten sie im Bett. Unverzeihlich und unprofessionell, aber eine einmalige Sache.

Als sie von der Schwangerschaft erfuhr, war es ein Schock. Sie hielt es geheim und wollte abtreiben, aber es war schon zu spät. Zu lange hatte sie es nicht gemerkt, ihre Übelkeit auf den Stress zurückgeführt. Im Nachhinein konnte sie ihre Naivität selbst nicht verstehen. Es fühlte sich an wie das Ende der Welt. Sie überlegte lange, ob sie Tino informieren sollte, tat es dann aber doch. Sie suchte keinen Mann und schon gar keine Familie, aber er war Johannas Vater, und sie wollte ihn ihr nicht vorenthalten. Außerdem konnte Nicole jede Hilfe gebrauchen. Ihr Leben war nicht für ein Kind gemacht. Und so einigten sie sich nach vielen Diskussionen auf ein gemeinsames Sorgerecht.

Der Gedanke an ihre Tochter machte sie tieftraurig. Sie hätte geweint, doch sie war zu ausgetrocknet. Ihre Tränenkanäle waren entleert. Und dann waren da die Kurzatmigkeit und die beunruhigenden Sprünge, die ihr Herz machte. Ihr Körper gab langsam auf.

Ihr Becher stand gegenüber der Stahltür unter dem Wasserhahn. Ihrer einzigen Lebensquelle. Seit ihrer Ankunft hatte sie keine Nahrung gesehen. Nur das gelbe Wasser. Das verrostete Wasserrohr verlief durch die alte Backsteinmauer, die von den beiden Betonmauern eingeschlossen wurde. Nicole ging hinüber und öffnete den Hahn. Unter lautem Knarzen quälte sich ein dünner Wasserstrahl aus der Leitung. Nicole setzte sich mit dem Becher wieder an die gleiche Stelle, an der sie immer saß. An die eine Betonwand gelehnt, mit Blick auf die gegenüberliegende. Die Kälte spürte sie kaum noch. Sie nahm einen Schluck und musste daran denken, dass sie vor ein paar Wochen eine neue Wohnzimmergarnitur bestellt hatte und wie schwer sie sich die Entscheidung gemacht hatte, wie viel sie Probe gesessen hatte, um das bequemste Modell zu finden. Seit über zwei Wochen träumte sie nun von einem Stuhl oder einer Kiste, um nicht immer auf dem kalten Boden sitzen zu müssen. Die Perspektive ändert sich in Gefangenschaft, dachte sie.

Nicole schaute auf ihre Hände. Normalerweise waren ihre Fingernägel perfekt manikürt, jetzt verschwammen die blutigen und abgebrochenen Nägel mit dem aufgerissenen Fleisch ihrer Finger. Sie schaute zur Wasserleitung und ärgerte sich, dass ihr erst einen Tag zuvor die Idee gekommen war. Die Backsteinmauer war alt, der Mörtel porös und durch die undichte Wasserleitung aufgeweicht. Zunächst hatte sie begonnen, den Mörtel mit ihren Fingernägeln zwischen den Steinen herauszukratzen. Als der Schmerz zu stark wurde, fand sie schließlich einen alten Nagel, den sie als Werkzeug nutzen konnte. Zwei Backsteine konnte sie bereits lösen. Das Monster war gestern erst wieder da gewesen. Sie hörte es vor ihrer Tür rumschleichen. Ihr blieben jetzt zwei bis drei Tage bis zum nächsten Besuch. Sie erhob sich, den Nagel fest in der blutgetränkten Hand. Das erste Mal verspürte Nicole wieder Hoffnung. Bald würde sie bei ihrer Tochter sein. Und dann würde sie alles anders machen.

# 7

Marc mochte den Kölner Süden. Nicht das, was gemeinläufig als Südstadt bekannt war, sondern den echten Süden, kurz vor Bonn. Vor allem der Stadtteil Rodenkirchen hatte es ihm angetan. Als er vor fünf Jahren für die Recherchen zu dem Prostitutionsring ständig in der Gegend war, lernte er den Stadtteil lieben. Früher hatte er gedacht, Rodenkirchen sei nur die Heimat versnobter Neureicher. Ein bisschen stimmte das auch. Aber mit Jens hatte er damals einige Läden ausgemacht, die genau seinen Geschmack trafen. Gesellige Kneipen, die weit davon entfernt waren, hippe und laute Studentenkneipen zu sein, wie man sie auf der Zülpicher Straße fand.

Der Treffpunkt war seit fünf Jahren immer derselbe. An der Rheinpromenade vor dem Gasthaus Treppchen. Die Sonne schien schon so sehr, dass er auf dem Weg dorthin eine Sonnenbrille brauchte. Die kalte Jahreszeit war bald vorbei. Marc war gern hier. Nicht nur wegen des guten Essens und der gemütlichen Wohnzimmeratmosphäre. Hier ließ sich vor allem ein Stück Kölner Geschichte spüren. Das Haus war aus dem 17. Jahrhundert, ursprünglich als Pferdetränke erbaut für die Gäule, die vor Hunderten von Jahren die Flöße rheinaufwärts ziehen mussten. Heute baten sie hier Einheimische und Touristen zur Tränke. Doch Marc war nicht zum Trinken hier, er wartete auf seinen Informanten.

Die Idee für den Treffpunkt mit Seger hatte Jens damals gehabt. Er hatte es für eine gute Idee gehalten, sich in dem Stadtteil zu treffen, in dem Seger den Fehler seines Lebens begangen und Marc das Foto von ihm und der minderjährigen Prostituierten geschossen hatte. Marc hatte ein wenig Mitleid mit Seger, aber nicht wegen dessen Eheproblemen. Seger hatte seine schwangere Frau mit einer Minderjährigen betrogen. Wenn einer eine fiese Scheidung verdient hatte, dann er. Es war eher die Tatsache, dass er den Kommissar über so lange Zeit erpresste. Er hatte es nicht gern getan, aber die Möglichkeit hatte er sich damals nicht entgehen lassen können. Er konnte sich genau erinnern, was für ein Schock es für ihn gewesen war, als der Mann, den er am Vorabend noch mit runtergelassener Hose fotografiert hatte, am nächsten Morgen plötzlich vor seiner Wohnung stand.

Wie sich herausstellte, hatte Seger, nachdem er entblößt den beiden Reportern im wegfahrenden Auto hinterhergesehen hatte, die Nerven behalten. Er hatte dem Mädchen ein großzügiges Trinkgeld gegeben, um sicherzustellen, dass sie mit niemandem über die Sache redete, und am nächsten Tag das Kennzeichen des Reporters überprüft und so Marcs Adresse erfahren. Marc hatte sich durch den Besuch in seiner Wohnung in seiner Privatsphäre verletzt gefühlt. Ironischerweise von dem Mann, dessen Genitalien er erst eine Nacht zuvor fotografiert hatte. Doch schnell hatte er begriffen, dass er unverhofft auf einen Schatz gestoßen war. Er sicherte dem verängstigten Polizisten zu, sein Foto und seinen Namen aus der Geschichte rauszuhalten, wenn der ihm im Gegenzug Informationen liefern würde. Seger war zunächst empört, wollte sich nicht erpressen lassen, aber wären die Fotos aufgetaucht, wären seine Karriere und seine Ehe beendet gewesen. Und so willigte er ein. Über die Jahre wurde Seger einer der wichtigsten Informanten in Marcs Netzwerk. Vor allem nach seiner Beförderung zum Kommissar. Je mehr Seger Karriere machte, desto wertvoller wurde er für ihn. Immer wieder besorgte er exklusive Geschichten, mit denen Marc vor seinen Chefs glänzen konnte. Durch den Quellenschutz fragte auch nie jemand nach seinem Informanten. Es war perfekt.

Irgendwann war Marc es leid, bei jeder Begegnung mit den Fotos zu drohen, und so begann er nach einiger Zeit der Zusammenarbeit, Seger für seine Informationen zu bezahlen. Jens vergaß er dabei nicht. Auch er profitierte von der Vereinbarung.

Es brachte beiden schließlich eine Festanstellung als Reporter bei der Zeitung.

Seger war bereits am Treffpunkt. Er stand an der Reling und starrte auf den Rhein, der durch den Regen der vergangenen Wochen über die Ufer trat. Marc ging zu ihm und begrüßte ihn fast freundschaftlich. Doch Seger machte einen Schritt zurück, als er ihn sah. Er wirkte angespannt.

»Wie geht es dir, Benno? Lange nicht gesehen.«

Der Kommissar hatte offenbar keine Lust auf Small Talk. »Pass auf, Bauer. Ich habe dir jetzt fünf Jahre bei deinem Job geholfen.«

»Und gut verdient!«, insistierte Marc.

»Und gut verdient«, stimmte Seger zu. »Aber meine Scheidung von Karin ist durch. Deine Scheiß-Fotos können mir meine Ehe also nicht mehr zerstören. Das habe ich ganz allein geschafft.« Seger starrte eine Sekunde gedankenverloren aufs Wasser, als würde er seine Fehler und Affären im Zeitraffer durchgehen. Er schien verbittert. »Ich bin mit dir fertig. Such dir einen anderen Idioten, den du ausnutzen kannst.«

Marc dachte kurz nach. Das hatte er sich einfacher vorgestellt.

»Wenn du befördert wirst, was bist du dann? Oberkommissar oder Hauptkommissar? Ich kenne mich da nicht so aus.«

»Worauf willst du hinaus?«

»Kenne keinen Ober- oder Hauptkommissar, der bei Strichmädchen Stammkunde ist«, sagte Marc.

Segers Kopf lief rot an vor Wut. »Das war eine Phase in meinem Leben, auf die ich nicht stolz bin. Es ist Jahre her, und ich bin darüber hinweg.«

Marc hatte sich fest vorgenommen, Seger nicht mehr zu erpressen. Er wollte ihm vielmehr ein Geschäft vorschlagen. Eine feste Gage für seine Informationen mit ihm vereinbaren. Aber er merkte schnell, dass er damit nicht weit kommen würde. Ihn ziehen zu lassen war keine Option. Marc war nicht der Typ Journalist, der in Pressekonferenzen hockte und versuchte, die Infos schneller einzutippen als seine Kollegen, um als Erster eine Nachricht rauszuhauen, die zwei Minuten später zehn andere nur in anderem Wortlaut veröffentlichten. Er wollte exklusive Storys. Geschichten erzählen. Geschichten, die etwas bewegten. Und wenn er dafür einen sturen semipädophilen Kommissar in die Mangel nehmen musste, sollte es so sein.

»Benno, du weißt genau, dass es da draußen kein Schwein interessiert, was für eine Midlife-Crisis der Polizist mit der runtergelassenen Hose gerade hatte, als er es für eine gute Idee hielt, sich in einem versifften Wohnwagen auf eine verängstigt dreinschauende Rumänin zu legen. Genauso egal wird es deinen Chefs sein, wie lange es schon her ist. Sie werden dich in der Luft zerreißen. Deine Karriere ist am Ende, und die Presse wird dir einen schicken Spitznamen verpassen. ›Der Pädozist‹ oder ›Kommissau Seger‹ sind doch ganz nett. Was meinst du?«

Seger atmete tief durch.

»Du bist ein Schwein, Bauer.«

»Sagt der Mann, der seine schwangere Frau betrogen hat. Benno, es reicht jetzt wirklich. Ich habe genauso wenig Lust darauf, dich zu erpressen, wie du darauf, erpresst zu werden. Wir sollten die Fotos vergessen und unsere Geschäftsbeziehung wieder aufleben lassen. Du gibst mir Informationen, ich dir Geld, und kein Mensch erfährt etwas. Das hat die letzten fünf Jahre geklappt und wird auch weiterhin klappen.«

Marc hatte ihn an der Angel.

»Wenn du tausend drauflegst, sind wir im Geschäft«, sagte Seger schließlich mit erhobenem Kinn.

»Das macht zweitausend für eine Information. Du bist ein guter Informant, aber so gut auch nicht.«

»Ich komme mittlerweile an die ganz großen Fälle ran. Lass dich überraschen. Ich werde das Geld wert sein.«

Marc war überrascht über Segers Dreistigkeit. Kurz hatte er

ihm geglaubt, er wolle ein anständiger Polizist sein. Frei von Korruption. Aber am Ende hatte auch er seinen Preis. Marc stimmte zu. Das Geld würde er sich von Jens über das Spesenkonto zurückholen. An Geld mangelte es der Excrime nicht.

# 8

Lange hatte Marc nicht mehr so gut geschlafen. Nach dem Treffen mit Seger hatte er sich noch ein leckeres Essen im Treppchen mit ein paar Kölsch gegönnt. Er hatte einen leichten Kater, aber der störte ihn kaum. Auch die Zimmerdecke sah heute nicht so vergilbt aus wie sonst. Es war der erste Tag seit Langem, an dem er eine Aufgabe hatte, einen Job. Klar, es war nicht sein Traumjob, aber er hatte einen Plan. Das erste Mal, seit Paula ihn vor die Tür gesetzt hatte. Er lag noch im Bett, und ihm fielen gleich noch weitere Informanten ein, die er reaktivieren würde. Sein Netzwerk hatte zu lange brachgelegen. Es gab viel zu tun.

Er stand auf und ging ins Bad. Im Spiegel schaute ihn Marc Bauer an. Ein etwas plumper, zweiunddreißig Jahre alter Mann. Er war nicht dick, aber weit davon entfernt, sportlich zu sein. Seine hundertfünfundachtzig Zentimeter Körpergröße und die breiten Schultern halfen ihm, die fehlende Muskulatur zu kaschieren. Sein Kopfhaar wurde immer lichter, dafür wurde sein Dreitagebart immer länger. Bald würde er als ausgewachsener Bart durchgehen. Alles in allem war Marc zufrieden mit dem Mann, der ihn da ansah. Klar würde ihm etwas mehr Training und weniger Alkohol guttun, aber er war in keiner schlechten Verfassung.

Nach einer ausgiebigen Dusche zog Marc sich an und verließ seine Wohnung. Am Kiosk holte er sich die aktuelle Ausgabe der Excrime. Im Dönerladen um die Ecke bestellte er eine ordentliche Portion Fleisch und machte es sich auf einem wackeligen Alustuhl gemütlich. Es war zwar erst elf Uhr, aber heute wollte er es sich gut gehen lassen. Es war sein Tag. Zufrieden legte er das Magazin auf den Tisch.

Seinen Namen hatte das Magazin aus einer Bierlaune heraus erhalten. Jens wollte damals ein Magazin schaffen, das Geschichten veröffentlichte, an die sich sonst keiner rantraute.

Geschichten, die den Abgrund des menschlichen Seins dokumentierten. In der rohsten Form. Er wollte Deutschland mit exklusiven Crime-Inhalten aufrütteln, mit der Exclusive-Crime. Nach ein paar Bieren wurde daraus die Excrime. Niemals hätte Marc geahnt, wie ernst Jens es damals meinte. Es mangelte Jens nie an Geld oder Ideen, er kam aus einer reichen Familie. Aber in den Jahren ihrer Zusammenarbeit hatte er ständig Geschäftsideen, die er umsetzen wollte. Mal war es die Eröffnung einer Brauerei, mal die Erfindung von smarten Haushaltsgeräten, die ihn umtrieb. Meistens nur für ein paar Wochen, bis die fixen Ideen so schnell vergessen waren, wie sie kamen. Doch eine blieb immer. Die eines eigenen Magazins.

Trotz aller berechtigter Kritik musste man Jens zugutehalten, dass er seiner Vision folgte. Ungeschönt und roh präsentierten er und seine Redaktion die Realität, so hart sie auch sein mochte. Auch heute. Auf dem Titel war ein Buswrack zu sehen. Der Reporter war anscheinend noch vor den Rettungskräften vor Ort gewesen, oder er hatte eine besondere Perspektive gewählt, denn außer den Opfern, die aus den Busfenstern geschleudert worden waren, war niemand zu sehen. Das Bild anzusehen kostete Marc Überwindung. Er hatte selbst schon als Unfallreporter gearbeitet, und es war ein harter Job. Oft hatten ihn die Toten in seinen Träumen verfolgt.

Die Gesichter und Verletzungen der Leichen waren weder verfremdet noch verpixelt. Man konnte dem Jungen, der knapp hinter der Leitplanke lag, in die Augen sehen. Auch ein Teil von Jens' Policy. Die ungeschönte Wahrheit schloss Fotos mit ein. Er war der Meinung, dass ein paar hundert Angehörige weniger Gewicht hätten als die Millionen Leser, die die Wahrheit erfahren mussten. Ein Umstand, mit dem viele Kollegen nicht klarkamen. Die Fluktuation in der Excrime war außergewöhnlich hoch. Erfahrene Journalisten, die was auf sich hielten, kündigten meist noch in der Probezeit. Nur junge und progressive Nachwuchsreporter waren bereit, sich die Hände schmutzig zu machen und damit ihre Sporen zu verdienen. Ein Problem für Jens, denn die wenigsten Nachwuchsjournalisten waren brauchbar. Viele von ihnen hatten im Schnelldurchlauf ein Bachelorstudium gemacht und durften sich Journalist oder Redakteur nennen, wobei einige von ihnen bereits an der Grammatik scheiterten. Doch Jens hatte ein paar erfahrene Kräfte, die ihm die Treue hielten und dafür sorgten, dass die Texte fehlerfrei waren und zumindest einer gewissen Qualität entsprachen.

»Mörder am Fließband«, war in großen Lettern über dem Titelbild zu lesen. Marc blätterte kurz ins Blatt, um zu sehen, worum es ging. Anscheinend hatte das Busmodell, das in den Unfall verstrickt war, Schwierigkeiten mit den Bremsbelägen. Das war den Produzenten im Werk laut Aussagen eines Zulieferers wohl bekannt. Man nehme demnach in Kauf, dass Unfälle passierten, wurde eine Quelle aus den Kreisen des Unternehmens zitiert.

Ein türkischer Mann grinste Marc freundlich an und stellte einen überladenen Dönerteller auf den Tisch. Marc schlug das Magazin zu und begann vergnügt zu essen.

Typisch Jens, dachte er. Das Busunglück war erst gestern gewesen. Sicher hatte sich noch kein Gutachter das Wrack angeschaut. Wer weiß, ob es überhaupt an den Bremsen gelegen hatte. Und den Zulieferer hatten sie doch bestimmt auch für seine Aussage stattlich bezahlt. Das war der andere Teil der Policy. Die ungeschönte Wahrheit bestand oft nur aus Provokation und Spekulation. Das verkaufte sich besser. »Crime is business«.

Andererseits, dachte Marc, wenn an der Geschichte was dran war, hatte es die Excrime wieder geschafft. Durch ihre radikalen Methoden hatten Jens und sein Team in der kurzen Zeit seit der Gründung bereits einige Skandale aufgedeckt, die bundesweit Aufsehen erregt hatten. Oft kamen auch traditionelle Medien und seriöse Redaktionen nicht drum herum, widerwillig auf die exklusiven Geschichten der Excrime aufzuspringen. Die Relevanz der Enthüllungen zwang sie dazu. Bei dem Busunglück war es wahrscheinlich nicht anders. Sofern die Behauptungen im Artikel stimmten, stattete der Zulieferer bereits seit Monaten unzählige Modelle des öffentlichen Verkehrs mit defekten Bremsen aus. Tausende, wenn nicht Millionen Pendler und Reisende waren in Gefahr. Es würde eine enorme Rückrufaktion geben. Gerichtsverfahren von Angehörigen. Pressekonferenzen und Stellungnahmen der halben Autobranche, die mit dem Werk zusammenarbeitete. Die Politik müsste sich der Sache annehmen, um eine Wiederholung zu verhindern. Und schlimmstenfalls würde es infolge des Pfuschs zu weiteren schrecklichen Unfällen kommen, bis alle betroffenen Fahrzeuge aus dem Verkehr gezogen sein würden.

Marc las den Namen, der neben dem Artikel stand. Kili Wenger. Er schüttelte den Kopf und schloss das Magazin, um zu essen. Er wollte sich den Tag heute nicht verderben lassen.

Nach dem Essen machte er einen Verdauungsspaziergang die Ringe entlang und bog in die Ehrenstraße ein. Er brauchte neue Kleidung. Er fühlte sich wie neugeboren – und das sollte man auch sehen.

## 9

Langsam kam Josef Keiler wieder zu sich. Er musste ohnmächtig gewesen sein. Doch konnte er sich nicht erinnern, was passiert war. Ihm war schwindelig. Das lag aber nicht an der Ohnmacht oder den Drogen, die man ihm verabreicht hatte, sein Gleichgewichtssinn spielte ihm einen Streich. Sein Gehirn und sein Körper hatten sich darauf eingestellt, auf dem Boden liegend zu erwachen, doch stattdessen stand er aufrecht. Es dauerte Sekunden, bis Josef Keiler realisierte, dass »stehen« seinen Zustand nur unzureichend beschrieb. Er hing von der Decke! Er riss die Augen auf und begann, panisch mit den Fäusten gegen die Holzwände zu schlagen, die ihn wie einen Sarg umgaben. Bei jeder Bewegung drehte sich sein Körper um sich selbst wie ein Kreisel. Er streckte sich, so lang er konnte, in der Hoffnung, mit dem Fuß den Boden erreichen zu können, um einen festen Stand zu erlangen, die Last auf seinen Hals verringern zu können. Doch schaffte er es gerade mal, mit einer Zehenspitze die Holzplatte unter sich zu berühren. Mit den Händen versuchte er, das Seil zu lockern, doch ohne festen Stand war seine Mühe vergebens. Je mehr er arbeitete, desto mehr zog sich die Schlinge zu und desto mehr drehte er sich selbst um seine eigene Achse.

»Beruhige dich. Beruhige dich. Beruhige dich.« Er atmete tief ein und aus. Zumindest probierte er es, denn das Atmen war ihm fast unmöglich. Er war überrascht, dass es funktionierte. Sein Puls beruhigte sich, sofern das in dieser aussichtslosen Situation möglich war. Erst jetzt bemerkte er, dass er nackt war. Er schaute sich um. Zwei Türen vor seinem Gesicht. Er hing in einem Einbauschrank. Mit seinen Füßen trat er die Türen des Schranks auf, versuchte, um Hilfe zu schreien, doch die Luft fehlte.

Vor ihm lag ein lichtdurchfluteter Raum, ein Ledersessel stand neben einem kleinen Beistelltisch, der Ansatz eines Bettes war zu erkennen. Er war in einem Hotelzimmer. Wie war er in ein Hotel gekommen? Und wo war seine Kleidung? Sein Kopf dröhnte.

Er wollte um Hilfe schreien, aber nur ein jämmerliches Krächzen entwich seinem Körper. Es war vorbei. Immer wieder hatte er im Fernsehen gesehen, dass Leute im Moment ihres Todes ihr Leben vor ihrem inneren Auge vorbeiziehen sahen. Er war enttäuscht. Musste das jetzt nicht der Moment sein? Ein emotionaler Zeitraffer. Flashbacks aus der Jugend oder Erkenntnisse über den Sinn des Lebens? Nichts. Nur ein erbärmlicher nackter Mann, dessen Leben aus seinem Körper kroch. Er schloss die Augen und wartete darauf, dass seine Atmung aussetzte.

Doch plötzlich schoss ihm ein Gesicht wie ein Blitz durch seinen drogengeschwängerten Kopf. Der letzte Versuch seines Verstandes, ihm etwas mitzuteilen. Mit einem Mal wurde ihm klar, warum er in dieser ausweglosen Situation war. Warum sein Leben mit neununddreißig Jahren ein so plötzliches Ende finden musste. Mit neuem Mut riss Josef seine Augen auf. Nicht aus der Hoffnung heraus, zu überleben. Er wusste, dass das keine Option für ihn war. Er wollte Vergeltung. Sein Mörder sollte bezahlen.

Sein letzter Wunsch wären ein Blatt und ein Stift gewesen, um eine Nachricht zu hinterlassen. Aber das blieb ihm verwehrt. Und so suchte er verzweifelt nach einem Weg, eine letzte Nachricht zu hinterlassen. Dann kam ihm die Idee. Er würde etwas in das Holz des Schranks ritzen. Doch die lackierten Lamellentüren boten sich nicht an. Die Decke. Das müsste gehen. Er zog seine Uhr aus und begann, mit dem Stahlarmband in die Decke des Schranks zu ritzen. Eine gute Idee, dachte er, kurz bevor ihn die Erkenntnis wieder einholte, dass er gleich tot sein würde. Sekunden fühlten sich wie Stunden an. Erschwerend kam hinzu, dass er immer noch keine Möglichkeit gefunden hatte, sich zu stabilisieren, und sich bei jeder Bewegung um sich selbst drehte. Er zog die Uhr wie automatisch wieder an und warf einen Blick auf den Hinweis. Er war nicht zufrieden, aber ihm fehlte die Zeit. Ihm fehlte die Luft. Der Tod kam schnell, doch er ließ Josef ein letztes Geschenk. Der kleine Mann im Schrank sah sein Leben vor seinem inneren Auge vorbeiziehen. Er musste grinsen. Ein letztes Mal.

# 10

Der Abend war herrlich sonnig. Es war zwar noch ein bisschen frisch, aber dennoch sehr warm für Anfang April. Marc war mit dem Fahrrad zur Friesenstraße gefahren. Ein Auto hatte er nicht. Da in Köln alles nur eine Ecke entfernt war, war das auch nicht notwendig. Er saß im Päffgen. Marc war gern hier, denn die Brauerei lag fernab der Altstadt und war dadurch nicht so sehr mit Tagestouristen überlaufen. Das Kölsch schmeckte ihm heute besonders gut.

Er öffnete seinen Laptop und loggte sich in das Redaktionssystem der Excrime ein, und sofort hatte er Zugriff auf eine umfangreiche Datenbank voll mit Informationen aller Art, legal und illegal beschafft. Alle Mitarbeiter mussten separate Schweigeklauseln unterschreiben, um auf das System zugreifen zu können. Marc las quer, was gerade in Deutschland passierte. Polizeiberichte, Agenturmeldungen, Postings zu relevanten Hashtags im Social Web. Er wollte nicht mit irgendeiner Geschichte zur Excrime, er wollte eine Geschichte haben, die Aufsehen erregte. Er hatte noch nie für die Excrime gearbeitet, aber er wusste, wie Jens tickte. Er wollte eine exklusive Geschichte mit spektakulären Fotos. Die aktuelle Ausgabe war zwar gerade erst erschienen, und somit war Zeit bis zum Redaktionsschluss, aber Marc wusste, dass das Magazin nur das Aushängeschild der Excrime war. Das Geld wurde online verdient. Es brauchte jeden Tag spektakuläre Bilder und Geschichten, um die Reichweite hoch zu halten. Die Zeiten, in denen eine Redaktion auf einen Erscheinungstermin hingearbeitet hatte, waren schon lange vorbei. Redaktionsschluss war nie und somit immer. Ein enormer Druck für die Redakteure, die täglich abliefern mussten. Marc schätzte daher umso mehr seine privilegierte Position, sich Storys selbst suchen zu können und keine Anwesenheitspflicht zu haben. Der Großteil seiner

Zunft saß angekettet am Schreibtisch in irgendwelchen Großraumbüros und testete Headlines gegeneinander, um möglichst viele sensationsgeile Leser anzuziehen. Eigentlich hatte er vor, morgen in die Redaktion zu fahren und seine erste Geschichte zu veröffentlichen. Es allen zu beweisen. Den neuen Kollegen, Jens und vor allem sich selbst. Aber die Nachrichtenlage war mau an diesem Abend.

Marc schloss seinen Laptop und musste grinsen. Eine gute Geschichte kam eben nicht über Nacht. Er musste weitere Informanten reaktivieren und sich ein Thema erarbeiten. Ein Selbstläufer war dieser Job nie gewesen.

Es dauerte, bis Marc in dieser Nacht einschlafen konnte. Umso verwirrter reagierte er auf den Anruf mitten in der Nacht. Schlaftrunken tastete er sich in der Dunkelheit an sein Handy.

»Marc, du musst sofort los.«

»Wohin? Wer zum Teufel ist da überhaupt?«

»Benno hier. Ich will meine zweitausend Kröten. Kennst du das Nobelhotel am Griechenmarkt?«

Es war nur einen Steinwurf von seiner Wohnung entfernt. Sollte er so viel Glück haben? Dass ihm in der ersten Woche gleich eine exklusive Geschichte zuflog?

»Klar. Bin unterwegs, worum geht es?«

Marc stürmte aus der Wohnungstür und rannte die fünf Stockwerke des Mehrparteienhauses runter, als hinge sein Leben davon ab. Mit dem Fahrrad brauchte er keine fünf Minuten bis zu dem Hotel. Er war noch nie in dem Gebäude gewesen, aber wie jeder Kölner kannte er es. Es gehörte zu den besten Adressen in Köln. Marc versteckte sein Rad in einem Gebüsch und näherte sich dem Haupteingang. Zwar war es nicht das erste Mal, dass sein Informant ihn an einen Tatort gelassen hatte, aber es war das erste Mal, dass er vor der Polizei da sein konnte. Marc war aufgeregt wie ein Teenager vor seiner Abschlussprüfung. Seger sagte ihm, dass ein befreundeter Hotelmanager ihn angerufen hatte. Er hatte auf Diskretion gehofft.

Stattdessen hatte Seger Marc angerufen. Er versprach ihm ein paar Minuten Vorsprung, bevor der erste Streifenwagen am Hotel erscheinen würde. Marc wusste nicht, worum es ging. Seger hatte ihm nur eine Zimmernummer genannt und ihn darauf hingewiesen, dass er die zweitausend Euro auch dann haben wolle, wenn Marc festgenommen würde.

Ihm war klar, dass sein Presseausweis nicht rechtfertigen würde, dass er an einem ungesicherten Tatort rumschnüffelte. Ein Mix aus Freude und Nervosität begleitete ihn, als er die Hotellobby betrat. Er würde fünf Minuten haben, vielleicht zehn. Mehr würde ihm Seger sicher nicht geben können, ohne selbst Probleme zu bekommen.

Der Hoteleingang war hell erleuchtet. Am Empfang gab ein aufgeregter Hotelmanager Anweisungen an zwei Rezeptionistinnen. Seger hatte seinem Bekannten gesagt, er und seine Kollegen sollten aus Sicherheitsgründen am Empfang warten. Marcs Weg war also frei. Er konnte die Spannung, die in der Lobby des angesehenen Fünf-Sterne-Hotels herrschte, förmlich spüren. Gut, dass er an seine Kappe gedacht hatte, die er tief in sein Gesicht zog. Wie ein nichts ahnender Hotelgast wünschte er höflich einen guten Abend und verschwand im Aufzug. Er atmete tief durch und ging den langen Flur entlang. Die Tür von Zimmer 327 war angelehnt. Da Marc nicht wusste, was ihn erwartete, öffnete er sie langsam. Er wollte auf keinen Fall Beweismittel vernichten. Vorsichtig tastete er sich mit seiner Spiegelreflexkamera im Anschlag vor. Schritt für Schritt.

Es war nichts zu sehen. Ein aufgeräumtes Hotelzimmer. Sogar die Schokolade lag noch auf dem Kopfkissen. Gerade wollte Marc das Zimmer verlassen, da bemerkte er, dass die Schrankwand in der Ecke des Raumes aufstand. Als sich der bizarre Inhalt des Schranks vor ihm darbot, verstand er, warum er hier war.

»Seger, du alter Mistkerl«, murmelte Marc. Es war nicht die erste Leiche, die er sah, noch nicht mal das erste Mordopfer, aber immer wieder war er aufs Neue schockiert, wenn er einen leblosen Körper sah. Es sah immer gleich aus. Wie ein Mensch, nur irgendwie anders. Ekel überkam ihn, als er bemerkte, dass der Darm des Toten sich entleert hatte. Eine Folge der Muskelerschlaffung nach dem Tod. Der Stuhl klebte dem Toten am Bein. Es roch widerlich. Der Mann war relativ klein mit fleckigem Bart über bleichem Gesicht.

Auch vor seinem Tod wird er nicht besonders lebendig ausgesehen haben, dachte Marc. Sein Herz machte vor Schreck einen Sprung, als sein Handy plötzlich anfing, wild zu vibrieren. Nach seiner Ankunft am Hotel hatte er sich den Timer auf fünf Minuten gestellt. Die Zeit, die er hatte, bevor die Polizei eintreffen würde. Er musste sich beeilen. Er machte Fotos vom Raum und der Leiche. Die Polizei tat ihm den Gefallen, mit Sirene am Hotel vorzufahren. Somit wusste Marc, dass seine Zeit gekommen war. Er nahm das Treppenhaus und verschwand durch die Lobby, während die Polizisten noch versuchten, vom aufgebrachten Hotelmanager zu erfahren, was genau passiert war.

Als Marc in seiner Wohnung angekommen war, schloss er sie ab. Das erste Mal, seit er hier wohnte. Er wusste, dass das paranoid war, aber er fühlte sich verfolgt. Er war kein Jurist, aber er wusste, dass für Behinderung der Justiz bis zu fünf Jahre Gefängnis drohten. Er hatte schon viele Grenzen überschritten, doch das hatte eine neue Qualität. Aber es hatte sich gelohnt. Er war vor der Polizei am Tatort gewesen. Er hatte sie. Eine Story, die kein anderer hatte. Und spektakuläre Bilder. Die Sorge wich der Euphorie. Er setzte eine Kanne Kaffee auf und machte sich an die Arbeit. Es würde noch eine lange Nacht werden.

# 11

Am nächsten Tag fuhr Marc schon früh mit dem Fahrrad in die Redaktion. Er genoss die kalte Luft, die ihm entgegenschlug. Die Morgenkonferenz hatte pünktlich um sechs Uhr begonnen. Die Nachtschicht hatte bereits vorab recherchiert. Jens und sechs Redakteure der Frühschicht saßen um den Konferenztisch und starrten auf den großen LED-Bildschirm an der Kopfseite. Laura war gerade dabei, die Social Wall zu öffnen.

»Ach, wer kommt denn da? Hat es der feine Herr auch mal in die Frühkonferenz geschafft?«, begrüßte Jens Marc standesgemäß. Er machte solche Späße gern in größerer Runde, um nie einen Zweifel aufkommen zu lassen, wer der Chef war.

»Spiel dich nicht so auf, du wusstest doch gar nicht, dass ich heute reinkomme«, sagte Marc lässig und übergab Laura einen USB-Stick.

»Was ist das?«, fragte Jens.

»Schau es dir an.« Marc genoss, dass er der Einzige war, der wusste, was gleich passieren würde.

»Würde ich ja gern, wenn unsere liebe Laura endlich mal aus dem Quark kommen würde«, raunzte Jens die verunsicherte Redaktionsassistentin an, die dadurch nur noch hektischer versuchte, den USB-Stick in den Fernseher einzuführen. Die Erleichterung war ihr anzusehen, als es ihr endlich gelang. Während sie sich wenig geschickt durch das Fernsehmenü klickte, nutzte Jens die Gelegenheit, Marc vorzustellen.

»Liebe Kollegen, heißt bitte Marc Bauer willkommen. Er ist ein alter Freund von mir und ab jetzt Reporter bei uns. Falls ihr die unschöne Berichterstattung über ihn verfolgt haben solltet, sprecht ihn bitte nicht auf sein erbärmliches letztes Jahr an. Grinst einfach fröhlich und denkt euch euren Teil. Was ist denn jetzt mit dem Scheiß-Fernseher?«

»Reizend«, erwiderte Marc und nickte in die Runde. Er kannte Jens' Art von Humor und kam damit klar.

»Das sind Oli Behrens, Melanie Schröder, Christian Segnitz, Hans Kusch, Brit Heckegrün und unser Greenhorn Kili Wenger.« Alle nickten. »Und unsere USB-Fachfrau Laura kennst du ja schon.«

Erleichtert klickte Laura auf »Okay«, und die Bilder vom Tatort öffneten sich. Marc hatte sie in der Nacht bereits vorbearbeitet.

»Ach du Scheiße«, platzte es aus Oli raus. Der Redakteur war deutlich älter als die anderen. »Wer ist das?«

»Josef Keiler«, sagte Marc knapp. Er wollte das Bild des nackten Mannes im Schrank erst einmal wirken lassen.

»Keiler?«, rief Brit, die hochgewachsene Blondine, von der Seite rein. »Wartet mal.« Sie klappte ihren Laptop auf und öffnete den Themenplan, den sie in der Nacht angefertigt hatte. »Die Polizei hat eine Meldung rausgegeben, dass der Kerl tot ist. Mehr wollte man aber zurzeit nicht verraten. Wo hast du die Bilder her?«

Jens wartete die Antwort nicht ab und sprang aus dem Stuhl, um Marc abzuklatschen.

»Und das ist der Grund, warum ich mich freue, dass mein bester Freund Marc für mich arbeitet.« Er richtete sich an Kili, der gerade frisch in der Redaktion angefangen hatte. »Das nennt man investigatives Arbeiten. Das ist das Gegenteil davon, den ganzen Tag auf dem Arsch zu sitzen und Leute anzurufen«, sagte er, wobei er einen vorwurfsvollen Blick Richtung Melanie Schröder warf. Die Redakteurin verstand die Kritik sofort. Melanie war keine Reporterin, sie verließ die Redaktion nur, wenn es sich nicht vermeiden ließ. Ihr Gesicht nahm schlagartig die rote Farbe ihrer getönten Haare an.

»Was machen wir draus, Marc?«, fragte Jens und setzte sich wieder.

»Bisher ist nur bekannt, dass er tot ist. Die Umstände des Todes sind noch nicht öffentlich. Daher habe ich die Story

›Der Tote im Schrank‹ genannt. Ist zwar etwas plakativ, aber die Bilder sprechen ja für sich.«

»Wenn du mich fragst, ein klarer Selbstmord«, sagte Oli und lehnte sich entspannt und etwas gelangweilt in seinen Stuhl zurück.

Marc schüttelte den Kopf, während er der überforderten Laura die Fernbedienung entriss und im Schnelldurchlauf Bilder aus dem Hotelzimmer zeigte.

»Das dachte ich zuerst auch. Es sind schließlich keine Anzeichen von einem Kampf zu finden. Aber was fällt euch auf, wenn ihr die Bilder seht?«

»Das Hotelzimmer ist unbewohnt«, rief Kili aufgeregt rein, der offenbar aus dem gerade erst absolvierten Bachelorstudiengang Frage-Antwort-Spielchen gewohnt war.

»Richtig«, freute sich Marc, dass sein Kollege mitspielte. »Keine Koffer, keine Zahnbürste im Bad, und außer Keiler hing auch nichts im Schrank. Das Bett war unberührt und der Teppich frisch gesaugt.«

»Aber das beweist doch keinen Mord«, rief Melanie, deren Hautfarbe sich wieder reguliert hatte, skeptisch in den Raum.

»Auch das ist richtig«, sagte Marc in ruhigem Ton. »Aber wie ihr wisst, gehört das Hotel zu einem der besten in Köln. Ich kann mir nicht vorstellen, dass sie einem nackten Mann eins ihrer hochwertigsten Zimmer geben.«

»Was willst du damit sagen?«, fragte Jens ungeduldig.

Marc klickte nochmals durch alle Bilder vom Hotelzimmer und beendete seinen Satz. »Ich will damit sagen, dass nichts in dem Zimmer war. Und das schließt auch Keilers Kleidung ein.«

»Er war halt ein Perverser und hat sich vorher ausgezogen, damit man ihn nackt findet«, warf Oli ein.

»Ich hatte zwar nicht viel Zeit, aber ich konnte mich etwas umsehen und keine Kleidung finden. Weder auf dem Gang noch im Müll. Ich bin davon überzeugt, dass Josef Keiler nicht allein war und sein Begleiter, vielleicht sogar Mörder, seine Kleidung mitgenommen hat.«

Jens atmete hörbar aus. »Ein guter Ansatz. Was machen wir jetzt damit?«

Marc sammelte kurz seine Gedanken. Er hatte die halbe Nacht an seinem Artikel gearbeitet.

»Die Geschichte hat so viel Potenzial, und ich habe genug Bildmaterial, um ein paar Tage über den Fall zu berichten. Lasst uns nicht direkt das ganze Pulver verschießen. Wir gehen erst mal mit den Bildern raus, und ich gehe meiner Theorie nach.«

»Marc hat recht. Heute steht das Bild der Leiche im Fokus, ab morgen machen wir dann die Mordspekulationen«, sagte Jens. »Aber eine Frage. Warum zum Teufel hast du ihn verpixelt?«

Als Marc in der Nacht die Fotos vom Tatort mit seinem Bildbearbeitungsprogramm bearbeitet hatte, hatte er das Gesicht und die Geschlechtsteile von Keiler verpixelt und unkenntlich gemacht. Gerade bei Toten war das eine gängige Praxis, um die Würde des Opfers und der Familie zu schützen. Obwohl Marc Jens' Skrupellosigkeit kannte, war er von der Frage verwirrt.

»Ich habe ihn verpixelt, weil der Kerl nackt in einem Schrank hängt, mit seiner eigenen Kacke am Bein. Er hat Frau und Kinder hinterlassen. Soll das das letzte Bild sein, was sie von ihrem Mann und Vater sehen?« Er konnte nicht fassen, dass er das erklären musste.

»Marc.« Jens lehnte sich bedeutungsschwanger über den Konferenztisch und senkte seine Stimme. Marc kannte ihn lange genug, um zu wissen, dass jetzt eine herablassende Ansprache folgte. »Das ist dein erster Tag bei der Excrime, daher musst du es nicht wissen, wenngleich du es bereits wissen solltest: Die oberste Prämisse ist es, die ungeschönte Wahrheit aufzuzeigen.«

»Ich dachte, die oberste Prämisse wäre ›Crime is business‹«, unterbrach ihn Marc mit sarkastischem Unterton.

Jens schien diese Anfeindung überhören zu wollen. »Auch wenn es uns persönlich nicht gefällt, haben wir eine Verantwortung unseren Lesern gegenüber. Wir werden deine Geschichte schnellstmöglich veröffentlichen. Titel und Stoßrichtung sind okay, aber wir brauchen das Originalbildmaterial. Und da gibt es keine Diskussion.« Beim letzten Satz haute er zur Unterstützung seiner Worte mit der flachen Hand auf den Tisch. Ein Machtwort.

Marc stand auf, nahm in aller Ruhe den USB-Stick aus dem Fernseher, nickte höflich in die Runde und machte sich auf den Weg zur Treppe, die ins Erdgeschoss führte. Er kannte Jens' impulsive Art, aber das musste er sich von einem Freund nicht bieten lassen.

»Marc, Marc.« Jens folgte ihm hektisch. »Jetzt warte doch mal, lass uns in mein Büro gehen und das besprechen.«

Marc kochte vor Wut. »›Ich brauche dich, Marc. Mit dir machen wir die Excrime zu einem relevanten Magazin, Marc.‹ Das hast du mir vor drei Tagen noch groß erzählt, und jetzt willst du ein Opfer unverpixelt zeigen, ohne dass wir überhaupt wissen, was ihm zugestoßen ist.«

»Beruhig dich bitte.« Jens führte ihn in den gläsernen Raum am Ende des Großraumbüros und schloss die Tür. »Wir müssen uns am Markt positionieren. Guck dir die Newsmagazine doch an. Alle gleich, alle austauschbar. Unser Erfolg beruht darauf, dass wir liberaler und ungefilterter sind als alle anderen Mainstream-Medien. Das ist unser Erfolgsrezept. Finde ich das gut? Nicht immer. Aber das ist es, was die Nutzer wollen. Sie würden es nie zugeben, aber sie wollen das alles. Den Tod in den Augen, die Kacke am Bein, den nackten Schwanz. Ich bitte dich nicht, das gut zu finden, aber ich bitte dich, die Nachfrage mit mir zu befriedigen.«

»Und was ist mit der Familie?«

»Rede mit der Familie, hol ihre Perspektive ein. Wenn wir diese Story richtig spielen, können wir sie über Wochen weiterdrehen und werden alle Fragen beantworten. Aber dafür brauchen wir die Bilder. Vertrau mir.«

Marc konnte nicht glauben, dass er sich wieder hatte einseifen lassen. Schon damals während ihres Volontariats hatte Jens gewusst, welche Knöpfe er bei ihm drücken musste. Er übergab Jens seinen Artikel und die Bilder und verließ die Redaktion mit einem mulmigen Gefühl. Jens' Worte »Was nützen uns all unsere Moral und Ethik, wenn die Leser keine haben?« kamen ihm in den Sinn. Er musste an die Familie des Opfers denken. Er durfte nicht zu lange warten, denn sein Artikel würde sich wie ein Lauffeuer im Netz ausbreiten.

# 12

Das Handy brummte. Eine Nachricht von Brit Heckegrün. Die Kollegin aus der Recherche war auf Zack. Während Marc sich abtrocknete, las er die Nachricht. Er wollte duschen, bevor er die Witwe besuchte, und hatte noch einen Zwischenstopp in seiner Wohnung eingelegt. Brit hatte ihm die Adresse der Familie Keiler geschickt. Ein Mehrfamilienhaus in Köln-Kalk.

Marc mochte es nicht, wenn andere Vorurteile hatten oder in Klischees dachten. Dabei konnte er sich selbst nicht frei davon machen. Als er Köln-Kalk las, ahnte er sofort, was ihn erwarten würde. Der Stadtteil war wie die Kölner Innenstadt im Zweiten Weltkrieg fast vollständig zerstört worden. Nach dem Wiederaufbau boomte der Stadtteil als wichtiger Industriestandort. Damit war in den Siebzigern Schluss, und Kalk entwickelte sich über die Jahrzehnte immer mehr zum Problembezirk. Heute verband man weite Teile mit Gewalt, Arbeitslosigkeit und Drogen.

Marc zog sich an und machte sich auf den Weg. Der einzige Vorteil, am Barbarossaplatz zu wohnen, war die gute Verkehrsanbindung. Auch wenn er am Neumarkt umsteigen musste, würde er nur eine halbe Stunde bis zu der Adresse brauchen, die Brit ihm geschickt hatte. In der Bahn suchte er sich einen Sitzplatz und öffnete den Webbrowser seines Handys. Nachdem Excrime.de geladen hatte, schauten ihn die toten Augen von Josef Keiler aus dem Aufmacher an. Ein kalter Schauer lief ihm über den Rücken. Jens hatte es wirklich getan.

»Nackt und erniedrigt – was geschah mit Josef Keiler?« – von Marc Bauer. Das hatten sie so nicht abgesprochen. Nicht nur, dass Jens den Titel »Der Tote im Schrank« durch eine reißerische Headline ausgetauscht hatte, er hatte auch den vollen Namen des Opfers veröffentlicht. Ein absolutes No-Go.

Persönlich traf ihn aber am meisten, dass auch sein Name genannt worden war. Normalerweise freute sich jeder Reporter, wenn sein Name neben seiner Story erschien, doch hier war alles anders. Er war vor der Polizei an einem Tatort gewesen. Das würde Fragen aufwerfen. Außerdem wollte er als Autor anonym bleiben, um nicht sofort am ersten Arbeitstag wieder in den Fokus der öffentlichen Diskussion zu geraten. Jens wusste das, doch als Marc den Artikel überflog, wurde ihm klar, warum er sich nicht an die Absprache gehalten hatte. Der Artikel war zwar immer noch Marcs Originaltext, aber Jens hatte einen Absatz hinzugefügt. Darin hatte er über den Autor Marc Bauer, seinen polarisierenden Werdegang und sein Comeback als Reporter informiert.

Marc kannte Jens lange genug, um zu wissen, dass er für eine gute Geschichte seine Oma verkaufen würde, und trotzdem traf es ihn. Sein Freund wollte wohl ein Signal senden: Marc Bauer ist wieder zurück, und er arbeitet für die Excrime. Zumindest hatte er darauf verzichtet, ein Foto von ihm zu veröffentlichen, aber dank des Artikels wusste nun jeder in der Branche, dass er wieder als Reporter arbeitete. Und sich gleich mit seiner ersten Story abermals über alle Grenzen des guten Geschmacks und der Ethik hinweggesetzt hatte.

Wie ferngesteuert öffnete er einen neuen Tab und tat, was er in den letzten Jahren unentwegt getan hatte: Er googelte seinen Namen. Neben dem Link zur Keiler-Story fand sich kein neuer Eintrag bei Google News. Offenbar interessierte es niemanden, dass er wieder da war. Erleichtert lehnte er sich zurück. Dennoch musste er dringend mit Jens reden. Doch erst hatte Keilers Familie Priorität.

Das Mehrfamilienhaus, in dem die Keilers wohnten, war recht neu, mit weißer Fassade und einladender Fensterfront. Marc musste sich eingestehen, dass er ein versifftes Haus mit mindestens zwanzig Klingelschildern erwartet hatte, stattdessen stand er vor einem gepflegten Dreiparteienhaus.

Er wusste, dass er bei der Witwe seinen ganzen Charme spielen lassen musste. Eine kleine, rundliche Frau machte die Tür auf.

»Ja?« Auffällig grüne Augen schauten ihn fragend an.

»Sind Sie Lisa Keiler?«

»Ja, was wollen Sie?«

»Ich bin Andreas Müller vom Kölner Tagesblatt«, log Marc für den Fall, dass sie seinen Namen bereits aus seinem Artikel kannte.

Die Frau rang kurz um Fassung. Ihre Augen waren gerötet.

»Mein Mann ist keinen Tag tot. Haben Sie doch etwas Anstand«, sagte sie wütend und machte Anstalten, die Tür zu schließen.

Marc war klar, dass niemand in so einer Situation gern mit der Presse reden würde, daher gab er sich in solchen Fällen oft als Seelsorger oder Beamter aus. Aber hier hätte er das nicht übers Herz gebracht. Er hatte ein schlechtes Gewissen wegen seines Artikels und wollte die Witwe nicht mehr anlügen als unbedingt nötig.

»Frau Keiler, Ihr Verlust tut mir sehr leid, und ich möchte Sie auch nicht lange stören, aber ich muss mit Ihnen reden. Der Tod Ihres Mannes ist sehr tragisch, aber wir haben Indizien dafür gefunden, dass Ihr Mann ermordet wurde.«

Die Tür ging wieder auf. Lisas Augen musterten ihn kritisch. »Von welcher Zeitung sind Sie noch mal?«

»Kölner Tagesblatt.« Die Zeitung gab es nicht.

Marc beobachtete Lisa Keiler ganz genau. Ihre Mimik, ihre Atmung. Sie war offenbar schockiert angesichts der neuen Information. Die Polizei hatte anscheinend noch nicht mit ihr über den Verdacht gesprochen, dass es sich um Mord handeln könnte.

»Und wer soll das gemacht haben?«

»Das wissen wir nicht. Mich würde nur interessieren, ob Ihr Mann Feinde hatte.«

Sie musste auflachen. »Sie meinen Josef, den Spieler und

Trinker? Er hatte genug Probleme, aber die werde ich sicher nicht mit Ihnen besprechen.«

Marc hielt die Tür sanft mit der Handfläche auf, als Frau Keiler versuchte, sie zu schließen.

»Und haben Sie eine Idee, was er in dem Hotel wollte?«

Lisa überlegte kurz. »Mein Mann war kein schlechter Mensch, aber er war ein Weiberheld. Können Sie sich vorstellen, wie es sich anfühlt, wenn Sie mit Ihrem Partner abends ausgehen und mitbekommen, wie er sich Telefonnummern besorgt, während Sie nur mal kurz auf dem Klo waren, um sich für diesen Idioten schön zu machen? Wer weiß, mit wem er auf dem Zimmer war.«

Eine kleine Träne rann über ihre gerötete Wange, während sie ihr Handy aus der Hosentasche holte. »Aber das.« Sie zeigte Marc das Bild ihres toten Mannes, das auf der Website der Excrime veröffentlicht worden war. Das Bild, das er selbst vor einigen Stunden am Tatort geschossen hatte. »Das hat mein Mann nicht verdient. Weder so zu sterben noch, dass ihr Schmierfinken von der Presse ihm seine Würde nehmt. Also lassen Sie mich verdammt noch mal in Ruhe und haben Sie den Anstand, seine Familie trauern zu lassen.«

Sie schlug die Tür zu. Marc hatte diesmal keine Ambitionen, sie daran zu hindern.

Sein Handy brummte. Eine Nachricht von Brit. »Keiler hat zig Vorstrafen. Möglicher Weiterdreh für die Story?«

Anscheinend machte Jens in der Redaktion Druck. Für einen Weiterdreh brauchte er neue Fakten. Doch er war zu erschöpft. Er hatte die Nacht durchgearbeitet, und die Geschwindigkeit, mit der er wieder in den Sumpf aus Spekulationen, Grauzonen und Zugeständnissen gesogen wurde, ließ seinen Kopf rasen. Es war zwar gerade erst Mittag, aber er brauchte eine Pause.

Eigentlich hatte er was essen gehen wollen, doch daran war jetzt nicht mehr zu denken. Spätestens nach dem unrühmlichen Gespräch mit Lisa Keiler war ihm der Appetit vergangen. Er musste an den Titel seines Artikels denken. »Nackt und erniedrigt«. Auch wenn er Josef Keiler weder ausgezogen noch aufgehängt hatte, so war er es gewesen, der ihn erniedrigt hatte.

## 13

»Du bist heute aber früh dran.«

Eigentlich machte der Stiefel erst am Abend auf, aber für seinen Stammkunden machte Thomas eine Ausnahme. Er war sowieso im Laden, um Papierkram zu erledigen. Marc kannte den restlos tätowierten Barkeeper eigentlich nur mit einem Lächeln im Gesicht und einem Bierkranz in der Hand. Ihn sorgenvoll über Belegen brüten zu sehen zerstörte Marcs Bild von ihm. Oft hatte er schon gedacht, dass er gern mit Thomas tauschen würde. Eine Bar führen, gute Musik hören. Jede Nacht Party. Aber anscheinend kam kein Job ohne Papierkram aus.

»Willst du ein Bier? Hab gerade noch nichts am Zapf, aber nimm dir gern was aus dem Kühlschrank. Geht aufs Haus.«

Auch das mochte Marc an seiner Heimatstadt. In Köln war es völlig normal, sich mittags sein erstes Bier aufzumachen.

»Hast du einen schweren Morgen gehabt?«, fragte Thomas und schaute kurz von seinen Unterlagen hoch, die weit verstreut auf der Theke lagen.

Marc winkte nur ab und setzte sich mit einer Flasche auf den frisch gewischten Barhocker. Er musste drüber nachdenken, wie schön der Tag angefangen hatte. Wie aufgeregt und euphorisiert er gewesen war, weil er eine exklusive Geschichte hatte. Die er Jens zeigen konnte. Die er allen zeigen konnte. Er war so versessen darauf gewesen. Aber er hätte nicht zu Keilers Wohnung fahren dürfen. Nicht heute. Den ganzen Tag schon hatte er sich davor gedrückt, ins Social Web zu schauen. Jetzt konnte der Tag aber eh nicht schlimmer werden, und so öffnete er Facebook, Instagram und Snapchat und schaute sich die Posts und Storys der Excrime an. Auf den ersten Blick war es nicht so schlimm. Das Foto des toten Keiler konnte die Redaktion nicht problemlos veröffentlichen. Das hätten die amerikanischen Social-Media-Dienste sofort gelöscht und schlimmstenfalls den Account der Excrime gesperrt. Nicht, weil auf dem Foto eine Leiche zu sehen war – das wäre vermutlich bei den Sittenwächtern durchgegangen –, aber die Darstellung von Nacktheit war etwas, bei dem die amerikanischen Unternehmen keinen Spaß verstanden. Die Redaktion hatte das Bild der Leiche daher tatsächlich verpixelt. Doch sobald man auf den Link klickte, landete man unmittelbar wieder auf dem Originalbild.

Tausende Menschen hatten seit dem Morgen den Artikel geteilt, kommentiert und geliked. Ein paar Kommentare zu dem Opfer waren zu lesen. Es wurde Mitgefühl und Betroffenheit zum Ausdruck gebracht. Der Großteil der Kommentare befasste sich jedoch mit der Excrime und dem Autor des Artikels. Als seelenloses Monster, gewissenloser Geldmacher und Perverser wurde Marc namentlich beschimpft. Durch ihre wütenden Kommentare sorgten die User dafür, dass der Algorithmus den Post nur noch mehr Leuten prominent ausspielte. Was noch mehr wütende Kommentare bedeutete, was für noch mehr Reichweite sorgen würde, denn jeder wollte sehen, worüber sich der Internet-Mob aufregte. Jeder las den Artikel und förderte damit die Reichweite. Nicht nur im Social Web, auch auf der Website der Excrime. Jens würde zufrieden sein.

Am Abend saß Marc in seiner Wohnung über den Bildern vom Tatort. Er hatte den restlichen Tag verbummelt, um auf andere Gedanken zu kommen. Mit einem Feierabendwhisky wollte er seine Gedanken zum Fall neu sortieren. Überlegen, was seine nächsten Schritte sein würden.

Er hatte die Bilder vom Tatort ausgedruckt und auf dem kleinen einklappbaren Küchentisch verteilt, der neben seinem Bett und vor der Küche stand und ihm nun als Büro diente. Er brauchte Beweise oder zumindest Indizien. Auf den Bildern der Leiche war keine Fremdeinwirkung zu sehen. Keine blauen Flecken oder Quetschungen. Er nahm sein Handy und tippte eine Nachricht an Benno Seger.

»Obduktionsbericht? Spurensicherung? Neue Erkenntnisse?«

Die Antwort ließ nicht lange auf sich warten.

»Nein. Nicht mein Fall.«

Marc ärgerte sich. Nicht über Seger, sondern über die Umstände. Auch wenn er ihm ein wertvoller Informant war, so beschaffte er ihm nur Informationen, wenn er als zuständiger Kommissar verantwortlich war. So konnte er die Informationen steuern und dafür sorgen, dass seine Weitergabe von vertraulichen Details nicht auffiel. Sobald ein anderer Kommissar zuständig war, ging er kein Risiko ein. Marc konnte das verstehen und drängte ihn nicht. Dennoch war es ein Problem. Schon mehrfach hatte er versucht, einen Rechtsmediziner als Informanten zu gewinnen. Maus wäre prädestiniert dafür gewesen. Er arbeitete seit Jahren in der Forensik und hatte ein großes Netzwerk. Einmal hatte Marc ihm ein lukratives Angebot gemacht. Doch niemals hätte Maus Erkenntnisse einer Obduktion oder Ermittlungsdetails nach draußen gegeben. Er hatte schockiert abgelehnt.

Es war aussichtslos. Marc öffnete einen neuen Tab und gab die URL einer Immobilienseite ein. Während die Seite lud, schaute er sich in seiner Wohnung um. Unglaublich, dass er es so lange ausgehalten hatte. Die ganze Wohnung sah aus, als würde ein Neunzehnjähriger hier hausen, der gerade von zu Hause ausgezogen war. Kein besonders ordentlicher Neunzehnjähriger. An vielen Stellen löste sich die Tapete von den Wänden ab, die meisten Fußbodenleisten lehnten nur an der Wand, weil sie nie richtig befestigt worden waren. Seine Möbel waren ein Witz.

Als Paula ihn vor die Tür gesetzt hatte, hatte er nur weggewollt. Mit ihr um die gemeinsamen Möbel zu feilschen wäre ihm nie in den Sinn gekommen, und so kaufte er das meiste gebraucht online. Damals war es ihm egal, wie viele Flecken sein Sofa oder gebrochene Latten sein Bett hatte. Es sollte ja nur eine Übergangslösung sein. Das war jetzt ein Jahr her. Das

Schlimmste war aber der Geruch. Woran Marc selbst schuld war. Er hatte nicht mal eine vernünftige Mülltonne gekauft, sondern seinen Müll in einem ausrangierten Wäschekorb gesammelt. Es hatte ihn nie gestört. Dafür störte es ihn jetzt umso mehr. Er musste hier raus. Schnell.

Seine Sucheingaben ergaben kaum Treffer. Die Investoren, die die Stadt halb aufgekauft hatten, machten bezahlbares Wohnen in Köln fast unmöglich. Unter tausend Euro im Monat war nichts zu finden. Er schaute dem Silberfisch hinterher, der unter seinem ausgetretenen Teppich verschwand, und aktualisierte die Suche. Er musste was finden, egal, was es kostete. Es dauerte nicht lang, bis er eine Wohnung entdeckte, die ihm gefiel. Er klickte durch die Bilder der Immobilie, zoomte sich durch die Fotos. Diele. Küche. Wohnzimmer. Schlafzimmer mit großem Einbauschrank. Marc schaute sekundenlang auf den Schrank, bis er entschlossen den Kopf schüttelte und den Internet-Browser schloss.

Er öffnete stattdessen das Bild von Keilers Leiche in einem Bildbearbeitungsprogramm und begann, es in gleich große Teile zu zerschneiden. Teil für Teil druckte er aus und breitete die A4-Blätter vor sich aus.

Nach wenigen Minuten lag Josef Keiler lebensgroß vor ihm auf dem Boden. Wie ein verstörender Bravo-Starschnitt.

Marc wollte sich einen weiteren Whisky einschenken, entschloss sich dann aber doch dazu, einen Kaffee aufzuschütten. Er musste klar denken.

Was übersah er? Er war sich sicher, dass Keiler ermordet worden war. Sein Bauch sagte es ihm. Und sein Bauch hatte immer recht. Er scannte den nackten Toten, der auf dem Boden seiner schmuddeligen Wohnung lag, Zentimeter für Zentimeter und vermied es dabei, Keilers Gesicht direkt anzuschauen. Am Hals waren die Würgemale des Stricks deutlich zu sehen. Der restliche Körper zeigte keine Wunden oder Verletzungen. Bis auf den kleinen Finger der rechten Hand, der etwas unnatürlich abstand. Keine neue Verletzung, befand er. Die Genitalien waren unversehrt. Außer seinem Paar Socken und einer Uhr hatte man ihm alles abgenommen. Der Mörder wollte seine Tat offenbar nicht mal vertuschen. Hätte er die Kleidung im Hotelzimmer zurückgelassen, wären zunächst alle von Selbstmord ausgegangen. Aber er wollte, dass alle wussten, dass Keiler ermordet worden war. Er wollte ihn erniedrigen. Aber warum?

Er schaute jetzt das erste Mal direkt in Keilers Gesicht. Was hast du getan?

Es war spät geworden. Marc blickte auf seine Armbanduhr und ließ sich auf den wackeligen Stuhl fallen.

Die Uhr! Wie vom Blitz getroffen sprang Marc auf und beugte sich über die Fotos von Keiler. Er legte seinen Arm über Keilers, um sich zu vergewissern. Die Armbanduhr war falsch herum angezogen. Aus Keilers Perspektive war die sechs oben und die zwölf unten.

Es machte keinen Sinn. Er suchte das Bild auf seinem Laptop und zoomte ganz nah an die Uhr heran. Sein Verdacht bestätigte sich. Sie war falsch herum.

Auf dem Armband und dem Glas der Stahluhr war deutlich Staub zu erkennen. Irgendwas war auf der Uhr. Es sah aus wie kleine Partikel. Holzpartikel.

Marc lehnte sich in seinem Küchenstuhl zurück und betrachtete den zwischen Bett und Küche liegenden Keiler abermals. Der restliche Körper war sauber. Wie kamen die Holzpartikel auf die Uhr? Er durchwühlte den großen Stapel der Ausdrucke auf seinem Küchentisch.

Plötzlich hielt er inne. Ein kalter Schauer lief ihm über den Rücken. Josef Keiler hatte der Welt eine Nachricht hinterlassen.

# 14

Am nächsten Morgen wollte Marc nicht zu spät zur Frühkonferenz kommen und war schon um halb sechs in der Redaktion. Zu Lauras Freude hatte er bereits die Technik gestartet und seinen USB-Stick eingesteckt, als Jens dazukam.

»Marc, top, dass du hier bist. War gar nicht sicher, ob du heute reinkommst. Hattest du noch einen schönen Abend nach deinem Erfolg gestern?«

Marc kannte das schon. Wenn Jens sich danebenbenommen hatte, war er immer besonders freundlich, um die Wogen zu glätten. An einem anderen Tag hätte Marc ihm jetzt die Meinung gesagt. Ihm die Hölle heißgemacht, weil er sich bei dem Artikel nicht an die Absprachen gehalten und ihn den Medien zum Fraß vorgeworfen hatte. Aber nicht heute, denn Marc wollte so schnell wie möglich mit einer neuen Keiler-Geschichte an die Öffentlichkeit gehen. Er hatte bereits alles vorbereitet. Jetzt musste er nur noch Jens überzeugen. Einen Streit vom Zaun zu brechen würde ihm nicht helfen. Er antwortete daher knapp, während sich die Kollegen aus der Frühschicht um den Tisch verteilten. In anderen Redaktionen wäre jetzt erst mal lange über den Vortag gesprochen worden, man hätte sich Reichweiten angeschaut und jedes Ressort zu Wort kommen lassen, bei der Excrime lief es anders. Jens hasste alle Arten von Prozessen, er wollte ein gewisses Maß an Chaos, genauso wie er einen gesunden Wettbewerb unter seinen Leuten wollte. Marc wusste das und riss die Konferenz kurzerhand an sich.

»Ich war gestern bei der Witwe, Lisa Keiler. Ich glaube nicht, dass sie etwas mit dem Mord zu tun hat. Sie glaubt aber, dass ihr Mann in dem Hotel war, um sich mit einer Affäre zu treffen. Hier kann man sicher noch mal nachforschen. Aber ich habe was anderes gefunden.«

Jens begann zu grinsen und machte eine ausladende Geste

mit den Armen. Die Kollegen merkten das nicht, denn ihre Augen klebten bereits erwartungsvoll an dem Fernseher, der das noch dunkle Büro erhellte.

»Ich habe mir die Bilder vom Tatort noch mal genauer angeschaut.« Das Bild von Keiler erschien. »Ich habe nach Auffälligkeiten gesucht, die meine Mordthese unterstützen könnten. Dabei ist mir das hier aufgefallen.«

Marc klickte ein Bild weiter. Keilers Handgelenk war im Zoom zu sehen.

»Schöne Uhr«, raunzte Oli gelangweilt rein. Langsam entwickelte Marc eine Antipathie gegen den Alten mit den wilden grauen Haaren.

»Mir ist aufgefallen, dass Keiler die Uhr falsch herum angezogen hat. Die zwölf ist unten und die sechs oben.« Wie ferngesteuert neigten alle Kollegen, selbst der übellaunige Oli, den Kopf und streckten den linken Arm aus, um die These zu überprüfen.

Marc wartete auf das zustimmende Nicken seiner Kollegen, bevor er Keilers Uhr auf dem Bildschirm zeigte. »Hier seht ihr kleine Rückstände am Armband und Glas der Uhr. Wie kleine Sägespäne.«

»Vielleicht hat er ja den Schrank selbst gebaut, bevor er darin aufgehängt wurde«, rief Oli rein, der sich selbst am meisten über den Witz freute. Mit einem Blick gab ihm Jens zu verstehen, dass es reichte, und nickte Marc erwartungsvoll zu.

»Die Sägespäne haben mich dazu gebracht, mir den Schrank noch mal genauer anzuschauen. Die Lamellentüren, den Boden, die Wand um den Schrank.« Marc klickte schnell durch ein paar Bilder, die zu seinen Ausführungen passten. »Nichts zu sehen. Aber wenn man sich die Decke des Schranks anschaut …« Marc klickte weiter und wartete auf die Reaktionen seines Publikums.

»Was ist das?«, fragte Brit und kniff die Augen zusammen, um was zu erkennen. »Hat der mit der Uhr was in den Schrank geritzt?«

»So sieht es aus.« Marc war stolz auf seine Recherchearbeit.

»Was steht da? ›M5‹? Was soll das heißen?«, fragte Jens ungeduldig. Tatsächlich waren ein eckiges »M« und die Zahl »5« zu erkennen, die behelfsmäßig ins Holz geritzt worden waren.

»Das weiß ich leider noch nicht«, räumte Marc ein.

Jens nahm sein Tablet zur Hand und googelte »M5«.

»BMW M5, Schraubengewinde M5.« Jens schaute nachdenklich in sein Tablet, als überlegte er seine Worte genau. »Danke für deine Ausführungen, Marc, aber tatsächlich ist das ein bisschen dünn.«

Ein bisschen dünn? Marc traute seinen Ohren nicht. »Wir können beweisen, dass jemand Keilers Kleidung vom Tatort entfernt hat und dass der Tote eine Nachricht hinterlassen hat.«

Kleinlaut schaltete sich Kili ein: »Selbstmörder hinterlassen doch häufig Nachrichten.«

Marc atmete durch. »Ja, Kili. Selbstmörder hinterlassen Nachrichten. Mit Stift und Papier. Sie ritzen aber keine Scheiß-Codes mit Uhren in Schränke.«

Jens schaltete sich wieder ein. »Aber ›M5‹? Das kann wirklich alles sein. Hier«, Jens hielt sein Tablet hoch, »das Ding hier in meiner Hand ist ein M5-Tablet. Kein Witz. Das Modell heißt so. ›M5‹ kann alles heißen. Und die Fotos sind ja auch nicht neu. Das haben wir gestern schon veröffentlicht, bei aller Liebe, ich mache jetzt kein Follow-up zu einer dreckigen Uhr.«

Kaum zu glauben, ausgerechnet Jens war die Geschichte zu spekulativ. Ohne Weiteres hätte man über die letzte Nachricht des Toten berichten können.

»Okay, was schlägst du vor, Chefredakteur?«, fragte Marc, ohne seinen Zynismus zu verstecken.

»Brit, was hast du?«

Wie angeknipst klappte Brit ihren Laptop auf und begann ihre Ausführungen.

»Josef Keiler oder Jupp Keiler, wie man ihn eher kannte, war ein Kleinkrimineller, wie er im Buche steht. Er hatte keinen Schulabschluss und hat seine Frau Lisa mit zwanzig in einer

Disco aufgerissen. Die beiden haben zwei Kinder, Marvin, siebzehn, Felix, fünfzehn. Jupp hatte einige Vorstrafen, meist weil er Sachen transportiert hat, an denen sich andere nicht die Finger schmutzig machen wollten. Drogen oder Geld. Dafür saß er zwei Jahre. Ist aber schon was her. Einmal wurde er auch mit Waffen hochgenommen. Genauso wenig Glück hatte er beim Spielen. Er hielt sich für ein Poker-Ass und hat Schulden bei den falschen Leuten gemacht. Vor Kurzem wurde ihm von einem seiner Gläubiger der kleine Finger gebrochen, weil er nicht zahlen konnte.«

Marc erinnerte sich an den krummen Finger, der ihm auf dem Foto aufgefallen war. Er war beeindruckt. Brit war das Recherchetalent der Redaktion. Sie grub Fakten zu allen Themen aus. Die Quellen gab sie selten preis, selbst nicht vor ihrem Chefredakteur. Jens hatte ihm mal erzählt, sie sei eine Hackerin, die sich ihre Infos durch illegale Zugriffe auf Behördendatenbanken verschaffte. Marc konnte sich das nicht vorstellen. Trotzdem verstand er den Gedanken. Solche Infos ließen sich nicht über Suchmaschinen oder auf der Straße erfahren. Zumindest nicht in so kurzer Zeit.

Jens nickte Brit dankend zu. »Heute werden wir auf jeden Fall mit den Mordspekulationen aufmachen. Wir lehnen uns aus dem Fenster und berichten, dass er ermordet wurde. Als ein Indiz nehmen wir die fehlenden Klamotten.« Er grinste Marc gönnerhaft zu, der den Blick nicht erwiderte. »Aber das mit der Uhr ist mir zu abenteuerlich. Wir schreiben einfach, dass der Excrime weitere Indizien vorliegen, die auf einen Mord hindeuten. Dann beleuchten wir seine dunkle Vergangenheit. Brit, kannst du ein paar Verdächtige raussuchen? Typen aus der Unterwelt, vielleicht die Typen, die ihm den Finger gebrochen haben?«

Brit nickte entspannt und wühlte parallel schon auf ihrem Rechner nach Infos.

»Außerdem können wir Lisa Keiler noch aufnehmen. Die eifersüchtige Ehefrau, die ihn in flagranti erwischt und kurzen

Prozess macht.« Jens blickte zu Marc rüber, der ihm einen giftigen Blick zuwarf. »Okay, okay, nur die Verbrecher, bei denen Keiler Schulden hatte. Wir lassen seine Familie da erst mal raus.«

Marc wusste das zu schätzen, trotzdem hielt er die Stoßrichtung für falsch. Er wusste, dass die Nachricht im Schrank eine heiße Spur war. Aber Jens hatte deutlich gemacht, dass er erst den Code knacken musste. Was wollte Keiler mit »M5« sagen?

## 15

Marc hatte Brit nach der Frühkonferenz um Hilfe gebeten und mit ihr den ganzen Tag recherchiert. Er war beeindruckt, wie sie ihre Kontakte und Fähigkeiten bei der Recherche nutzte. Sie war eine attraktive Frau. Blond, sportlich, intelligent. Aber nicht der Typ Frau, der Marc anzog. Wobei ihn derzeit gar keine Frau interessierte. Die Trennung von Paula war zwar schon lange her, doch er hing immer noch an ihr. Sie waren verlobt, die gemeinsame Zukunft war selbstverständlich erschienen. Zu selbstverständlich.

Eine Mischung aus der wieder aufkeimenden Sehnsucht nach Paula und Frust, weil er auch nach einem Tag Recherche mit Brit nicht das Geringste zu »M5« finden konnte, trieb ihn nach Feierabend an den Ostermannplatz. Die letzte Sonne des Tages mit einem Bier in der Hand genießen. Doch trotz des frischen Kölschs konnte er nicht abschalten. Keiler ließ ihn nicht los. Die Story über eine Verwicklung der Kölner Unterwelt in den Fall, die heute veröffentlicht worden war, hielt er für Unsinn. Er hatte schon häufiger in der Kölner Szene recherchiert. Ihm fielen keine Kriminellen und keine Clans ein, die ein Hotelzimmer mieten würden, um dort ihr Opfer auszuziehen und zu ermorden. Zu umständlich, zu gefährlich und vor allem: Welcher Gangster will mit einem nackten Typen in Verbindung gebracht werden, der in seinem eigenen Unrat gefunden wird? Nein, er glaubte fest an eine Tat aus Leidenschaft. Keiler hatte irgendeine Grenze überschritten und jemanden sehr wütend gemacht. Marc würde mit den Frauen reden müssen, mit denen Keiler Affären gehabt hatte, aber die zu finden würde nicht einfach sein. Zumal Jens am Abend noch verkündet hatte, dass der Fall Keiler erst mal keine Prio mehr habe. Die Geschichte sei auserzählt, sofern es keine weiteren Bilder oder Verdächtigen gäbe. Er hatte nicht unrecht. Die Excrime hatte sich mit der

Geschichte über die Unterwelt auf eine Richtung festgelegt. Die Geschichte war so tot wie Keiler. Eventuell würde der Obduktionsbericht oder die toxikologische Untersuchung neue Erkenntnisse bringen, aber das konnte Tage, wenn nicht Wochen dauern. Hätte er doch eine Quelle in der Rechtsmedizin!

Marc orderte ein frisches Kölsch und lehnte sich zurück. Runterfahren. Abschalten. Er mochte es, in der Altstadt in Biergärten zu sitzen. Der Platz hier gehörte dabei zu seinen Lieblingsorten in Köln. Nicht zuletzt wegen des Ostermannbrunnens, der ihm sein Gesicht gab. Die Figuren auf dem Brunnen waren Liedern des Kölner Komponisten Willi Ostermann nachempfunden. Ähnlich wie Köln selbst war der Brunnen keine architektonische Schönheit, aber Marc erinnerte er immer wieder daran, was diese Stadt ausmachte. Eine lange Tradition und der Karneval. Nicht der Karneval, der einmal im Jahr zwischen Weiberfastnacht und Aschermittwoch stattfand und meist jugendliche Alkoholleichen zurückließ, sondern der Karneval, der das gesellige Leben dieser Stadt das ganze Jahr über bestimmte. Freundlichkeit, Offenheit, Toleranz waren die DNA dieser Stadt. Er war kein Karnevalsjeck, aber diese urkölsche Mentalität war ihm sympathisch.

Von seinem Platz aus konnte Marc den Torbogen beobachten, der den Ostermannplatz mit dem Heumarkt verband. Es war wie ein Flaschenhals, der die Leute von einem Platz auf den anderen führte. Touristen aus aller Welt, Junggesellenabschiede, frisch verliebte Studenten und Angestellte, die noch ein Feierabendbier genießen wollten. In dem Gewusel fiel Marc ein Mann besonders ins Auge. Ein großer, durchtrainierter Mann um die fünfzig. Sicher einen Meter neunzig groß. Die grau melierten Schläfen waren schon erkennbar, als er durch den Torbogen schritt. Die schwarze Kleidung ließ ihn ein wenig bedrohlich wirken. Die anderen Männer auf dem Platz und in den Restaurants sahen in ihren schwarzen Anzügen aus wie Banker oder Versicherungsvertreter. Bei ihm war das anders. Ihm gab das Outfit eine gewisse Autorität.

Marc nahm einen großen Schluck aus seinem Kölschglas, an dem er sich fast verschluckte, als er bemerkte, dass der Mann zielstrebig auf ihn zusteuerte und sich kerzengerade vor seinem Tisch aufbaute.

»Marc Bauer?«, fragte der Mann.

»Wer will das wissen?«

»Konstantin Degner. Mordkommission.« Der Mann zeigte einen Dienstausweis vor. Er hätte Marc aber genauso gut seine IKEA-Familycard zeigen können, so schnell wie er seinen Ausweis wieder in der Jackettinnentasche verschwinden ließ. »Darf ich mit Ihnen reden?«

»Wenn Sie ein Kölsch mit mir trinken«, antwortete Marc. Er wollte selbstsicher wirken. Und Zeit gewinnen. Der Typ hatte ihn völlig überrumpelt.

Degner nickte zustimmend und setzte sich ihm gegenüber an den Tisch. Natürlich konnte Marc sich denken, warum die Mordkommission bei ihm auftauchte. Nachdem Jens seinen Namen im Keiler-Artikel öffentlich gemacht hatte, war es nur eine Frage der Zeit gewesen. Marc begann zu schwitzen, was nicht an der Feierabendsonne lag.

Der Köbes stellte zwei Kölsch vor den beiden ab. Marc prostete dem Kommissar zu und trank einen großen Schluck. Alles kostbare Sekunden, um Zeit zum Nachdenken zu gewinnen. Er musste sich entscheiden. Und das tat er. Er ging auf Angriff.

»Wusste gar nicht, dass in Deutschland jetzt schon Journalisten überwacht werden.« Degner schaute Marc irritiert an. »Oder wollen Sie mir erzählen, dass Sie mir zufällig über den Weg gelaufen sind?«

Degner holte kommentarlos sein Handy aus der Tasche und tippte ein wenig darauf rum.

»Dank der neuen Medien«, sagte Degner und drehte das Handydisplay zu Marc, »überwachen sich die Leute selbst.«

Auf dem Display war Marcs Instagram-Seite zu sehen. Vor einer halben Stunde hatte er ein Foto vom Ostermannbrunnen gepostet.

»Sie haben ja sogar Ihren Standort mit dem Post verlinkt, sehen Sie«, sagte Degner trocken und zeigte auf das entsprechende Feld.

Marc kam sich dämlich vor. Sein Versuch, besonders tough zu wirken, war nach hinten losgegangen. Er setzte sich aufrecht hin.

»Was kann ich für Sie tun?«

Degner legte eine schwarze Mappe auf den Tisch und klappte sie auf. Zu sehen war ein Ausdruck von Marcs Artikel.

»Wissen Sie, Herr Bauer, ich habe mich gefragt, wie Sie an diese Tatortbilder gekommen sind. Zunächst dachte ich ja, Sie hätten die Fotos von der Spurensicherung zugesteckt bekommen, aber dann ist mir aufgefallen, dass der Tatort noch völlig jungfräulich ist. Sie waren doch sicher schon an anderen Tatorten und kennen die Markierungen, die die Spurensicherung macht. Schauen Sie auf das Bild.« Degner legte Marc den Artikel vor die Nase. »Keine Fähnchen oder Markierungen. Wissen Sie, was mir das über den Tatort, die Fotos und Sie sagt, Herr Bauer?«

Marc blieb stumm.

»Sie waren an meinem Tatort, bevor ich oder meine Kollegen dort waren.« Degner trank einen Schluck. Nicht aus Durst, sondern um seine Ausführungen nachwirken zu lassen. Er setzte das Glas ab und fuhr fort: »Und da frage ich mich: Wie haben Sie das geschafft? Waren Sie zufällig gerade im Spa des Hotels und haben sich zufällig in das Zimmer des Toten verirrt? Nein, das glaube ich nicht. Aber vielleicht ein Informant. Im Hotel? Oder sogar bei der Polizei?«

Marc konnte seinen Herzschlag spüren. Er merkte erst jetzt, dass er in sein Glas starrte, das er mit beiden Händen umklammerte. Seine Körpersprache war ein Desaster. Die Situation überforderte ihn, und Degner wusste die Signale zu deuten.

»Was mich aber ganz besonders umtreibt, seitdem ich diesen Artikel gelesen habe, ist die Frage, ob der Verfasser, also Sie, sich auch nur eine Sekunde Gedanken gemacht hat, welche

Auswirkungen dieses geschmacklose Foto auf unsere Ermittlungen und auf die Familie des Opfers hat.«

Marc wollte gerade ansetzen, da schob Degner nach. »Und auch für Sie. Ist Ihnen klar, dass Sie damit mein Verdächtiger Nummer eins sind?«

Marc stockte der Atem. Darüber hatte er noch gar nicht nachgedacht. Wer könnte besser das Foto eines Toten machen als der Mörder selbst? Gleichzeitig war es für ihn die Bestätigung, dass es sich bei Keiler nicht um einen Selbstmord handelte und die Polizei von einem Mord ausging.

Marc sortierte seine Gedanken. Er wäre am liebsten aus der Situation geflohen.

»Herr Degner. Ich kann verstehen, dass Sie gern wüssten, woher ich meine Informationen beziehe, aber ich schütze meine Quellen und daher …«

»Verstehe ich«, sagte Degner. »Sie schützen Ihre Quellen. Die Meinungsfreiheit steht auf dem Spiel und die Freiheit der Presse und überhaupt die Freiheit der Demokratie. Sie sind nicht der erste Journalist, mit dem ich rede. Aber mir ist es im Moment völlig egal, wen Sie schmieren. Ich habe mich über Sie informiert. Sie sind kein Reporter, der einen Artikel schreibt und dann den Fall abhakt. Darum ist es mir wichtig, zwei Dinge festzuhalten.«

Der Köbes stellte ungefragt zwei neue Kölsch neben die halb vollen Gläser der beiden Männer. Degner nutzte die Gelegenheit, noch einen großen Schluck zu nehmen. Ihm schien das alles Spaß zu machen.

»Erstens, Herr Bauer, möchte ich nicht, dass Sie sich weiter in den Fall einmischen. Und zweitens möchte ich alle Informationen zum Fall von Ihnen haben, die Sie bislang recherchiert haben.«

Marc verspürte Erleichterung. Anscheinend hielt der Kommissar ihn nicht für den Mörder, sondern wollte nur seine Hilfe. Er wollte ihn nur einschüchtern, was ihm gelungen war.

»Sie glauben also, ich hätte mehr Informationen als Ihre

Leute von der Mordkommission? Sie müssen ja viel von meiner Arbeit halten.«

Degner grinste das erste Mal. »Ganz im Gegenteil. Ich halte gar nichts von Ihrer Arbeit. Aber ich weiß, dass Sie an Stellen gehen, die wehtun, und sich am Rande der Legalität bewegen. Dabei werden Sie unweigerlich in Abgründe schauen, denen sich ein anständiger Ermittler niemals nähern würde.«

»Ob es Ihnen gefällt oder nicht, ich nehme das als Kompliment«, sagte Marc, der im Verlauf des Gesprächs wieder an Selbstbewusstsein gewann. »Vielleicht können wir ja eine Abmachung treffen. Sie geben mir Informationen zu Ihrem Stand, ich Ihnen zu meinem. Dadurch profitieren wir beide.«

Degners Grinsen verschwand augenblicklich. Er musterte Marc.

»Da das sicherlich nicht Ihr erstes Bier ist, schiebe ich es jetzt großzügig auf Ihren Alkoholkonsum und überhöre Ihren unverschämten Versuch, mich zu Ihrem Informanten machen zu wollen. Sollten Sie aber drauf bestehen, können wir uns gern im Präsidium weiter unterhalten.«

Marc merkte, dass er zu weit gegangen war, und hob entschuldigend die Hände.

»Sie verkennen die Lage, Herr Bauer. Ich will mit Ihnen keine Freundschaft, ich bitte Sie auch nicht um Hilfe. Ich verlange von Ihnen, mir Auskunft über Ihre Erkenntnisse zu geben. Ich gebe Ihnen über das Wochenende Zeit. Am Montag treffen wir uns um neun Uhr am Schokoladenmuseum und gehen ein paar Schritte am Rhein entlang. Dann können Sie mich auf den aktuellen Stand bringen. Ich empfehle Ihnen, pünktlich zu sein.« Degner stand auf und packte seine schwarze Mappe unter den Arm. »Und verlassen Sie am Wochenende die Stadt nicht. Auch wenn ich Sie nicht für einen Mörder halte, hat Ihr verantwortungsloses Verhalten noch ein Nachspiel. Danke für die Einladung. Das Feierabendbier war köstlich.«

So schnell wie Degner unter dem Torbogen erschienen war,

verschwand er auch wieder. Marc bestellte sich einen Schnaps. Er schloss alle Tabs in seinem Handy, die er in den letzten zwei Tagen geöffnet hatte, und legte es auf den Tisch. Seine Recherchen zu Keiler waren hiermit beendet.

# 16

Über das Wochenende hatte Marc viel nachgedacht. Darüber, wie viel er bereit war für die Story zu riskieren. Diese Frage stellte er sich immer, wenn er davor war, eine Grenze zu überschreiten. Und er hatte eine Entscheidung getroffen. Sein neues Leben war gerade erst eine Woche alt. Zu früh, um sich mit der Polizei anzulegen. Auch wenn ihn der Keiler-Mord nicht losließ, war es das nicht wert. Er wollte mit Degner kooperieren.

Schon zehn Minuten vor neun wartete Marc am Rhein vor dem Schokoladenmuseum. Er schaute aufs Wasser und trank den ersten Kaffee des Tages. Er hatte sich mit der Story in Gefahr begeben und verdächtig gemacht. Er, ein abgehalfterter und skandalträchtiger Journalist, begeht einen Mord, um selbst exklusiv darüber zu berichten. Wie ein Feuerwehrmann, der Brände legt, um sie selbst zu löschen. Sicher hätte die Spurensicherung problemlos Haare von Marc im Hotelzimmer gefunden. Nicht auszudenken. Er konnte froh sein, dass Degner so nachsichtig mit ihm war.

Marc sah Degner von Weitem in einem langen Mantel den Rhein entlanggehen. Es war kalt an diesem Morgen. Begleitet wurde der Kommissar von einem kleinen Mann. Zumindest wirkte er klein neben dem groß gewachsenen Kommissar. Als Degner sich Marc näherte, löste sich der kleine Mann von ihm und zündete sich gedankenverloren eine Zigarette an. Eine von diesen dünnen, langen Marken. Marc fiel das auf, weil der dünne, lange Glimmstängel im Mund des kleinen, dicken Mannes lächerlich aussah.

»Sie haben sich Verstärkung mitgebracht?«, begrüßte Marc den Kommissar.

»Können Sie es mir verübeln? Nachher schmeißen Sie mich in den Rhein und berichten exklusiv vom Tatort.«

Marc fand den Seitenhieb gar nicht lustig.

»Das ist Bernd Vogt, mein Partner bei den Ermittlungen. Wir fahren gleich weiter zu Zeugenbefragungen.«

»Ins Hotel?«

»Ja, wir wollen die Belegschaft unter die Lupe nehmen.«

Marc war über die ehrliche Antwort verwundert.

»Gehen wir ein paar Schritte, Herr Bauer.«

Marc gefiel es, dass er nicht gleich geduzt wurde, wie er es aus den Medienkreisen gewohnt war. Es gab der Unterhaltung die gebührende Ernsthaftigkeit.

»Lassen Sie uns eine Verabredung treffen«, begann Degner. »Ich frage Sie nicht, woher Sie Ihr Insiderwissen beziehen. Obwohl es mich brennend interessieren würde. Und Sie kooperieren im Gegenzug und sagen mir, was Sie bisher haben.«

»Das können Sie doch in der Excrime lesen.«

»Sie meinen die Räuberpistole von den Mafiabossen, die Keiler haben umlegen lassen? Kommen Sie. Die Leute werden abgeknallt oder in den Rhein geworfen. Ich habe Ihre Reportagen zu den Kölner Gangs gelesen. Sie sollten am besten wissen, dass niemand von denen ein Hotelzimmer buchen würde, um einen Mord zu begehen.«

Marc wurde hellhörig. »Das Zimmer war gebucht? Auf welchen Namen?« Degner schaute ihn strafend an, aber Marc wollte nicht lockerlassen. »Hören Sie, Degner. Ich lasse mich auf Ihre Forderungen ein. Im Gegenzug möchte ich aber, dass Sie mir entgegenkommen. Ich möchte wissen, was mit dem Mann passiert ist. Ich habe die letzten Tage ständig in seine toten Augen auf den Fotos geschaut. Vergangene Nacht habe ich sogar von ihm geträumt. Ich werde nichts von dem, was Sie mir hier erzählen, veröffentlichen.«

Degner musterte ihn eine Weile und schaute rüber zu Vogt. Erst jetzt bemerkte Marc, dass der Mann ihnen in gleichbleibendem Abstand gefolgt war.

»Okay. Aber wenn ich nur ein Zitat lese, werde ich Ermittlungen gegen Sie einleiten. Mir würden spontan drei Anklagepunkte einfallen.«

»Was anderes würde ich auch nicht erwarten.«

»Gut. Wir haben nicht viel. Am Mittwochabend wurde Josef Keiler unweit des Hotels gesehen. Er war in einer Kneipe im Severinsviertel unterwegs. Bei ihm waren laut Augenzeugen ein paar Typen. Vermutlich heuerten sie Keiler für einen Job an. Danach verliert sich die Spur für ein paar Stunden. Aus Aufnahmen aus der Hotellobby können wir sagen, dass er kurz vor seinem Tod dort ankam. Der toxikologische Bericht muss es noch bestätigen, aber ich gehe davon aus, dass Keiler vor seinem Tod unter Drogen gesetzt wurde.«

»Von einer seiner Liebschaften?«

»Unwahrscheinlich. Für seine Affären hatte er eine billige Absteige in der Altstadt, die er regelmäßig nutzte. Niemals hätte er für einen Quickie in einem Luxushotel eingecheckt. Außerdem gab es keine Spuren von Sex.«

»Eine Sache beschäftigt mich seit Tagen«, sagte Marc.

Degner schaute Marc erwartungsvoll an.

»Warum hat der Mörder Keilers Kleidung mitgenommen? Hätte er seine Tat vertuschen wollen, hätte er sie nur dalassen müssen. Dann hätte es wie Selbstmord ausgesehen.«

»Die Frage treibt mich auch um«, bekannte Degner. »Vermutlich wollte der Mörder ihn demütigen. Gründe lassen sich in Keilers Vita genügend finden. An Feinden mangelt es nicht.«

»Aber warum sind Sie so sicher, dass es Mord war?«, wollte Marc wissen. »Die Sache mit der fehlenden Kleidung ist doch was dünn.«

Degner grinste verschwörerisch. »Alles kann ich Ihnen auch nicht verraten, Bauer. Aber wir haben eindeutige Beweise.«

Marc ärgerte sich. Offenbar hatte er am Tatort etwas übersehen. »Und sonst noch eine Spur?«, fragte er nicht ohne Hintergedanken.

»Was meinen Sie?«

»Kommen Sie schon, Degner. Was ist ›M5‹?«

Degner nickte anerkennend. »Ich kann Ihre Methoden genauso wenig tolerieren wie das Schundblatt, für das Sie schreiben, aber Sie verstehen Ihren Job. Mehr als mir lieb ist. Das war Keilers letzte Nachricht, die er mit seiner Uhr einritzte. Offen gesagt wollte ich es nicht erwähnen, solange wir nicht wissen, was es bedeuten soll. Wir jagen den Hinweis seit Tagen durch alle Datenbanken und befragen unser komplettes Informanten-Netzwerk. Das Problem ist nicht, dass wir nichts finden, sondern dass wir zu viel finden. Von Datenspeichern über Kaffeemaschinen bis hin zu Waffen ist alles dabei. Solange wir nicht wissen, was zwischen Kneipe und Hotelzimmer passiert ist, tappen wir im Dunkeln.«

»Ich war bei seiner Frau.« Marc biss sich auf die Zunge, da ihm klar war, was Degner davon halten würde. »Lisa Keiler. Halten Sie sie für verdächtig?«

»Nein. Es sieht alles nach einem perfekt durchdachten Mord aus. Eine betrogene Ehefrau mit dem impulsiven Charakter von Lisa Keiler handelt eher im Affekt. Aber …« Nun war es Degner, der sich auf die Zunge biss.

»Aber?«, fragte Marc.

»Wir durchleuchten gerade seine Jungs.«

»Die sind doch noch Kinder.«

»Gewaltbereite Jugendliche trifft es wohl eher.«

Vogt stand ohne Vorwarnung zwischen den zwei Männern. Aus der Nähe sah er noch unappetitlicher aus. Zwischen seinen wurstigen Lippen klebte eine frisch angezündete Zigarette.

»Chef. Gleich halb zehn.«

Degner nickte. »Wir müssen los. Hören Sie zu, Bauer. Ich habe schon viel zu viel erzählt. Ich hoffe, Sie missbrauchen mein Vertrauen nicht. Sie halten sich ab jetzt aus dem Fall raus. Wenn Ihnen noch was einfällt, rufen Sie mich an.« Degner reichte ihm seine Karte und verabschiedete sich.

Marc sah den Kommissaren hinterher. Er würde sich nicht verbieten lassen, eigene Recherchen zu betreiben. Schon gar nicht mit einer frischen Spur. Die Story hatte gerade eine neue Wendung genommen.

## 17

Marc kam sich seltsam vor, als er vor der Schule in Köln-Höhenberg wartete. Wie ein Perverser, der kleinen Kindern auflauerte. Irgendwie tat er das ja auch. Er hatte Degner versprochen, nichts von dem, was er ihm gesagt hatte, zu veröffentlichen. Daran würde er sich halten. Aber er hatte dem Kommissar in keinem Moment zugesagt, dass er die neuen Informationen nicht nutzen würde. Eigentlich hatte Marc sich geschworen, nicht weiter an der Story zu arbeiten, aber Keiler ließ ihn einfach nicht los. Sein Bauch sagte ihm, dass mehr dahintersteckte. Die Spur mit Keilers Kindern war zu verlockend. Er ärgerte sich, dass er selbst nicht drauf gekommen war.

Vor der Schule standen zwei Jugendliche. Der Junge um die siebzehn, das Mädchen schätzte Marc auf sechzehn. Sie knutschten wild rum. Bestimmt machten sie blau, um sich stattdessen umeinander zu kümmern.

Marc umgab plötzlich eine tiefe Trauer. Malte Knorr war auch in dem Alter gewesen, als er sein Leben beendete. Damals hatte Marc über den Jungen berichtet. Ihm eine schlimme Zeit bereitet. Hätte er damals gewusst, was seine Berichterstattung auslösen würde und wo es ihn selbst hinbringen würde, hätte er niemals die Recherche aufgenommen. Sein Freund Maus war fest davon überzeugt, dass Jens ihn in die Story reingetrieben hatte. So gern Marc die Schuld auch wem anders gegeben hätte, Maus irrte sich. Marc allein war es, der eine mediale Hexenjagd begonnen und den Jungen in die Ecke getrieben hatte. Ihm das Leben zur Hölle gemacht hatte. Marc musste grinsen. Es war völlig unpassend, in dem Moment zu grinsen, aber ihm ging jetzt erst auf, warum ihm der Keiler-Fall so naheging. Dass ihm diese Parallele nicht vorher aufgefallen war. Es war an einem Julisonntag vor zwei Jahren gewesen, als Malte Knorr sich in seiner Villa in Marienburg an einer Kleiderstange erhängt hatte.

Marc wurde von der Schulglocke aus den Gedanken gerissen. Mittagspause. Er hoffte, die Keiler-Jungs in der Masse an Schülern erkennen zu können. Auf seinem Handy hatte er den Snapchat-Account des älteren Bruders, Marvin, geöffnet. Im letzten Post konnte er beide Jungs deutlich erkennen. Der Post war vor einigen Stunden an der Stelle entstanden, wo Marc jetzt wartete.

Es lag nahe, dass die beiden in der Pause wieder hier abhängen würden.

Lange musste Marc nicht warten.

»Du Bastard.«

Marc drehte sich um und sah in das Gesicht eines wütenden Jungen. Es dauerte einige Sekunden, bis er begriff, dass die unfreundliche Begrüßung ihm galt.

Der Junge war mitten in der Pubertät. Unter den hochgegelten Haaren waren Pickel wie kleine Krater über sein unebenes Gesicht verteilt. Seine Augen glänzten vor Wut.

Marc wusste nicht adäquat mit der Situation umzugehen. Offensichtlich handelte es sich bei dem Jungen um den fünfzehnjährigen Felix Keiler. Während Marc noch überlegte, was er ihm entgegnen sollte, spuckte ihm Felix bereits aus einem Meter Entfernung ins Gesicht. Die Fassungslosigkeit, die Marc verspürte, wich sogleich dem Schmerz auf der Nase, als Felix' kindliche Faust erstaunlich heftig zuschlug. Der Kleine hatte ihm eine verpasst.

»Du Bastard hast die Scheiße über meinen Vater gepostet. Ich mach dich fertig.«

Marc sah immer noch Sternchen vor seinen Augen, als er eine zweite, sanftere Stimme vernahm, die anfing, mit der wütenden Stimme zu diskutieren.

»Mein Bruder hat recht, Sie sind ein Bastard, hauen Sie lieber ab, sonst kann ich für nichts garantieren«, sagte ein groß gewachsener Junge mit langen blonden Haaren. Seine grünen Augen strahlten eine gewisse Traurigkeit aus. Marvin Keiler. Der Siebzehnjährige hielt mit einer Hand seinen Bruder an der

Schulter zurück, mit der anderen zeigte er in die Richtung, aus der Marc gekommen war.

»Haben Sie nicht gehört? Verpissen Sie sich!«, schrie er, während sein kleiner Bruder immer heftiger versuchte, sich aus dem Griff zu befreien.

Verwirrt und mit blutender Nase machte Marc sich auf den Weg zur Straßenbahn.

Jens reichte Marc eine Stange Wassereis, die er aus dem Redaktionskühlschrank geholt hatte.

»Wolltest du seine Jungs nicht aus allem raushalten?«, fragte Jens, dem es schwerfiel, ein Lachen zu unterdrücken.

Marc nahm das Eis kommentarlos an und kühlte damit seine Nase. »Ich dachte, der ältere der Brüder wäre das Problem.«

»Aber stattdessen hat dich ein kleiner Junge verdroschen.« Jens' fülliger Bauch begann vor Lachen zu hüpfen. »Das ist einfach zu gut.« Er wischte sich die Tränen aus den Augen. »Pass auf, Marc, übermorgen erscheint die neue Excrime am Kiosk, die erste seit dem Keiler-Mord. Auch wenn wir uns online auf die Mafia-Geschichte festgelegt haben, möchte ich einen frischen Weiterdreh für die Ausgabe am Mittwoch.«

»Ich dachte, die Keiler-Story hat keine Priorität mehr?«

»Dachte ich auch. Aber online klicken die User wie verrückt auf jeden noch so kleinen Aspekt der Geschichte. Alles, was wir zu Keiler machen, läuft überdurchschnittlich gut. Die Monatsprognose der Excrime ist phantastisch – und es ist gerade mal Mitte April. Bis morgen brauchen wir einen Weiterdreh. Da kommt mir deine gebrochene Nase wie gerufen.«

»Sie ist nicht gebrochen«, warf Marc ein. Und ihm gefiel gar nicht, worauf Jens hinauswollte.

»Gebrochen oder nicht. Du siehst beschissen aus. Der Sohn unseres Mordopfers hat dir eine reingehauen. Wir nehmen den O-Ton von Lisa Keiler, der betrogenen Ehefrau, dazu und fokussieren uns auf Josef Keiler, beschissener Vater und Ehemann und vollgeschissene Leiche.«

Marc musste grinsen. Ein stechender Schmerz zog durch sein Gesicht. Eigentlich wollte er Familie Keiler nach wie vor schützen, aber er hatte immer noch Spuckereste von dem Rotzbengel in den Haaren.

»Okay, aber wir zeigen den Jungen nur verpixelt und machen ihn nicht zum Mordverdächtigen.«

»Abgemacht, aber die Mutter zeigen wir, die ist alt genug.«

»Von mir aus.« Marc war nicht nach Diskutieren. Er stand auf, um sich zu verabschieden.

»Schaffst du das bis morgen Mittag?« Marc nickte. »Und noch eine Bitte. Um die Geschichte ein bisschen seriöser zu machen, schau bitte, ob du eine Jugendpsychologin oder so was findest, die dir ein kurzes Interview gibt und einordnet, wie verkorkst die Jungs sind.«

Marc hielt beim Rausgehen den Daumen hoch. Er wusste nicht, was er verrückter fand. Von einem Fünfzehnjährigen verprügelt worden zu sein oder Jens' Wunsch, seine Story seriöser zu machen.

# 18

»Und er war erst fünfzehn?«

Maus fing an zu lachen. Marc rollte die Augen.

»Dafür, dass du Jens so schrecklich findest, habt ihr aber einen sehr ähnlichen Humor.«

»Du hast recht. Entschuldige. Aber fünfzehn?« Wieder prustete Maus los.

Das letzte gemeinsame Kölsch war genau eine Woche her. Am Ende des Abends hatten Marc und Maus in einer Bierlaune besprochen, montags einen Stammtisch einzuführen, um ihre Freundschaft zu pflegen. Erfahrungsgemäß waren gerade in Köln solche Absprachen wenig wert. Die Kehrseite von Offenheit und Toleranz der Kölner war die Unverbindlichkeit. Doch beide freuten sich, dass es geklappt hatte.

»Thomas, mach noch mal zwei für den Prügelknaben und mich.«

Der Wirt beantwortete Maus' Bestellung mit einem Grinsen und zwei großen Kölsch. Dazu stellte er zwei Sambuca.

»Die gehen auf mich. Du siehst so aus, als könntest du es gebrauchen«, sagte Thomas und zwinkerte Marc zu.

Als der Billardtisch frei wurde, spielten beide mit frischen Kölsch ein paar Runden und schwelgten in Erinnerungen.

Als Marc von der Toilette kam, war er in Gedanken versunken.

»Kann ich mit dir was besprechen?«, fragte er Maus. Maus versenkte gerade seine dritte Kugel in Folge.

»Wenn es darum geht, warum ich so ein phantastischer Billardspieler bin, natürlich.«

»Nein, es geht um den Job.« Maus versenkte eine weitere Kugel, bevor er das Billardqueue zur Seite legte. »So ungern ich es zugebe, aber du hattest recht. Die Arbeit bei der Excrime ist ein Tanz auf der Klinge. Ich bin gerade eine Woche in der

Redaktion und hatte schon eine Leiche vor mir, Streit mit Jens und eine Auseinandersetzung mit der Polizei.«

»Klingt doch nach einer erfolgreichen Woche, wenn man bedenkt, wo du arbeitest.«

Marc überhörte den Sarkasmus. »Ich brauche eine Quelle. Morgen schon.«

»Marc, ich habe es dir hundertmal gesagt und sage es dir tausendmal, ich bin nicht käuflich.«

»Ich rede nicht von dir, und ich will auch keinen Informanten, sondern eine Quelle, einen Interviewpartner für eine Story.«

»Geht es immer noch um den Keiler-Mord?« Marc schaute Maus erstaunt an. »Stell dir vor. Auch wenn ich zehn Jahre älter bin als du, habe ich Internet.«

Marc wurde klar, wie dumm sein Erstaunen war. Sein Artikel und die Fotos von Keiler gingen durchs Social Web.

»Okay. Was brauchst du denn?«

»Kennst du einen Psychologen, der mir ein kurzes Interview geben würde?«

»Welcher Fachbereich? Mord und Totschlag?«

»Ich brauche dringend einen Jugendpsychologen, der mir Insights zu gewalttätigen Jugendlichen geben kann.«

»Du meinst Insights über Fünfzehnjährige, die gealterten Reportern in den Arsch treten?« Maus holte grinsend einen Bierdeckel vom Tresen und schrieb eine Nummer drauf. »Dr. Winter. Eine Koryphäe auf dem Gebiet. Spezialisiert auf Jugendliche, die Opfer von Gewalttaten wurden oder selbst Gewalttäter sind.«

»Danke, auf dich ist Verlass.«

»Lass es mich nicht bereuen.«

»Es ist nur ein Interview.«

## 19

Der Weckton bohrte sich erbarmungslos in Marcs Kopf. Vielleicht war es keine gute Idee gewesen, den Stammtisch auf Montag zu legen. Er schleppte sich unter die Dusche. Das heiße Wasser ließ seinen Kreislauf wieder anspringen. Er hatte nur noch heute, um den Artikel fertig zu schreiben. Er brauchte dringend das Interview. Am Abend hatte er Maus noch gebeten, das Treffen mit Dr. Winter zu arrangieren. Sie kannten sich wohl von diversen Ärztekongressen. Mit einer Presseanfrage hätte er niemals einen so kurzfristigen Termin bekommen, und selbst mit Maus' Hilfe war Marc skeptisch, ob es mit dem Interview klappen würde.

Als er aus der Dusche kam, war es acht Uhr. Die Praxis würde um neun öffnen. Er wollte so früh da sein, um seine Chancen zu erhöhen. Die Bahn nach Ehrenfeld würde eine Viertelstunde brauchen, er lag gut in der Zeit. Er musste am Friesenplatz umsteigen, aber das war kein Problem. Hier fuhren die Bahnen genauso regelmäßig wie am Barbarossaplatz. Als Marc an der Körnerstraße ankam, war es kurz vor neun. Er musste sich nicht beeilen, selbst für einen Kaffee war noch Zeit. Der war auch nötig. Er hätte den Sambuca wirklich weglassen sollen. Er war nicht mehr Anfang zwanzig.

Ehrenfeld war schon immer einer seiner Lieblingsstadtteile gewesen. Der Mix aus alternativer, linker Subkultur und Multikulti verlieh dem Viertel einen besonderen Charme. Die Körnerstraße war eine typische Seitenstraße von Ehrenfeld. Eine für den Stadtverkehr lächerlich kleine Straße mit schmalen Bürgersteigen und Häuserfronten an beiden Seiten. Gegenüber von zwei Häusern, die aussahen, als würde gleich die Abrissbirne der Fassade den Rest geben, stand ein gelb gestrichener Altbau. Die Fenster des dreistöckigen Gebäudes ließen schon die hohen Decken dahinter erahnen. Er hatte ein Schild oder

Ähnliches erwartet, stattdessen stand auf einer kleinen Klingel lediglich »Praxis Winter«. Er drückte auf den runden Knopf neben dem Namen und wartete, bis die Tür mit einem Summgeräusch zum Eintreten einlud.

Marc betrat das Gebäude und ging die steilen und leicht unregelmäßigen Stufen hinauf bis in den dritten Stock. Seine Lunge brannte, als er oben ankam. Er hatte gestern auch einige Zigaretten gehabt.

Er machte die Tür mit dem Schild »Praxis« auf und war überrascht über das Bild, das sich ihm bot. So schmuddelig das geflieste und kühle Treppenhaus auch anmutete, so einladend und modern sah die Praxis aus.

»Kumme se eren«, sagte eine beleibte Frau in türkisfarbenem Poloshirt. Sie saß hinter einer halbrund geschwungenen Theke aus Metall und Holz, die indirekt mit blauen LED-Lampen beleuchtet war. Auf ihrem Namensschild stand »Claudia«.

»Hallo, mein Name ist Marc Bauer, ich würde gern mit Dr. Winter sprechen.«

»Se sin ävver fröh«, wunderte sich Claudia.

Marc mochte es immer gern, wenn er die kölsche Sprache hörte, aber in dieser hochmodernen und stylischen Praxis wirkte die Frau vor ihm so unpassend wie ein Hooligan bei einer Weinprobe.

»Sie haben mich erwartet?«, wunderte sich Marc.

»Setze se sich, bitte«, sagte die Frau freundlich, während sie auf die Freisprechanlage drückte, um die Ankunft des Reporters anzukündigen.

Marc setzte sich auf einen der vier Designerstühle im Wartebereich. Er war froh um die kurze Pause. Eigentlich hatte er vorgehabt, sich die Interviewfragen in der Wartezeit zu überlegen. Aber dank Maus' Einsatz lief alles glatter als gedacht. Schnell machte sich Marc ein paar Notizen in seinen Block.

Fünf Minuten später stand Claudia vor ihm. »De Frau Doktor ist jetzt so weit.«

Bei Dr. Winter hatte er an einen Mann gedacht. Einen betagten Psychologen mit grauem Bart. Während ihm bewusst wurde, wie chauvinistisch seine Vorstellung war, öffnete die füllige Frau in Türkis die Milchglastür des Therapiezimmers und bat ihn, hineinzugehen.

Der Raum war hell und ebenso modern eingerichtet wie der Wartebereich. Vor dem Altbaufenster stand ein schwerer, grob gehobelter Schreibtisch, das perfekte Gegengewicht zu den kühlen Metallschränken. Das Morgenlicht, das durch die hohen Fenster einfiel, blendete Marc leicht, weshalb er die junge Frau hinter dem Schreibtisch erst nach einigen Sekunden bemerkte.

»Guten Tag, Sie müssen Herr Bauer sein«, sagte sie und strahlte Marc freundlich an.

Marc war nun vollends verwirrt. Dass Dr. Winter anders als erwartet weiblich war, hatte sein Hirn verarbeitet. Als die junge Frau aufstand und einen eleganten Bogen um den schweren Schreibtisch machte, um ihm die Hand zu reichen, fehlten ihm kurz die Worte.

»Sie sind …«, stammelte Marc.

»Noch jung? Das höre ich häufiger. Aber ich kann Ihnen versichern, dass ich die Diplome nicht aus dem Internet runtergeladen habe.«

Die junge Frau drehte sich um und zeigte vergnügt auf die gerahmten Dokumente hinter ihr an der Wand. Als sie sich Marc wieder zuwandte, fiel eine Strähne aus dem dunklen Haarzopf über den Rahmen ihrer Brille. Beiläufig schob sie die Strähne hinter ihr rechtes Ohr.

Marc war die Situation zutiefst peinlich. Nicht nur, dass er sämtliche Vorurteile und Klischees über Psychologen mit in die Praxis genommen hatte, er starrte die Therapeutin an wie ein pubertierender Junge, der zum ersten Mal eine attraktive Frau sieht.

»Verzeihen Sie, Frau Winter«, sagte Marc und biss sich zugleich auf die Zunge. »Dr. Winter«, korrigierte er sich schnell. »Danke, dass Sie mich so schnell empfangen.«

Die Psychologin reichte Marc die Hand und stellte sich als Dr. Stella Winter vor. »Ich schätze Dr. Mäuser sehr, und als er mir von Ihrem Anliegen erzählt hat, war ich neugierig. Es kommt nicht oft vor, dass mich jemand interviewen will.«

Ihr Lächeln war nicht aufdringlich, dennoch hatte es bei Marc eine Wirkung. Sie war durchaus attraktiv, aber anders als viele schöne Frauen, die Marc kannte, schien sie es nicht zu wissen. Schon fast verschämt wich sie Marcs ungewollt aufdringlichen Blicken aus. Er atmete kurz durch und nahm Platz. Er sollte sich zusammenreißen.

»Sie haben sicher vom Fall Josef Keiler gehört?«, fragte Marc und stellte die Aufnahme-App in seinem Handy an.

»Ehrlich gesagt, erst durch Dr. Mäuser. Verurteilen Sie mich nicht, ich halte mich dem Social Web fern. Mir sind die großen Internetkonzerne weitestgehend unheimlich, außerdem habe ich zu viele Kinder unter meinen Patienten, die unter den Auswirkungen der digitalen Vernetzung leiden. Ich habe Ihren Artikel aber heute Morgen noch gelesen, um mich auf unser Gespräch vorzubereiten.«

Tatsächlich hatten seriöse Zeitungen und TV-Sender den Tod von Keiler gar nicht thematisiert. Verständlich, war es doch offiziell noch ein Selbstmord. Die Spekulationen um den Mord fanden fast ausschließlich im Internet statt.

»Eine gute Haltung. Ich hätte mir selbst einiges erspart, hätte ich mich den sozialen Medien ferngehalten«, sagte Marc und musste an die digitale Hetzjagd denken, die nach Malte Knorrs Tod über ihn gekommen war. »Ich recherchiere gerade nach möglichen Verdächtigen, die Josef Keiler umgebracht haben könnten.«

»Ist das nicht der Job der Polizei?«

»Das ist korrekt, aber als Journalist ist es meine Pflicht, mir ein eigenes Bild zu machen.«

»Glauben Sie, dass die Polizei was vertuscht?«

Marc musste an Degner denken. »Nein, das nicht. Aber dass die Polizei offiziell immer noch nicht von einem Mordfall spricht, ist grotesk. Die Öffentlichkeit hat ein Recht darauf, die Wahrheit zu kennen.«

»Was ist denn die Wahrheit?«, wollte sie wissen und beobachtete Marc aufmerksam, als hätte sie einen Klienten vor sich sitzen.

»Im Moment gehe ich von einer Tat aus Leidenschaft aus. In solchen Fällen finden sich die Täter meist im engsten Kreis des Opfers. Das ist auch der Grund, warum ich hier bin. Ich hatte eine kleine Auseinandersetzung mit einem der Söhne.«

»Er hat Sie verprügelt, sagte Dr. Mäuser am Telefon.« Dr. Winter zeigte auf Marcs Nase.

Marc war es peinlich, zuzugeben, einem Halbwüchsigen unterlegen gewesen zu sein, vor allem weil ihm die Psychologin sehr sympathisch war.

»Ja, er hat mich angespuckt und geschlagen. Ich kann verstehen, dass mein Artikel über seinen toten Vater dem Jungen nicht gefallen hat, aber mir kam die Reaktion dennoch etwas heftig vor. Und da frage ich mich …«

»Ob der Junge seinen Vater umgebracht hat.«

»Ja.«

»Wissen Sie, Herr Bauer, es gibt unterschiedliche Gründe, warum ein Kind aggressiv oder gewalttätig wird. Jugendliche lernen in erster Linie von ihren Eltern. Wenden diese Gewalt an, um Konflikte zu lösen, kann das dazu führen, dass sie das übernehmen. Es für ein adäquates Verhalten halten, um Probleme zu lösen.«

»Machen wir es den Kids da nicht ein bisschen einfach? Gewalt bringt einen in unserer Gesellschaft nicht weiter. Das muss doch jeder Jugendliche recht schnell vermittelt bekommen.«

»Das ist korrekt, aber sobald sie von Familie, Freunden oder der Gesellschaft gespiegelt bekommen, dass ihr Verhalten falsch ist, erhöht das den Frustlevel. Die Jugendlichen bekommen dann noch mehr das Gefühl, falsch zu sein.«

Marc nickte. »Und das führt zu noch mehr gewalttätigem

Verhalten. Glauben Sie also, dass Keiler seine Kinder geschlagen hat?«

»So einfach ist das nicht. Auch inkonsistentes Verhalten in der Erziehung kann zu Gewalttaten führen.«

»Können Sie das erläutern?«

»Wenn Eltern es nicht schaffen, ihrem Kind zu vermitteln, welche Normen es gibt und was als sozial korrekt anzusehen ist, führt das zu starker Verunsicherung bei Heranwachsenden. Das Fehlen von klaren Regeln ist häufig das größte Problem.«

»Welche Art von Regeln?«

»Nehmen wir ein einfaches Beispiel. Ein Kind darf heute mit den Eltern bis tief in die Nacht Fernsehen schauen. Es liegt eingekuschelt zwischen Mama und Papa und wird liebevoll ins Bett getragen. Für das Kind ist die Welt in Ordnung. Am nächsten Tag legt sich das Kind nach dem Abendessen erwartungsfroh auf die Couch und wartet auf seine Eltern, um wohlbehütet Fernsehen zu schauen. Die Eltern haben aber andere Pläne und zerren das Kind stattdessen von der Couch ins Bett. Versuche des Kindes, sich zu wehren, beantworten die Eltern mit Geschrei, vielleicht sogar Schlimmerem. Das verunsichert das Kind.«

»Und deswegen verprügelt es dann Leute?«

»Ja, vielleicht. Das Kind versteht die Logik hinter dem Verhalten der Eltern nicht. Es wird ihm keine Norm vermittelt, weshalb das Kind es schwer haben wird, eigene Normen zu entwickeln. Auf Dauer wird das Kind zudem einen starken Kontrollverlust erleiden. Es hat das Gefühl, sein eigenes Leben nicht unter Kontrolle zu haben, da es nicht weiß, was richtiges Verhalten ist. Das führt zu Frust, Angst und schlimmstenfalls Depressionen.«

»Und dann bringt das Kind seinen prügelnden Vater um?«

Dr. Winter musste grinsen. »Ich weiß, dass Sie für Ihre Story gern hören würden, wie ich Ihnen das bestätige, aber das werde ich nicht tun. Wir reden hier über einen verunsicherten Jugendlichen, der vermutlich häusliche Gewalt erlitten hat und gerade Halbwaise geworden ist. Das Letzte, was er braucht, ist eine Ärztin, die sagt, dass er seinen Vater umgebracht haben könnte.«

»Vielen Dank, Dr. Winter, für das Interview.« Marc stellte die Aufnahme ab.

»Was glauben Sie?«, fragte sie und fixierte Marc dabei mit ihren stahlblauen Augen.

»Ob der Junge es war?«

Sie nickte.

Marc überlegte kurz. »Nein, ich bin kein Fan von dem Kleinen, aber ich glaube nicht, dass er zu einem so skrupellosen Mord fähig wäre. Außerdem glaube ich nicht, dass er die Kraft gehabt hätte, seinen Vater aufzuhängen.«

Dr. Winter dachte nach. »Sie wären überrascht, was Menschen in der Lage sind zu leisten, wenn sie ihrer Überzeugung folgen.«

Marc nickte nachdenklich. Immer wieder tauchten im Netz Geschichten von Müttern auf, die Autos anhoben oder gegen wilde Tiere kämpften, um ihre Kinder zu schützen. Im Ernstfall hätte das Adrenalin dem Jungen sicher einen Schub verliehen.

Die Sprechanlage auf Dr. Winters Schreibtisch knarzte in die kurze Gesprächspause herein. »Der Jung von Frau Wills es do«, kündigte Claudia aus dem Vorzimmer den ersten Patienten an.

»Wir müssen hier leider Schluss machen«, sagte Dr. Winter geschäftsmäßig. »Aber wenn Sie noch Fragen haben sollten, melden Sie sich gern. Wir können das Gespräch dann fortführen. Hier ist meine private Nummer.« Sie schrieb ihre Handynummer auf ihre Visitenkarte und reichte sie ihm. »Gern auch nach Feierabend.«

Marc stand auf und schüttelte Dr. Winters Hand. Eine Sekunde zu lang. Es war verrückt, er kannte sie kaum, aber er hatte das Gefühl, dass die Chemie zwischen ihnen stimmte. Er warf einen letzten Blick zurück. Erst jetzt bemerkte er die Rundungen, die sich unter ihrem weiten Pullover abzeichneten.

Wieder auf der Straße angekommen, nahm Marc die zerdrückte Zigarettenschachtel aus seiner Jackentasche, die noch von gestern Abend übrig geblieben war, und zündete sich eine an. Hatte sie mit ihm geflirtet? Er hatte lange nicht mehr mit einer attraktiven Frau gesprochen, die ihm gefiel. Er schaute auf die Visitenkarte mit Dr. Winters Privatnummer. Ein Kribbeln breitete sich in seinem Körper aus. Stella Winter war eine ganz besondere Frau.

## 20

Manche Leute behaupten, man würde sich an extreme Gerüche gewöhnen, wenn man nur lange genug damit lebt. Nicole hatte das nie geglaubt und nun einen Beweis dafür. Es wurde langsam wärmer draußen. Auch wenn sie dankbar für jeden Grad Wärme war, der ihre eisige Hölle aufwärmte, verstärkte sich mit jedem Sonnenstrahl der widerliche Geruch in ihrer Zelle. Ein Mix aus Ammoniak und Schimmel legte sich über den Raum. Die Quelle des Gestanks war der Ausguss in der Mitte des Bodens.

Die ersten zwei Tage in Gefangenschaft hatte Nicole sich noch geweigert, hier ihre Notdurft zu verrichten, aber dann blieb ihr nichts weiter übrig, als die Einlassung im Steinboden zu nutzen. Doch hatte sie keine Zeit, sich über solche Lappalien Gedanken zu machen, das Monster würde heute oder morgen wiederkommen. Sie hatte keine Wahl. Sie stützte sich gegen die Wand, um aufzustehen. Unter Schmerzen vergrößerte sie das Loch in der Backsteinwand immer weiter. Stein um Stein. Sie trat einen Schritt zurück und betrachtete ihre Arbeit. Ein letztes Mal füllte sie ihren Becher unter dem Wasserhahn und lehnte sich damit gegen die Tür.

Das Loch war nun groß genug, dass sie mit ihrem abgemagerten Körper durchschlüpfen konnte. Wäre da nicht die Wasserleitung gewesen. Als Nicole begonnen hatte, die Steine zu entfernen, war sie davon ausgegangen, die Leitung würde gerade in den Boden verlaufen, doch das tat sie nicht. Sie war quer in der Wand verbaut und verlief diagonal durch ihr Loch. Als ihr die eigenartige Konstruktion auffiel, war es schon zu spät, schon zu viel Zeit und Blut war in die Arbeit geflossen. Sie hatte keine Wahl. Um zu fliehen, musste sie das Wasserrohr zerstören. In den vergangenen knapp drei Wochen war diese bronzefarben schimmernde Leitung zu ihrem Lebensquell geworden, aber sie musste sie entfernen, um durch das Loch in die Freiheit zu gelangen.

Wobei auch das nicht ganz richtig war, denn statt der Freiheit wartete ein weiterer angrenzender Raum auf sie. Schon als sie den ersten Stein entfernt hatte, erblickte sie statt der Freiheit nur eine weitere Betonwand. Erst wollte sie vor lauter Verzweiflung die Arbeit einstellen, doch dann bemerkte sie das Tageslicht, das den Nachbarraum erhellte. Es musste ein Fenster geben. Und jetzt war es endlich so weit. Ihre harte Arbeit würde sich bald auszahlen.

Eigentlich hätte sie aufgeregt und euphorisch sein müssen, doch stattdessen spürte Nicole nur eines: Angst. Sie wusste nicht, was sie erwartete. Der Nachbarraum war verwinkelt und aus ihrer Position schwer einsehbar. Und was war, wenn das Monster bereits wartete, um sie für den Fluchtversuch zu bestrafen? Die Wochen ohne Nahrung machten sich bemerkbar. Nicole verließen die Kräfte. An die Stahltür ihres Gefängnisses gelehnt fielen ihr immer wieder die Augen zu. Mit einem Mal durchzuckte sie ein Gedanke: Johanna. Sie musste wach bleiben, sie musste zu ihrer Tochter. Sie hatte die Qualen nicht auf sich genommen, um jetzt hier an diese Tür gelehnt zu sterben und ihre Tochter im Stich zu lassen. Nicole stand auf und packte die Wasserleitung mit beiden Händen. Sie bog sie hin und her, auf und ab. Eigentlich hatte sie gedacht, der Rost hätte der Leitung stärker zugesetzt. Doch es war mühsam. Wie alles.

Einige Minuten dauerte es, bis der Teil des Rohres, der ihr den Weg versperrte, nachgab. Sie drückte sich durch das Loch. Sie hatte so viel abgenommen, dass die kleine Öffnung reichte. Auf der anderen Seite befand sie sich in einem schmalen Raum. Vermutlich früher mal ein Versorgungskanal. Das erlösende Tageslicht schien von einer Seite des Betonschlauchs in ihre Richtung. Erst langsam und vorsichtig, dann immer schneller lief Nicole den Schacht entlang. Sie hatte alle Mühe, nicht zu stürzen, und stützte sich von der Wand ab. Sie war so schwach.

Am Ende des Schlauchs eröffnete sich ein großer, lichtgefluteter Raum. Keine Spur vom Monster.

Es dauerte ein paar Sekunden, bis Nicole ihre Situation begriff und der letzte Rest Hoffnung purer Panik wich. Die vier fensterlosen Betonwände umgaben sie wie ein überdimensionaler Sarg. Sie konnte ihren Herzschlag hören, als sie sich der einzigen Tür im Raum näherte. Die Stahltür war genauso verschlossen und unüberwindbar wie die in ihrer Zelle, aus der sie soeben geflohen war.

Nicole wurde ganz ruhig. Sie setzte sich in die Mitte des Raumes. Durch die vergitterte Deckenluke strahlte die Frühlingssonne grausam auf ihren Kopf. Nicole war zu müde und dehydriert, um zu weinen.

## 21

Konstantin Degner war meist vor Dienstbeginn auf der Wache, bevor der Trubel losging. Er saß in einem Zweierbüro, das er sich mit Vogt teilte. Sein Kollege kam nie früher, als es im Schichtplan stand, und so konnte er in Ruhe arbeiten. Das war seine Lieblingszeit. Der Trubel der Nacht war bereits vorbei, und der neue Tag hatte noch nicht begonnen. Draußen herrschte Ruhe. Frieden. Perfekt, um seine Gedanken zu sortieren und aktuelle Fälle bei einem Morgenkaffee zu durchdenken. Die Nacht war wieder anstrengend gewesen. Mia war gerade drei geworden, und sie schlief immer noch nicht durch. Als Steffi ihm damals sagte, dass die kleine Nachzüglerin unterwegs war, war er überglücklich gewesen. An die schlaflosen Nächte hatte er dabei nicht gedacht. Seit er die fünfzig überschritten hatte, merkte er deutlich sein Alter. Zwar trainierte er nach wie vor, ruderte regelmäßig auf dem Rhein und joggte, aber mit zweiundfünfzig war man nicht für eine Dreijährige gemacht. Dennoch liebte er sie über alles. Genauso wie seinen Ältesten, Moritz, der bereits zwanzig und ausgezogen war, und David, der mit seinen siebzehn zum Glück langsam die stürmische Pubertät hinter sich ließ. Degner war müde, aber glücklich. Steffi und er waren ein tolles Team.

Er öffnete die Fallakte, die er vor sich abgelegt hatte. Die meisten seiner Kollegen arbeiteten mittlerweile nur noch mit digitalen Akten, er war da noch alte Schule. Er musste Ordner durchwühlen und Randnotizen machen können, sonst fehlte ihm was. Nachdenklich schaute er sich die Bilder vom Tatort im Hotel an.

Auf ein weißes Blatt schrieb er in großen Lettern: »Was wir wissen«.

Keiler war mit dem vorbestraften Gregor Weiss und dessen Leuten im Severinsviertel unterwegs gewesen. Weiss war ein stadtbekannter Dealer, der Keiler vermutlich einen Job angeboten hatte. Degner machte hinter dem Namen ein Fragezeichen. Die Beschreibung der Zeugen war sehr vage und wenig konsistent, aber er wusste von einem Kollegen der Drogenfahndung, dass Weiss was Größeres plante und gern auf Keiler zurückgriff, wenn es was über die Grenze zu schmuggeln gab.

Dann verließ Keiler die Kneipe und tauchte ein paar Stunden später in der Hotellobby auf, wo er in einem Zimmer verschwand. Was dazwischen passierte, war unklar. Vielleicht war er noch in eine andere Kneipe gegangen, wo er seinen Mörder traf, oder er war mit einer seiner Affären verabredet gewesen. Alles Spekulation. Degner nahm einen Schluck seines äthiopischen Import-Kaffees, den er jeden Morgen bei dem Barista um die Ecke kaufte.

Keiler hatte eine kleine Einstichwunde am Hals. Bislang ließ sich nichts nachweisen, aber Degner war sich sicher, dass ihn sein Mörder betäubt hatte, um ihn ungestört ausziehen und im Schrank aufhängen zu können. Eines der wenigen Details, die Bauer nicht rausbekommen hatte, dachte Degner. Wenngleich auch nicht das brisanteste Detail. Er zog das in eine Plastiktüte verpackte DIN-A3-große Blatt Papier aus der Akte und betrachtete es. Das Graffiti, das auf das Blatt Papier aufgesprüht worden war, sah erstaunlich filigran aus. Die Schrift war sauber aufgetragen worden. Wenngleich die Nachricht verstörend war. Der Mörder hatte das Graffiti am Tatort zurückgelassen. Kurz vor Keilers Todeskampf hatte er die Tür des Hotelzimmers weit aufstehen lassen und das große Blatt an die Tür geheftet. Jeder sollte die Nachricht sehen. Ein Risiko. Der Täter schien sich seiner Sache sehr sicher gewesen zu sein.

Kurze Zeit später hatte ein Hotelgast die offene Tür und das bizarre Graffiti entdeckt und den Nachtportier benachrichtigt. Degner schüttelte den Kopf. Er konnte es immer noch nicht fassen, dass der Portier das Blatt mit dem Graffiti abgenommen und die Tür zugezogen hatte. Er wollte die anderen Gäste nicht beunruhigen, hatte er zu Protokoll gegeben. Stattdessen hatte er wichtige Beweismittel verunreinigt. Das einzig Gute an der Sache war, dass Bauer keinen Wind davon bekommen hatte. Degner wollte sich nicht ausmalen, was die Presse aus dem Fall machen würde, wenn das Graffiti und die Nachricht bekannt würden.

Degner nahm ein weiteres Blatt und gab ihm eine Überschrift: »Was wir nicht wissen«.

Wo war Josef Keiler nach seinem Kneipenbesuch im Severinsviertel? Wen traf er? Und was wollte er, ein abgebrannter Kleinkrimineller, mitten in der Nacht in einem Luxushotel? Wer war bei ihm? Was wollte der Mörder mit seinem Graffiti sagen? Und was wollte Keiler mit »M5« sagen?

Die einfachste Frage schien die zu sein, warum der Täter Keiler ausgezogen hatte. Man musste kein Profiler sein, um zu wissen, dass der Mörder damit Überlegenheit demonstrieren und sein Opfer demütigen wollte.

»Morgen, Konstantin.« Eine kurzatmige Stimme holte Degner aus seinen Gedanken.

»Guten Morgen, Bernd.«

Bernd Vogt war genauso Kriminalkommissar wie Degner. Sie arbeiteten schon Jahre zusammen. Auch wenn sie beide den gleichen Dienstgrad hatten, waren die Rollen klar verteilt. Degner leitete stets die Ermittlungen, und Vogt fungierte als seine rechte Hand. Anfangs war es Degner unangenehm gewesen, seinem Kollegen Anweisungen zu geben und die Entscheidungen in den gemeinsamen Fällen zu treffen, aber er merkte recht schnell, dass es seinem Kollegen nichts ausmachte. Ganz im Gegenteil: Er begrüßte dieses Vorgehen. Dabei war Vogt, anders als es sein plumpes Aussehen vermuten ließ, ein sehr fleißiger und scharfsinniger Ermittler. Er wurde oft unterschätzt, was ironischerweise eine seiner größten Stärken war.

Vogt stellte seine abgewetzte Ledertasche auf den Schreibtisch, der gegenüber von Degners stand, und atmete tief durch. Ein Schwall von kaltem Rauch machte sich im Büro breit. Degner fiel der Kaffeefleck auf dem karierten Hemd auf, das straff gespannt in Vogts Hose steckte. Er tippte mit dem Finger auf den Bauch, um seinen Kollegen drauf aufmerksam zu machen.

»Mist, das ist frisch gewaschen«, ärgerte sich Vogt.

Degner wusste auch nach Jahren der Zusammenarbeit nicht, was er von seinem Partner denken sollte. Er mochte ihn, aber gleichzeitig hatten sie nie eine Ebene gefunden, die ein Vertrauensverhältnis zuließ. Einmal hatte Vogt angedeutet, er hätte familiäre Probleme. Degner war nicht weiter drauf eingegangen, aber seither versuchte er nicht mehr, ihn zu ändern, sondern akzeptierte ihn, wie er war.

»Warst du gestern noch bei Gregor Weiss?«, fragte Degner über die Computerbildschirme hinweg.

»Ja, war ich.«

»Und, hat er was mit Keilers Tod zu tun?«

Vogt schnaubte und strich sich über seine kurz geschorenen Haare.

»Natürlich wollte er mir erzählen, dass er Keiler gar nicht kennt. Als ich ihm dann gesagt habe, dass er tot ist, hat er sich fast eingepisst.« Vogt musste auflachen.

»Konntest du was in Erfahrung bringen?«

»Tatsächlich waren beide in der besagten Kneipe, um über ›das Geschäft‹ zu sprechen, wie Weiss es formuliert hat, danach wollte Keiler noch was trinken gehen, und Weiss ist nach Hause gefahren.«

»Glaubst du ihm das?«

Vogt nickte schweigend vor sich hin. »Weiss hat definitiv Dreck am Stecken, aber ich glaube nicht, dass er mich angelogen hat. Warum sollte er ihn auch erst an einem öffentlichen Ort anheuern, um ihn dann heimlich umzubringen? Das macht keinen Sinn.«

## 22

Um zehn Uhr klingelte das Handy auf Marcs Nachttisch. Er schaute genervt auf das Display und wischte über das Smartphone, um den Anruf entgegenzunehmen.

»Mittwoch, Excrime-Tag!«, hörte Marc Jens fröhlich singen. »Pennst du etwa noch? Hast du den Artikel noch gar nicht gelesen? Dein erster Artikel in der gedruckten Ausgabe Excrime und dann auch noch der Titel, da hätte ich ein bisschen mehr Begeisterung erwartet.«

»Jens, du bist eine Nervensäge. Bleib dran.«

Jeder Mitarbeiter der Excrime bekam mittwochmorgens das neueste Exemplar ins Haus. Was wie ein nettes Abo-Geschenk anmutete, war in Wirklichkeit ein Kontrollinstrument für Jens, um sicherzustellen, dass alle seine Leute das Exemplar auch lasen. Nicht selten rief er Mitarbeiter, die gerade nicht in der Redaktion waren, mittwochs an, um mit ihnen die aktuelle Ausgabe zu bewerten. Manche sahen es als Chance an, sich vor dem Chefredakteur zu beweisen, aber Marc wusste, dass es reine Schikane war.

Marc zog sich eine Jogginghose über und ging zum Briefkasten, der unten im Hausflur hing. Er nahm die Ausgabe mit in seine Wohnung und setzte sich auf die Bettkante. Als er das Handy wieder ans Ohr führte, diskutierte Jens gerade wild mit einem Redakteur über einen Artikel.

»Hier bin ich wieder«, sagte Marc und legte sich die Excrime auf den Schoß.

»Und wie findest du das Cover?«

Marc hatte im Halbschlaf noch gar nicht genau hingeschaut. Auf dem Titel war das Foto von Keilers Leiche vollflächig abgedruckt worden. »Mord unter Ganoven. Wer wollte ihn tot sehen?«

In den Kleiderschrank links und rechts neben den nackten

Keiler hatte die Grafikabteilung die Gesichter der Verdächtigen eingefügt. Es sah aus, als würden sie im Schatten des Schranks lauern. Eine gute Arbeit, wäre der Kontext nicht so absurd gewesen. Neben verschiedenen Kleinkriminellen, die Brit in ihrem Folgeartikel zu mutmaßlichen Tätern erklärt hatte, waren Lisa Keiler und ihre beiden Söhne genauso auf dem Cover zu finden wie verschiedene Freundinnen von Keiler.

Der Keiler-Mord nahm im Magazin knapp fünfzehn Seiten Platz ein. Meist großflächige Bilder mit kurzen Texten. Als Marc auf seinen Artikel zu den Spekulationen um die Keiler-Jungs stieß, stieg ihm augenblicklich das Blut in den Kopf.

»Jens, wann hast du das Bild denn gemacht?«

Neben einem perfekten Bild von Dr. Stella Winter sah Marc ein Foto von seinem ramponierten Gesicht. Jens hatte das Bild einen Tag zuvor heimlich mit seinem Handy gemacht, als er mit Marc am Konferenztisch der Excrime saß.

Jens lachte laut in den Telefonhörer. Marc war es peinlich. Nicht mal wegen seiner Außenwirkung, sondern wegen Dr. Winter. Neben ihrem perfekten Foto sah der Handyschnappschuss von Marc grässlich aus. Eigentlich wollte er der Psychologin ein Exemplar zuschicken. Doch das war damit erledigt.

»Du bist ein Idiot, Jens.«

»Ein kleines Aufnahmeritual. Jeder neue Mitarbeiter findet sich in der Printausgabe wieder. Nimm es mit Humor.«

Marc atmete tief durch.

»Ohne Witz, Marc. Herzlichen Glückwunsch zu deinem ersten Excrime-Titel. Ich bin wahnsinnig froh, dass du an meiner Seite bist. Und jetzt ran an die Arbeit. Such dir eine gute Story und mach mich stolz.«

Lachend legte Jens auf. Marc betrachtete das Bild von Dr. Winter, und wieder spürte er ein heftiges Kribbeln im Bauch. Er stand auf und nahm die Visitenkarte vom Tisch. Er überlegte kurz, aber was hatte er schon zu verlieren? Er würde ihr eine SMS schicken.

»Vielen Dank für das Interview. Zum Dank würde ich Sie gern einladen.«

Wenige Minuten später brummte das Handy.

»Heute Abend um acht?«

Das Kribbeln wich einer Mischung aus Freude und Nervosität. Anscheinend hatte er es sich nicht eingebildet, und es war was zwischen ihm und der Psychologin. Nach fast zehn Jahren mit Paula würde er heute wieder ein Date haben. Er zündete sich eine Zigarette an – ohne zu ahnen, dass der Abend sein Leben für immer verändern würde.

# 23

Benno Seger saß in seinem Dienstwagen. Er konnte das Bergische Land nicht ausstehen. Seine Ex-Frau Karin kam aus Remscheid. Das war aber nicht der Grund. Er war immer schon ein Stadtkind. Er liebte Köln. Das Gewusel, den Lärm. Als er Karin damals kennenlernte und sich in sie verliebte, war er gezwungen, häufiger hierherzufahren. Erst fuhr er immer mit der Bahn, bis ihn die Strecke mit dem Umstieg in Solingen und anschließender Busfahrt so sehr nervte, dass er sich ein Auto kaufte. Viel lieber hätte er es gehabt, wenn Karin einfach bei ihm eingezogen wäre, aber sie wollte nicht. Vermutlich hatte sie schon die richtige Intuition gehabt. Eine Ahnung, dass sie einen Fremdgänger datete.

Vor allem hasste Seger die endlosen Landstraßen, die sich aufwärtsquälten, nur um dann wieder steil abzufallen. Er war nur froh, dass es nicht geschneit hatte. Als er noch mit Karin zusammen war, hatte er sich nicht selten im Schneckentempo durch die verschneite Landschaft geschoben. Kein Wunder, dass man sich diesen Fleck Erde aussuchte, um einen Mord zu begehen. Am Rand der Landstraße reihten sich alte Fabrikgebäude aneinander. Vor Jahrzehnten wurden hier noch Röhren, Werkzeuge, Scharniere und Schrauben hergestellt. Remscheid war zwar immer noch ein Industriestandort, aber bei den verfallenen Gebäuden konnte man den Eindruck gewinnen, die besten Zeiten seien bereits vorbei.

Der Kollege, der ihn heute Morgen angerufen hatte, hatte nach Kommissar Degner gefragt. Es gäbe möglicherweise eine Verbindung zu einem anderen Fall, hatte er gesagt. Aber niemals wäre es Seger in den Sinn gekommen, Degner zu informieren. Seger wollte hoch hinaus. Degners Karriere hingegen stagnierte schon seit Jahrzehnten. Segers Intuition sagte ihm, dass sich die Fahrt ins verhasste Bergische lohnen würde. Sein

Navi führte ihn nach Remscheid-Morsbach. Das runtergekommene Gebäude, vor dem er seinen Wagen gleich neben einem parkenden Polizeiauto abstellte, war mal eine Textilfabrik gewesen. Jetzt hing an der Fassade nur noch ein Schild mit der Aufschrift »Gewerbeflächen zu vermieten«. Der Rost an den Schrauben, mit denen das Schild an der alten Backsteinwand angebracht war, zeugte davon, dass es schon sehr lange hier hing. Wer wollte hier schon Gewerbe betreiben?

Das einzig Schöne an Remscheid war die natürliche Umgebung. Es gab über zwanzig Naturschutzgebiete. Aber zu viel Natur war Seger unheimlich. Er mochte die Parks in Köln, den Stadtwald, den Volksgarten, den Aachener Weiher, aber ein dichter Tannenwald war ihm nicht geheuer. Er konnte Leute nicht verstehen, die freiwillig durch den Wald wanderten oder sogar dort schliefen.

Seger streckte dem Polizisten die Hand entgegen, der wie besprochen vor dem Gebäude wartete. »Kommissar Benno Seger. Warum bestellen Sie mich hier an den Arsch der Welt?«

Der Mann von der Schutzpolizei überhörte Segers Tonfall und begrüßte ihn. »Das Opfer heißt Nicole Dabrowski. Ihr Ex-Mann hat sie vor drei Wochen als vermisst gemeldet.«

»Dann ist sie schon länger tot.«

»Nein, sehen Sie sich das lieber selbst an.«

Der Polizist führte Seger in einen Nebeneingang des Gebäudes. Eine angerostete Stahltür stand weit auf.

»Folgen Sie mir, Herr Kommissar.«

Seger stand in einem winzigen Raum. Links und rechts schlossen ihn zwei Betonwände ein, die ihm ein klaustrophobisches Gefühl gaben. Am anderen Ende der Tür befand sich eine Backsteinwand mit einem circa vierzig Zentimeter großen Loch, aus dem Wasser sickerte. Der Steinboden war komplett mit Wasser bedeckt.

»Was zur Hölle ist das hier?«

»Der Spurensicherung zufolge hat das Opfer das Loch selbst in die Wand gemacht.«

»Um zu fliehen?«

»Ja, davon gehen wir aus.«

»Anscheinend war sie nicht erfolgreich, sonst wäre ich ja nicht hier. Müssen wir uns jetzt durch das Loch drücken?«

»Nein, es gibt noch eine andere Tür.«

Der Polizist führte ihn einmal um das Industriegebäude herum. Seger ärgerte sich, dass er seinen Mantel im Auto gelassen hatte. Die Aprilsonne war zwar schon warm, aber der Wind wehte stark durch sein lichtes Haar. Er fror. Er hatte schon häufiger versucht, Gewicht zuzulegen, um ein bisschen robuster zu werden, aber es war ihm nicht vergönnt. Sein Stoffwechsel arbeitete schneller, als er essen konnte.

»Bitte gehen Sie rein.«

Seger schaute in einen großen Industrieraum. Zwischen den betongrauen Wänden und dem Steinboden sorgten die Markierungen der Spurensicherung für Farbtupfer in der Szenerie. Am Ende des Raums, fast unbemerkt, kauerte eine kleine, unbekleidete Person in der Ecke. Nur die angezogenen Beine und die blonden Haare waren zu sehen, das Gesicht in den Knien vergraben.

»Ist sie das?«

Ihm wurde komisch zumute, als er auf die Gestalt zuging. Es erinnerte ihn an einen Horrorfilm, den er mal gesehen hatte. Da sprang die Gestalt plötzlich auf und griff den Helden der Geschichte an. Das würde heute nicht passieren.

Ein Kollege der Rechtsmedizin stellte sich als Alexander Schmitz vor und reichte Seger die Hand.

»Anhand der Körpertemperatur denke ich, dass sie gestern gestorben ist.«

»Äußere Einwirkung?«, fragte Seger knapp.

»Nein, sie ist meiner Meinung nach verhungert.«

An den dünnen Beinen konnte Seger erkennen, dass die Einschätzung sehr naheliegend war.

»Ich bin mir recht sicher, dass die Leiche nach dem Tod nochmals bewegt wurde.«

Der Rechtsmediziner bewegte den Kopf der Leiche in den Nacken. Seger erschauderte, als die toten Augen von Nicole Dabrowski ihn anstarrten.

»Anhand äußerer Hautmerkmale gehe ich davon aus, dass sie zu Beginn recht füllig war und durch den Nahrungsentzug immer stärker abgenommen hat, bis ihr Körper schließlich aufgab.«

»Wollen Sie mir sagen, dass die Frau hier drei Wochen nichts gegessen hat?«

»Korrekt. Ohne Wasser hält man keine paar Tage durch, ohne Nahrung geht das schon länger. Aber drei Wochen ist schon eine echte Leistung. Die Frau hat gekämpft.«

Seger schaute sich die Leiche genauer an. »Ihre Haare sind noch ganz feucht von der durchtrennten Wasserleitung, der restliche Körper dagegen komplett ausgetrocknet.«

»Das war mir auch aufgefallen. Ich gehe davon aus, dass ihr Mörder ihr die nasse Kleidung post mortem ausgezogen hat«, fügte der Rechtsmediziner hinzu.

»Der Täter hat den Fluchtversuch zugelassen«, Seger zeigte auf den Versorgungskanal, der den Raum mit dem Gefängnis der Frau verband, »nur um sie hier verrecken zu sehen und die Leiche für uns in der Ecke zu drapieren.«

Der Rechtsmediziner und der Polizist nickten beide betroffen.

»Und wie haben Sie die Türen geöffnet?«

»Die waren offen«, sagte der Polizist. »Der Mörder wollte, dass wir sie finden.«

»Aber warum hat er sie dann hier mitten im Nirgendwo ermordet? Wie konnte sie überhaupt jemand hier finden? Wir sind am Arsch der Welt, in einer stillgelegten Lagerhalle.«

»Ich bin froh, dass Sie fragen«, sagte der Polizist und bat den Kommissar, ihm zu folgen. Er führte Seger aus dem Raum heraus zur äußeren Treppe der Industriehalle. Auf dem Dach angekommen schaute er Seger herausfordernd an, aber ihm war zu kalt für Rätsel. Er wollte zurück in sein Dienstauto.

»Was? Was wollen Sie mir zeigen?«

»Schauen Sie nach unten.«

Seger traute seinen Augen nicht. Auf den Boden hatte der Täter mit buntem Lack »Totes Miststück« gesprayt, umrandet von vier farbenfrohen Pfeilen.

»In der Nähe ist ein Segelflugplatz. Ein Hobbypilot hat uns angerufen, weil ihm das Graffiti aufgefallen war. Er dachte, es sei nur ein Streich von Jugendlichen, aber er wollte auf Nummer sicher gehen. Wir hatten von dem Mord in Köln gehört, wo ein ähnliches Graffiti aufgetaucht sein soll. Darum haben wir Sie angefordert.«

Seger ging zurück zu seinem Wagen.

Von seiner Freude über den Fall war nichts mehr übrig. Die Brutalität des Verbrechens setzte ihm trotz seiner jahrelangen Erfahrung zu. Schlimmer als das war nur, dass er nun mit Degner zusammenarbeiten müsste.

# 24

Marc hatte sich mit Dr. Winter per SMS im La Barra verabredet, einer der besseren Tapasbars der Stadt. Er war nach seinem Umzug mal hier gelandet, als er abends seine Umgebung erkundet hatte und eine Alternative zu Burger und Döner gesucht hatte. Das Restaurant war nur zwei Minuten Fußweg von seiner Wohnung entfernt, aber das war nicht der Grund für seine Wahl. Dr. Winter war keine Frau, die man so einfach abschleppte. Sie war klug, charmant und hatte eine natürliche Attraktivität. Davon abgesehen hätte seine versiffte Wohnung es eh unmöglich gemacht, sie zu verführen.

Schon von Weitem sah Marc die Psychologin vor der Bar warten. Sie war überpünktlich. Je näher er ihr kam, desto nervöser wurde er.

»Sie sind wirklich gekommen«, sagte Marc, als sich ihre Blicke trafen.

»Ein kostenloses Essen lasse ich mir doch nicht entgehen«, erwiderte sie.

Marc wusste nicht genau, wie er sie begrüßen sollte. Sie kannten sich schließlich eigentlich gar nicht. Er entschied sich für ein förmliches Händeschütteln und ärgerte sich im gleichen Moment darüber.

Sie setzten sich an einen kleinen Tisch am Fenster.

»Möchten Sie einen Wein zum Essen?«, fragte Marc.

»Ich dachte, es handelt sich um ein Geschäftsessen.«

Marc errötete. »Ehrlich gesagt –«

Dr. Winter begann zu lachen. »Nur ein Witz, natürlich nehme ich einen Wein. Suchen Sie einen aus, weiß und trocken. Und lassen Sie uns ›Du‹ sagen, ja? Mein Name ist Stella.«

Marc war erleichtert. »Ich heiße Marc. Und ich empfehle dir den Calavia Blanco. Das ist ein Rioja.« Er hatte keine Ahnung von Wein, die Sorte aber mal probiert und wusste, dass es ein guter Wein war. Er wollte Stella ein wenig beeindrucken.

»Sehr gern. Ich habe übrigens deinen Artikel gelesen.«

Marc wusste nicht, ob das gut oder schlecht war.

»Danke, dass du das Interview nicht verfälscht oder Aussagen aus dem Zusammenhang gerissen hast.«

»Selbstverständlich.«

»Das Cover war für meinen Geschmack nur etwas …«

»Geschmacklos, unethisch, pietätlos?«, beendete Marc ihren Satz. »Mir ist bewusst, was die Excrime für ein Magazin ist und was es über einen Menschen aussagt, der für so ein Blatt arbeitet, aber ich hoffe, dass du mir dennoch eine Chance gibst.«

Stella musste grinsen. »Eine Chance für was?«

Wieder wurde Marc rot. Er war noch nie gut darin gewesen, Frauen aufzureißen oder selbstsicher zu flirten. Stella schien das aber nichts auszumachen. Sie genoss es offenbar, ihn aus dem Konzept zu bringen.

»Mein Highlight war übrigens das Bild von dir mit der blutigen Nase. Du bist wirklich uneitel. Das mag ich an einem Mann.«

Sie grinste ihn noch breiter an, und Marc sparte sich zu erwähnen, dass er das unvorteilhafte Foto am liebsten zerreißen würde.

»Darf ich dich was fragen?«, wollte er wissen, auch um aus der unangenehmen Situation rauszukommen. »Du bist Ende zwanzig, und laut Maus, also Dr. Mäuser, bist du eine Koryphäe in Sachen Jugendpsychologie. Wie hast du es geschafft, dir so schnell einen Namen zu machen?«

»Das ist sehr süß von dir, aber ich bin vierunddreißig und habe schon einige Jahre Berufserfahrung auf dem Buckel. Ich habe mich in meinem Studium recht schnell festgelegt und hatte einfach Glück mit meinen Mentoren.«

Er schaute Stella überrascht an. Er wollte ihr nicht mal schmeicheln, sie wirkte wirklich wesentlich jünger. Das lag vor allem an ihren stahlblauen Augen, die ihr eine besondere

Ausstrahlung verliehen. Der einzige Makel in ihrem Gesicht war eine circa drei Zentimeter große Narbe über ihrer linken Augenbraue, die ihr Gesicht nur noch interessanter erscheinen ließ.

»Und wie geht es bei deinen Recherchen weiter?«, fragte Stella.

»Im Fall Keiler? Leider gar nicht. Mir fehlt eine neue Spur, ein neuer Ansatz. Aber das ist oft so in meinem Beruf, es gibt Grenzen. Manche Geschichten sind irgendwann tot, und dann muss man sich eine neue Story suchen.«

»Ich hoffe, dass du bei deinen Bekanntschaften etwas mehr Durchhaltevermögen hast.«

Marc schaute ihr tief in die Augen. Sie hatte wirklich Interesse an ihm. Sein Hirn reagierte mit einem ausgiebigen Endorphin-Ausstoß.

Der Kellner brachte den bestellten Wein und bat Marc zu probieren. Marc ärgerte sich einerseits über die Unterbrechung, andererseits kam sie ihm ganz recht. Er fühlte sich zurückversetzt in seine Teenagerzeiten, wenn er nach dem obligatorischen Kinobesuch dem Mädchen, das er mochte, gegenüberstand und sie unbeholfen anstarrte. Völlig ahnungslos, was sein nächster Schritt sein würde.

Sie teilten sich einen üppigen Tapas-Teller und unterhielten sich angeregt. Erst über ihre Jobs und ihre Vorlieben. Dann tauschten sie unterhaltsame Anekdoten aus. Sie lachten viel. Der Abend verlief perfekt. Marc fühlte sich sehr wohl in ihrer Gegenwart, und ihr ging es anscheinend genauso.

Als sie das Lokal verließen, war Marc unsicher, wie er sich verabschieden sollte. Doch bevor er die Situation zerdenken konnte, ergriff Stella die Initiative und drückte ihm einen Kuss auf die Lippen. Marc erwiderte den Kuss und griff mit seiner Hand an ihre Taille. Der Kuss wurde leidenschaftlicher, und er zog Stella sanft an sich heran. Beide schauten sich lange in die Augen, bevor sie sich eine gute Nacht wünschten und sich verabschiedeten.

Kurz hatte Marc überlegt, sie noch auf einen Kaffee zu sich einzuladen, doch dann fiel ihm wieder der Ganzkörperausdruck von Keilers Leiche ein, der noch auf seinem Fußboden ausgebreitet lag. Er musste dringend umziehen.

# 25

Zu Hause angekommen öffnete Marc seinen Laptop, um die letzten News des Tages zu checken. Das tat er jeden Abend. Es war über die Jahre zu einer Marotte von ihm geworden.

In Google News sah er gleich mehrere Meldungen zu einem Mord im Bergischen Land.

»Leiche in Fabrikhalle gefunden!«, »Vermisste Kölnerin tot!«, »Verhungert! Frau stirbt in Morsbach« waren nur einige der Headlines. Jeder berichtete darüber, auch die Excrime.

*… Die Leiche wurde als Nicole Dabrowski identifiziert. Die sechsundvierzigjährige Kölnerin war vor gut drei Wochen am 19.3. nicht von der Arbeit nach Hause gekommen und galt seither als vermisst. Ein Segelflieger hatte ein verdächtiges Graffiti auf dem Häuserdach der Fabrikhalle entdeckt, wo die Frau ermordet wurde. Daraufhin alarmierte er die Polizei. Vermutlich war das Graffiti »Totes Miststück« eine Nachricht des Mörders, um auf seine Tat aufmerksam zu machen. »Es ist zu früh, um über die schlussendliche Todesursache zu spekulieren, aber wir können definitiv von Mord ausgehen«, sagte Kriminalkommissar Seger der Deutschen Presseagentur zum Ermittlungsstand …*

Kriminalkommissar Seger? Marc traute seinen Augen kaum. Wütend griff er zu seinem Handy. Es dauerte eine Weile, bis Seger abnahm.

»Ich lese gerade von einem deiner Fälle. Wirklich spannend. Wann genau hattest du vor, mich darüber zu informieren, dass du eine verhungerte Frau in einer Lagerhalle gefunden hast?«

»Hast du eine Ahnung, was hier wegen dem Keiler-Fall los ist? Degner, der aufgeblasene Arsch, hat jeden Stein umgedreht, um herauszufinden, wer dir den Tipp gegeben hat. Der hat mich eh auf dem Kieker. Was meinst du, was der veranstaltet, wenn ich dich noch mal auf eine exklusive Tatortbesichtigung einlade?«

»Was heißt das jetzt?«

»Es ist vorbei, Marc. Ich lasse mich nicht mehr erpressen. Ich weiß, ich habe auch von unserem Arrangement profitiert, aber das hat jetzt ein Ende. Wenn du mein Privatleben öffentlich machen willst, tu, was du nicht lassen kannst. Ich habe genug. Wir beide sind fertig miteinander.«

Marc saß wie versteinert auf seinem Bett. Seger hatte einfach aufgelegt. Er brauchte dringend einen neuen Informanten.

## 26

Marc wurde noch vor seinem Wecker wach. Es lag aber nicht wie sonst an den vorbeiruckelnden Bahnlinien 12 und 15, die die letzten Alkoholleichen der Nacht nach Hause brachten. Heute war es anders. Marc war ausgeschlafen, gefühlt das erste Mal seit Jahren. Der Ärger über Seger am Vorabend war schnell verflogen, und statt sich zum Feierabend einen Drink und zwei, drei Zigaretten zu gönnen, war er einfach ins Bett gegangen. Er redete sich seit einiger Zeit ein, er brauche sein Feierabendbier zum Runterkommen. Gestern hatte er es nicht gebraucht. Und sein Körper dankte es ihm. Er streckte sich, öffnete die Vorhänge und ließ die Frühlingssonne herein.

Seine gute Laune kam nicht von ungefähr. Das Date mit Stella hatte Eindruck bei ihm hinterlassen. Seit Paula hatte er keine Frau mehr geküsst. Er hatte fast vergessen, wie es war, jemandem so nahe zu sein. Er machte die Kaffeemaschine an und öffnete seinen Laptop, um die aktuelle Nachrichtenlage zu checken. Zu der Verhungerten gab es noch nicht viel Neues. Marc machte sich einen Filterkaffee und öffnete Facebook und suchte nach Stella Winter. Wegen ihres seltenen Vornamens war er zuversichtlich, sie schnell zu finden. Da fiel ihm ein, dass Stella sich den sozialen Medien verweigerte. Er schloss Facebook wieder, ein bisschen enttäuscht.

Er verhielt sich wie ein verliebter Teenager, dachte Marc kopfschüttelnd. Er schaute auf die Uhr. Kurz nach sieben. Ein guter Tag zum Arbeiten. Die Sechs-Uhr-Konferenz war schon vorbei, aber bis zum ersten Wrap-up, wie Jens es nannte, um acht Uhr, würde er es in die Excrime-Redaktion schaffen. Er duschte und zog sich Jeans und T-Shirt an. Heute sollte ein warmer Tag werden. Der April wurde immer mehr zum Sommermonat, und an diesem Morgen war das besonders zu spüren. Daher entschied er, mit dem Rad in die Redaktion zu fahren. Über den Blaubach und Mühlenbach erreichte er schnell das Rheinufer und über die Drehbrücke den Rheinauhafen. Nach einer Viertelstunde stellte er sein Fahrrad vor dem Excrime-Gebäude ab. In anderen Stadtteilen konnte man sein Fahrrad selbst abgeschlossen nicht auf der Straße allein lassen, ohne dass es sofort geklaut worden wäre. Spätestens seit der Sanierung und Neueröffnung des Rheinauhafens gehörte diese Ecke jedoch zu einem der besseren Viertel in Köln.

Am Empfang saß Ben. Heute wirkten seine Haare nicht mehr ganz so wild und irritierend wie beim letzten Redaktionsbesuch. Marc hatte sich an seinen Anblick gewöhnt. Genau genommen hatte er sich recht schnell an alles hier gewöhnt. Selbst die verstörenden Cover an der Wand, der abgetrennte Kopf, die Frau vor der Bahn oder das fragwürdige Credo »Crime is business«, das in großen Lettern an der Wand prangte, machten ihm nichts mehr aus. Für die Excrime zu arbeiten machte ihm nichts mehr aus. Mehr noch. Es machte ihm Spaß.

»Guten Morgen, Marc. Toller Leitartikel gestern«, sagte Ben, ohne von seinem Tablet aufzuschauen.

Marc bedankte sich knapp und lief die Treppe zum Redaktionsraum rauf. Im Eingangsbereich befand sich eine offene Kaffeeküche. Kaffee und eine bunte Auswahl an Getränken standen den Mitarbeitern genauso zur freien Auswahl wie Obst und Gebäck. Jeden Freitagabend stand ein Pittermännchen für die Belegschaft bereit. Jens war es wichtig, dass seine Leute sich wohlfühlten. Sie sollten gern zur Arbeit kommen. Gleichzeitig erwartete er von ihnen volle Loyalität und vollen Einsatz. Nicht selten holte er seine Mitarbeiter nachts aus dem Bett und teilte ihnen eine neue Story zu. Er zahlte im Gegenzug eine Aufwandsentschädigung, die weit über den branchenüblichen Verhältnissen lag. Schmerzensgeld, wie die Redakteure die Extrazahlung auch nannten.

Marc setzte sich mit einem Kaffee auf einen der Designerhocker und lehnte sich an die edle Holztheke. Das alles hier musste ein Vermögen gekostet haben. Aber Geld war noch nie ein Problem für Jens gewesen. Als Spross der Brenner-Dynastie, Sohn des berühmten Medienmoguls Wilhelm Brenner. Aktuelle Marktforschungsergebnisse zeigten, dass mehr Leute den Namen Brenner kannten als den des amtierenden Bundespräsidenten.

Wilhelm Brenner war gebürtiger Kölner und Selfmade-Milliardär. Als Kind der Nachkriegsgeneration litt er unmittelbar unter den Folgen des Zweiten Weltkriegs. Köln lag in Schutt und Asche – und sein Vater war ein ehemaliger SS-Offizier, der die Niederlage gegen die Alliierten bis zu seinem Tod niemals verkraftet hatte. Seinen Frust bekamen seine Frau und Kinder zu spüren. Mit sechzehn verließ Wilhelm das Stammhaus der Familie. Bei einem britischen Hörfunksender, der bei den stationierten Truppen recht beliebt war, sammelte er erste Erfahrungen und arbeitete sich hoch. In den Folgejahren traf er einige glückliche Entscheidungen und machte sich zunehmend in der aufstrebenden Kölner Unterhaltungsindustrie einen Namen. In den sechziger Jahren galt er als einer der Innovatoren, die die Einführung des Farbfernsehens in Deutschland ermöglichten. Mit Mitte dreißig produzierte Wilhelm Brenner bereits unter eigenem Namen Formate für die öffentlich-rechtlichen Sender, kaufte vom Gewinn Immobilien und Hörfunksender und vermehrte so schnell sein Vermögen. In den Siebzigern machte er einige kluge Investitionen in Übersee, kaufte Sender und baute sie mit seiner Expertise um, um sie gewinnbringend wieder zu verkaufen. Mit Ende vierzig machte ihn das zum Milliardär. Bis 2010 lenkte er die Familiengeschäfte mit erstaunlichem Scharfsinn und Weitsicht. Erst spät, mit fast fünfzig Jahren, gründete er eine Familie. Jens war der erste Sohn. Er sollte als Nachfolger der Brenner-Dynastie aufgebaut werden. Nach einem Finanzstudium an einer Kölner Privatschule vermittelte sein Vater ihm ein Volontariat. Sein Sohn sollte von der Pike auf lernen, wie die Medienbranche funktioniert. Doch sein Sohn hatte andere Pläne. Schnell wusste Jens, dass er nicht für einen Vorstandsposten gemacht war, sondern dafür, Geschichten zu erzählen, in einer neuen und zeitgemäßen Form. Eine neue Form des Journalismus zu schaffen. Seine zwei jüngeren Brüder übernahmen die Familiengeschäfte, was Jens noch mehr von der Familie entfremdete.

Als Wilhelm Brenner vor einigen Jahren verstarb, sagte Jens, es sei das erste Mal gewesen, dass sein Vater etwas für ihn getan habe. Damit meinte er das stattliche Erbe, von dem er sich seinen Traum erfüllen und die Excrime gründen konnte. Dass sein Vater die inhaltliche Ausrichtung der Excrime gehasst hätte, war dabei mehr Ansporn als Hindernis.

Mittlerweile hatten sich alle Kollegen um den Konferenztisch versammelt. Neben den bekannten Gesichtern aus der Frühschicht waren in etwa noch mal genauso viele Kollegen zur Tagschicht gekommen. Jens eröffnete das Wrap-up. Er sah nicht zufrieden aus.

»Guten Morgen zusammen, wie schon um sechs Uhr gesagt war unsere Ausgabe gestern hervorragend, vielen Dank für euer Engagement.« Er ließ das lieblos vorgebrachte Lob kurz sacken und machte eine Pause. »Und wie schon um sechs Uhr gesagt dürfen wir uns auf unseren Erfolgen niemals ausruhen. Niemand wartet auf uns. Wenn wir nicht abliefern, geht der User und Leser einfach zu einem Konkurrenten. Wir müssen unique sein, wir müssen uns vom Wettbewerb abheben.«

Alle nickten gerade so stark, dass es wahrnehmbar war.

»Gestern wurde eine verhungerte Frau im Bergischen gefunden. Sie hat wochenlang in Gefangenschaft gelebt, und das Einzige, was wir zu bieten haben, ist eine Nacherzählung der Presseagenturen. Bei dem Artikel, den wir online haben, schlafen mir die Füße ein. Warum haben wir keinen eigenen Ansatz?«

Marc schaute sich um und sah in verschämte und teilweise verängstigte Gesichter. Die gestandenen Redakteure und Reporter am Tisch waren eingeschüchtert von dem kleinen rothaarigen Mann, der ihnen gerade einen Einlauf verpasste.

»Unsere Quellen im Bergischen haben nichts Neues«, brach

Oli, der Dienstälteste, das Schweigen. »Die Frau kannte da keiner, und die Fabrikhalle, in der sie abgekratzt ist, war am Arsch der Heide. Der Killer hätte da einen perversen Vergnügungspark betreiben können, und kein Mensch hätte das mitbekommen.«

Kili Wenger wartete geduldig auf das Ende von Olis Satz. »Die Tote war eine Eventmanagerin und durch ihre legendären Partys selbst so was wie ein lokaler Promi. Ich habe mal im Social Web recherchiert. Einige Unterhaltungsgrößen haben sich zu ihrem Tod geäußert, dazu könnte man super –«

»Langweilt mich«, unterbrach Jens ihn wirsch. »Mehr haben wir nicht?«

»Hab eine Tochter und einen Ex gefunden«, rief Brit rein.

Sie wartete die erstaunten Blicke ihrer Kollegen ab. Ihr gefiel offenbar der Gedanke, dass ihre Kollegen sie für ein IT-Genie hielten.

Brit machte sich oft einen Spaß daraus. Wenn ein Kollege eine Frage an sie hatte, tippte sie wild auf ihrem ausgeschalteten Laptop rum. Die Buchstabenfolge machte keinen Sinn, aber die Tippgeschwindigkeit jagte den Redakteuren einen Heidenrespekt ein. Was wiederum die Spekulationen über ihre Hackerfähigkeiten befeuerte. Dabei war ihr Erfolgsgeheimnis ein anderes. Über ihre Jahre im Job hatte sich Brit mit ihrer extrovertierten und freundlichen Art ein massives Netzwerk aufgebaut. Es gab kaum ein Thema, zu dem Brit keinen Experten oder Insider an der Hand hatte. Einige von ihnen waren tatsächlich Hacker. Einige bezahlte sie, für andere war es ein selbstverständlicher Freundschaftsdienst, ihr weiterzuhelfen.

Oli schaute verwirrt zu seiner Kollegin rüber, die gedankenverloren in ihren Rechner starrte.

»Unsinn, Dabrowski ist ein ewiger Single und kinderlos.«

Brit schüttelte kaum merklich den Kopf. »Ewiger Single, ja. Kinderlos, nein. Sie hat ihre Tochter nur weitestgehend aus der Öffentlichkeit rausgehalten. Johanna Dabrowski, neun. Der

Vater des Kindes ist Tino Pfeiffer aus Köln. Wem soll ich die Adresse schicken?«

Brit war früher selbst als Reporterin unterwegs, aber wegen ihrer Recherchefähigkeiten hatte Jens darauf bestanden, dass sie die Redaktion nur im Ausnahmefall verließ. Kili hob die Hand. Er war ambitioniert und wollte Jens gefallen. Der ignorierte die Meldung aber.

»Schick es Marc aufs Handy und du, Marc, stell die Tasse ab und mach dich auf den Weg. Du wirst nicht fürs Kaffeetrinken bezahlt.«

Marc machte eine militärische Grußgeste und verließ die Redaktion. Er hoffte, dass er nicht zu weit fahren müsste. Nachdem Brit ihm die Adresse geschickt hatte, bereute er, mit dem Fahrrad in die Redaktion gekommen zu sein.

Eine gute halbe Stunde später erreichte er Tino Pfeiffers Haus in Lindenthal. Die Hausnummer hätte er gar nicht gebraucht. Von Weitem waren bereits Übertragungswagen der großen TV-Sender zu sehen. Offenbar waren schon andere auf Dabrowskis Tochter gestoßen.

Die Gegend um den Stadtwald galt als eine der besseren Ecken der Stadt. Pfeiffers Villa grenzte direkt an die grüne Lunge Kölns. Marc schaute auf sein Handy. Über die redaktionsinterne Messenger-App hatte Brit ihm ein paar Infos zu Pfeiffer zukommen lassen. Jens hatte die App von einer IT-Firma entwickeln lassen, um schnell und vor allem sicher Informationen austauschen zu können. Brit zufolge war Pfeiffer ein Bankdirektor mit einem schwindelerregenden Einkommen. Er war bekennender Junggeselle und dennoch stolzer Vater. Zumindest ließ sich das aus diversen Interviews und öffentlichen Auftritten mit seiner Tochter schließen. Über Nicole, Johannas Mutter, verlor er aber öffentlich nie ein Wort.

Marc öffnete das Antwortfeld. »Hier ist die Hölle los. Glaube nicht, dass er hier ist. Eine Idee, wo er sonst sein könnte?«

Marc schaute sich um. Mindestens vier Reporter hatte er

gesehen, die erfolglos auf einen O-Ton warteten. Auf seiner App blinkten drei Punkte aufgeregt, die anzeigten, dass Brit antwortete.

»Pfeiffer hat ein paar Immobilien in Köln«, schrieb Brit zurück, »aber er ist Junggeselle und hat eine Halbwaise im Schlepptau. Ich tippe, dass er bei seiner Mutter untergetaucht ist. Ich schicke dir die Adresse.«

Marc war sehr erleichtert, dass die Wohnung der Mutter in der Nähe lag. Er stieg auf sein Rad und machte sich auf den Weg nach Sülz.

Das Mehrparteienhaus von Pfeiffers Mutter sah im Gegensatz zu der Villa ihres Sohnes eher schlicht aus. Vor dem Haus lehnten an einer akkurat geschnittenen Hecke zwei Fahrräder. Ein Herrenrad und ein Kinderrad. Marc hatte in Pfeiffers Villaeinfahrt einen Porsche Cayenne gesehen. Vermutlich gingen seine Kollegen deshalb davon aus, dass er zu Hause sein musste. Eine kluge Idee, das Rad zu nehmen, dachte Marc, während er auf die Klingel drückte.

Ein Mann Anfang fünfzig, hochgewachsen mit silbergrauen Haaren und einer Brille mit runden Gläsern, öffnete die Tür.

»Sie wünschen?«

Marc hatte sich keine Lüge zurechtgelegt. Nach seinem Auftritt bei Lisa Keiler wollte er aufrichtig bleiben, auch wenn ihm klar war, dass das seine Chancen auf ein Interview oder Informationen gen null laufen lassen würde.

»Guten Tag, entschuldigen Sie die Störung. Mein Name ist Marc Bauer, und ich recherchiere im Mordfall Nicole Dabrowski. Es tut mir wirklich leid, was ihr widerfahren ist, aber wäre es möglich, dass ich Ihnen ein paar Fragen stelle?«

Der Mann schaute wenig begeistert. Marc rechnete damit, gleich die schwere Tür ins Gesicht zu bekommen.

»Wie war der Name, sagten Sie? Bauer?«

»Ja.«

»Sind Sie nicht der Kerl von der Excrime?«

Marc seufzte. »Ja, der Kerl bin ich.« Jegliche Hoffnung auf ein Interview löste sich in Luft auf.

»Phantastisch. Ich liebe Ihr Magazin. Das ist so authentisch und nahbar.« Marc versuchte, nicht zu überrascht zu schauen. »Ich würde Sie ja gern reinbitten, aber meiner Tochter Johanna macht das Ganze sehr zu schaffen. Was kann ich denn für Sie tun?«

»Haben Sie eine Ahnung, wer Nicole das angetan haben könnte?«

»Ist das off the record?«, fragte Pfeiffer.

Marc war überrascht, dass er den Begriff kannte. »Ja, ich veröffentliche nichts von dem, was Sie mir sagen. Ich suche nur nach einer Spur.«

»Ich fürchte, da kann ich Ihnen leider nicht helfen. Nicole und ich kannten uns eigentlich kaum. Sie hat vor zehn Jahren mal ein Event für mich und meine Bankfiliale durchgeführt. Wir hatten uns auf Anhieb gut verstanden und leider ein paar Cocktails zu viel am Abend der Veranstaltung. Das Ergebnis war Johanna. Ihr zuliebe haben wir den Kontakt aufrechterhalten, aber was Nicole so getrieben hat, weiß ich nicht.«

»Sie haben sich das Sorgerecht geteilt?«

»Ja. Im wochenweisen Wechsel.«

»Hat Nicole irgendwelche Männer getroffen?«

»Dafür hatte sie gar keine Zeit. Wenn überhaupt, hatte sie One-Night-Stands wie mich.«

»Hatte sie Feinde?«

»Sie war durch ihren Job oft in den Schlagzeilen und im Mittelpunkt. Neider gibt es überall. Aber konkret wüsste ich nicht, wen.«

Marc hatte sich mehr erhofft. »Danke, Herr Pfeiffer. Wenn Ihnen noch was einfällt, melden Sie sich gern.«

»Das mache ich. Viel Erfolg bei der Recherche.«

Marc verließ den Hauseingang und schloss sein Fahrrad auf, das an der Hecke lehnte. Irgendwas störte ihn an dem Gespräch. Natürlich wollte er sich nicht beschweren. Es würde ihm viel Arbeit ersparen, wenn jeder Angehörige und Zeuge so kooperativ wäre. Aber die Mutter seiner kleinen Tochter war gerade bestialisch ermordet worden, und er plauderte mit einem Reporter gut gelaunt über sein Privatleben. Irgendwas war faul. Er musste dringend mehr erfahren. Er nahm sein Handy aus der Hosentasche, wählte Maus' Nummer und wartete ungeduldig, bis er abnahm.

»Marc hier. Ich brauche deine Hilfe.«

## 27

Der Wind wehte kalt über den Eingangsplatz der Kölner Rechtsmedizin. Das Gebäude machte keine Anstalten, besonders attraktiv zu wirken. Wie ein grauer Bunker sah das Institut am Melatengürtel aus. In der Ferne hörte Marc eine Bohrmaschine rattern. Er hoffte, dass das zum Geräusch passende Gerät einem Handwerker gehörte und nicht einem Forensiker, der sich gerade an einer Leiche austobte. Er musste an das letzte Mal denken, als er hier gewesen war. Damals hatte Maus ihn bei einer Obduktion zusehen lassen. Marc war neugierig auf die Arbeit eines Rechtsmediziners gewesen, und Maus hatte seinem Freund eins auswischen wollen. Er gab sich alle Mühe, dass Marc den Abend niemals vergessen würde. Noch heute konnte er die widerlichen Gerüche auf Knopfdruck abrufen, wenn er an den Tag dachte. Seitdem hatte er die Rechtsmedizin gemieden. Heute machte er eine Ausnahme. Der Keiler-Fall war eine Sackgasse, und bei Nicole Dabrowski fehlte ihm der Ansatz. Er brauchte eine neue Spur.

Das Handy klingelte.

»Marc Bauer.«

»Sind Sie unten?«, meldete sich eine unsicher wirkende Stimme am anderen Ende.

»Ja, wie besprochen.«

»Ich komme in fünf Minuten.«

Marc war heilfroh. Allein der Gedanke, das Gebäude zu betreten, löste in ihm Beklemmungen aus. Selten war ihm so übel gewesen wie damals, als Maus den Magen- und Darminhalt der Leiche ausleerte und ihm vor die Nase hielt. Bis heute glaubte er, dass er das nur tat, um Marc das Grün ins Gesicht zu treiben. Erfolgreich.

Der quaderförmige Institut-Klotz lag direkt neben dem Melatenfriedhof. Neben dem Gebäude leuchtete am Straßenrand eine Werbetafel für eine Zigarettenmarke in die anbrechende Nacht.

Im zweiten Stock der Rechtsmedizin packte Alexander Schmitz seine Sachen zusammen. Wie zu erwarten lieferte die Obduktion an Nicole Dabrowski keine weiteren Erkenntnisse. Schon am Tatort hatte er Kommissar Seger die wichtigsten Informationen mitgegeben. Es grenzte an ein Wunder, dass die Frau so lange ohne Nahrung ausgekommen war, aber tatsächlich kam er zu dem Schluss, dass sie in der Zeit ihres Martyriums nur mit Wasser versorgt worden war.

Er fragte sich, wie ein Mensch einem anderen so etwas antun konnte.

Sein Arbeitsplatz war sauber. Die letzten Reste von Nicole Dabrowski waren entfernt und verstaut. Er hasste seinen Job. Sein Großvater und Vater waren stadtbekannte Chirurgen gewesen. Als er sein Medizinstudium angefangen hatte, war er noch voller Eifer und Zuversicht. Doch offenbar hatte er nicht die Feinmotorik der anderen Männer seiner Familie geerbt, und so empfahl ihm ein Dozent, sich lieber um die Toten als um die Lebenden zu kümmern. Während er sich die Hände wusch, das zweite Mal, fragte er sich, was passiert wäre, wenn er nicht auf seinen Mentor gehört hätte, wenn er es einfach durchgezogen hätte. Statt den Lebenden zu helfen, war er jetzt hier gelandet. Bei den Toten. Er nahm die Seife und begann erneut seine Hände zu waschen. Sein Waschzwang wurde immer schlimmer. Er wusste nicht, ob es an seinem deprimierenden Beruf lag oder daran, dass seine ganze Familie ihn immer daran erinnerte, dass die Fußstapfen seines Vaters zu groß für ihn waren. Natürlich gab es auch hervorragende Forensiker. Koryphäen, die über die Landesgrenzen Bekanntheit genossen, aber er gehörte nicht dazu.

Als der Journalist heute Nachmittag bei ihm angerufen hatte, musste er nicht lange nachdenken, ob er sich mit dem Mann treffen würde. Dieser Bauer machte ein paar Andeutungen, dass er ihn für ein paar Infos zu der Leiche entlohnen würde.

Ihr wird es wohl nicht mehr schaden, dachte er, als er die Tatortfotos in seine Manteltasche steckte.

Als sich die Glastür der Rechtsmedizin öffnete, wusste Marc sofort, dass die schlaksige Gestalt seine Verabredung war. Maus hatte bereits angekündigt, dass Alexander Schmitz eine schräge Erscheinung sei, als er ihm vertraulich den Kontakt weitergegeben hatte. Auch wenn Maus unter keinen Umständen Informationen zu einem Fall an Marc weitergegeben hätte, so wollte er seinem Freund dennoch helfen, und bei seinem Kollegen Alexander Schmitz war er sich sicher, dass Marc Erfolg haben würde.

Der Mann, der über das moosbegrünte Pflaster auf Marc zukam, sah aus, als wäre er selbst gerade von einem der kalten Stahltische auferstanden. Die offensichtlich gefärbten schwarzen Haare fielen strähnig in sein fahles, fast weißes Gesicht. Seine dünne und beinahe gebrechliche Statur ließ sich unter der engen schwarzen Jeans und dem schwarzen T-Shirt erahnen, die er unter einem dunklen Mantel trug. Niemals hätte Marc ihn für einen Mediziner gehalten, eher für den Bassisten einer schwedischen Death-Metal-Band.

»Alexander Schmitz?«

»Lassen Sie uns ein Stück gehen«, erwiderte die schwarze Gestalt grußlos.

Direkt neben der Forensik war ein kleines Stück Wiese direkt an der Straße. Hinter ein paar Bäumen stand eine Parkbank, auf die sein Gegenüber zielstrebig zusteuerte. Für einen geheimen Treffpunkt war der Ort gänzlich ungeeignet. Auch wenn der kleine Grünstreifen unbesucht war, war die Lage an einer der befahrensten Straßen Kölns sicher keine kluge Wahl. Schmitz schien sich noch nicht häufig mit Journalisten getroffen zu haben, oder ihm war Diskretion schlichtweg egal.

Fast geräuschlos setzte sich Schmitz auf die Bank. Als auch

Marc Platz genommen hatte, reichte er ihm seine knochige, bleiche Hand. Marc schüttelte sie und war überrascht, dass sie warm war.

»Entschuldigen Sie die unfreundliche Begrüßung, aber ich möchte ungern mit einem Journalisten gesehen werden. Wie sind Sie eigentlich auf mich gekommen?«

»Ein Informant sagte mir, dass Sie am Dabrowski-Fall arbeiten.«

»Ich dachte mir schon, dass Sie sich deshalb mit mir treffen wollen. Was möchten Sie wissen?«

»Erzählen Sie mir von den Umständen ihres Todes. Was ist der Frau zugestoßen, und wer könnte ihr das angetan haben?«

Schmitz nickte langsam vor sich hin. »Was ist Ihnen die Information wert?«

Bei der Frage schlich ein gespenstiges Lächeln über Schmitz' dünne Lippen.

Marc hielt ihm dreihundert Euro hin, die er bereitwillig nahm.

Wieder nickte er. »Sie war ungefähr drei Wochen in Gefangenschaft. In der Zeit hat ihr Entführer ihr vermutlich sämtliche Nahrung entzogen und ihr nur eine Wasserquelle zur Verfügung gestellt, die sie ironischerweise bei ihrem Ausbruchsversuch selbst zerstört hat.«

»Ausbruchsversuch?« Marc machte sich eilig Notizen in seinen kleinen Block.

»Ja, die arme Frau hatte sich mit bloßen Händen durch eine Backsteinwand gearbeitet, nur um dahinter eine Betonwand vorzufinden. Als sie tot war, hat man sie nackt in einer Ecke drapiert. Unvorstellbar, was die Frau durchmachen musste.«

Marc konnte die Betroffenheit förmlich spüren. Er war überrascht, dass er als Rechtsmediziner einen Fall so nah an sich ranließ. Für Maus waren die Leichen Kunden, wie er sie nannte, fleischgewordene Rätsel. Er versuchte so wenig Mensch in ihnen zu sehen wie möglich. Reiner Selbstschutz. Sonst hätte der Job ihn aufgefressen. Schmitz schien diese Distanz nicht zu haben.

»Wurde sie vor ihrer Entführung betäubt oder unter Drogen gesetzt?« Marc hoffte, irgendwelche Parallelen zum Keiler-Fall herstellen zu können.

Schmitz zuckte mit den Schultern. »Nach drei Wochen ist da nichts mehr nachweisbar. Kann sein, kann nicht sein.«

»Gab es sonst irgendwas Bemerkenswertes, was noch nicht in der Presse zu lesen war?«

»Nein, aber«, Schmitz wirkte angespannt und durchwühlte mit seinen knochigen Fingern seine Manteltasche, »was wäre Ihnen das hier wert?«

Es waren Fotos vom Tatort. Sie zeigten die zusammengekauerte Nicole Dabrowski oder das, was von ihr übrig war. Alle Newsmagazine und TV-Sender nutzten Archivbilder von Nicole, von Veranstaltungen oder ihrer Facebookseite. Dieses Foto jedoch zeigte die ganze Dramatik, das ganze Leid, das der Frau widerfahren war. Marc war sich unsicher, ob dieses Bild an die Öffentlichkeit geraten sollte. Jens würde keine Sekunde zögern. Sicher war er sich jedoch, dass er die Bilder haben musste, bevor jemand anderes sie in die Hände bekam.

Marc wühlte in seiner Hosentasche und hielt zwei weitere grüne Scheine in der Hand.

»Ich lege zu den dreihundert noch zweihundert drauf. Das macht fünfhundert. Sollte reichen.«

»Ich dachte eher so an tausend«, sagte Schmitz. Das dünnlippige Grinsen war wieder da.

»Fünfhundert ist angemessen«, sagte Marc leicht gereizt. »Das sollte genug Profit sein, den Sie aus einer ermordeten Frau schlagen.«

Schmitz lachte auf. »Kommen Sie mir jetzt mit einem Moralvortrag? Sie Heuchler.«

Er schaute Marc angewidert an. Blitzartig schnellte die knochige Hand nach vorne und schnappte die zweihundert Euro. Schmitz stand auf und ging zurück Richtung Rechtsmedizin.

»Und was ist mit den Bildern?«, fragte Marc aufgebracht.

»Die verkaufe ich einem anderen Journalisten. Gibt doch genug von euch Gesindel.«

Marc reichte es. Ihm war klar, dass Schmitz nur den Preis in die Höhe treiben wollte, aber er hatte nicht vor, sich von diesem Insektoiden noch mehr Geld abjagen zu lassen. Er erhob sich von der Bank und grinste zufrieden, weil er wusste, was gleich passieren würde. Er drückte auf den Play-Button an seinem Handy und wartete auf den Effekt.

»Was wäre Ihnen das hier wert?«

Schmitz drehte sich erschrocken um, als er seine eigene Stimme hinter sich hörte. Zufrieden hielt Marc sein Handy in dic Luft.

»Sie haben mich aufgenommen?«

Marc genoss den Moment sichtlich und ging ein paar Schritte auf sein verstört schauendes Gegenüber zu.

»Da Sie sich mit mir an Ihrem Arbeitsplatz an einer der befahrensten Straßen der Stadt treffen, gehe ich davon aus, dass das hier Ihr erstes Mal ist«, er machte Anführungszeichen mit den Fingern, um die Doppeldeutigkeit seiner Aussage zu unterstreichen, »aber das hier ist nicht mein erstes Rodeo. Entweder nehmen Sie die fünfhundert Euro, geben mir die Bilder, und ich lasse Ihren Namen aus der Sache raus, oder Sie gehen jetzt nach Hause, und morgen lesen Sie einen interessanten Artikel über einen korrupten Rechtsmediziner, dessen Machenschaften von einem findigen Journalisten aufgedeckt wurden. Sie haben die Wahl.«

»Arschloch«, sagte Schmitz und reichte Marc die Bilder rüber. »Rufen Sie mich nicht mehr an.«

## 28

Marc war feierlich zumute, als er zurück in seiner Wohnung war. Er hatte sich irgendwann angewöhnt, seine Gespräche mit Informanten aufzuzeichnen. Nicht, um sie damit zu erpressen, sondern um sich selbst abzusichern. Die meisten, die Geld für ihre Informationen nahmen, wurden irgendwann gierig oder unverschämt. Alexander Schmitz setzte in der Hinsicht neue Maßstäbe.

Marc stieg über den Keiler-Ausdruck auf dem Boden und setzte sich an den Küchentisch. Er holte die Bilder, die er sich gerade erkämpft hatte, aus seiner Jackentasche. Kaum zu glauben, dass diese zusammengefallene Gestalt mal eine Frau gewesen war. Er spürte eine innere Zerrissenheit. Ethisch gesehen dürften solche Bilder niemals an die Öffentlichkeit geraten. Er dachte an die kleine Johanna. Aber im Grunde war er der gleichen Meinung wie Jens. Die Öffentlichkeit hatte ein Recht darauf, die Bilder zu sehen. Zu wissen, was in ihrer vermeintlich friedlichen Region für bestialische Morde passierten. Erst der Tote im Schrank und jetzt das. Plötzlich schoss Marc ein Satz in den Kopf, den er eben fast überhört hätte. Er spulte seine Aufnahme von Alexander Schmitz auf seinem Smartphone zurück.

»Als sie tot war, hat man sie nackt in einer Ecke drapiert.«

Marc wurde heiß. Wie bei Keiler! Er machte sich mit dem Unterarm Platz auf dem Tisch. Einige Unterlagen fielen auf den Boden. Er breitete den Stapel Bilder vom Dabrowski-Tatort aus und scannte jedes einzelne ungeduldig ab. Als er fertig war, begann er noch mal von vorne. Der Fotograf hatte ganze Arbeit geleistet und jeden Winkel der Fabrik erfasst. Den Raum, der als Gefängnis für Nicole Dabrowski diente, ihre Fluchtroute und den kargen Raum, in dem sie starb.

Nichts.

Auf keinem der Bilder war Kleidung zu sehen. Der Mörder hatte sie mitgenommen. Wie bei Keiler.

Marc schaute auf den Boden, von wo ihn Keiler anblickte.

Es war derselbe Mörder!

Die Erkenntnis traf Marc wie ein Blitz. Sein Entschluss stand fest. Er musste die Bilder veröffentlichen. Der Mörder lief immer noch frei herum. Die Bürger mussten erfahren, dass jemand da draußen war, der bereit war zu morden.

Normalerweise wäre Marc sofort in die Redaktion gefahren, um die Story schnellstmöglich zu veröffentlichen. Er schaute auf die Uhr und fluchte, halb neun. Um neun war er mit Stella verabredet. Sie hatten ein weiteres Treffen per Textnachricht ausgemacht. Marc spürte ein Kribbeln im Bauch. Die Story konnte bis morgen warten. Die Wahrscheinlichkeit, dass Schmitz die Bilder an wen anders verkaufen würde, war sehr gering. Er musste wissen, dass Marc keinen Moment zögern würde, ihn als undichte Quelle der Rechtsmedizin auffliegen zu lassen. Marc hatte also Zeit.

Eine halbe Stunde später stand er vor dem Altbau in der Körnerstraße. Stella hatte ihm geschrieben, dass sie in einem Mehrfamilienhaus hinter der Praxis wohnte. Marc stand auf dem schmalen Bürgersteig vor dem edel wirkenden Haus und fragte sich, wie er wohl dahinter kommen sollte. Er tippte auf einen Innenhof. Es war eine architektonische Eigenheit der Kölner Sträßchen, dass sich hinter vermeintlichen Garagen- oder Hoftoren echte Schätze verbargen. Es war Marc mehr als einmal passiert, dass er durch eines der unscheinbaren Tore ging und sich dahinter Gärten, bunte Balkone und Terrassen, ruinenartige Gebilde oder gar ganze Häuserreihen versteckten.

So war es auch hier. Neben dem Eingang gab es noch ein unscheinbares Holztor. Marc schob es langsam auf. Dahinter führte ein kleiner Weg an der Häuserfassade vorbei zu einem weiteren, moderneren Haus mit blau gerahmten Fenstern und einem mit Pflanzen überwucherten Eingang.

Marc entdeckte sechs Klingeln. Auf einer stand »Stella Winter«. Er bemerkte gleich, dass kein »Dr.« auf dem Türschild zu sehen war. Er hatte auch ein paar Ärzte in seinem Bekanntenkreis und konnte es nicht leiden, wenn sie sich was auf ihren Titel einbildeten. Manche unterschrieben sogar ihre privaten Mails mit ihrem Doktortitel. Stella hatte das nicht nötig. Sie war selbstsicher genug. Das gefiel ihm.

Er atmete tief durch, bevor er klingelte. Stella hatte ihn zu sich nach Hause eingeladen. Sie hatte drauf bestanden, für ihn zu kochen. Auch wenn er schon lange aus dem Dating-Business raus war, wusste er, was es bedeutete, bei einer Frau zum Essen eingeladen zu werden. Er fühlte sich sehr zu Stella hingezogen, und auch wenn er es sich nicht eingestand, hatte er hohe Erwartungen an den Abend. Der Türöffner summte, und Marc trat ein.

Schon als er die Treppe zur ersten Etage hochging, konnte er Stella sehen, wie sie im Türrahmen stand, um ihn zu empfangen. Sie trug eine Jeans und einen weiten Strickpullover, der ihre Rundungen versteckte. Ihr strahlendes Lächeln hatte sie mit einem roten Lippenstift betont. Viel mehr Make-up trug sie nicht. Sie hatte es auch nicht nötig, ihre natürliche Ausstrahlung reichte. Marc ging zu ihr und drückte ihr einen Kuss auf die Lippen. Als er bei ihr eine Überraschung bemerkte, überlegte er kurz, ob er ein wenig zu aufdringlich gewesen war. Doch Stella nahm ihm die Bedenken, als sie seine Hand griff und ihn sanft in die Wohnung zog.

Der Wohnungsflur war recht großzügig angelegt. An der Wand entdeckte Marc die Fotos einer alten Frau.

»Deine Großmutter«, tippte Marc.

»Ja, sie ist leider vor einigen Jahren gestorben.« Stella wirkte betroffen. »Sie war so was wie meine Mutter. Die meiste Zeit habe ich bei ihr gelebt, und ihr habe ich viel zu verdanken.«

Phantastisch. Frag sie doch noch nach ihren toten Haustieren, dachte Marc, der sich ärgerte, die Stimmung so gedrückt zu haben.

Stella setzte schnell wieder ein Lächeln auf und begann die Wohnungsführung. Vom Flur gingen drei Türen ab. Sie gingen durch die am Ende des Ganges. Ein großer, heller Raum öffnete sich. Stella und Marc standen vor einem massiven Esszimmertisch. Links davon befand sich die cremefarbene Einbauküche, aus der es bereits köstlich duftete, rechts eine gemütliche Wohnlandschaft mit Ohrensessel. Die Wohnung war sehr geschmackvoll eingerichtet. Die Farben mit Bedacht gewählt. Genau über dem Esstisch hing ein Schwarz-Weiß-Porträt von Marilyn Monroe. Dieses Motiv hatte Marc noch nie gesehen. Er kannte natürlich Bilder der Hollywood-Ikone, nicht zuletzt das bekannteste, auf dem sie über einer U-Bahn-Lüftung stand, die ihr Kleid hochwehte. Doch dieses Porträt war anders. Das bekannte Lächeln der Blondine fehlte. Die stark vergrößerte Fotografie zeigte die Monroe in einem schwarzen Rollkragenpullover. Ihr Augenausdruck wirkte traurig, fast lethargisch. Ohne die markante blonde Frisur und den Leberfleck auf der linken Wange hätte er sie nicht erkannt.

Stella bemerkte, dass Marc das Bild studierte.

»Ein tolles Foto, oder?«

Marc stimmte zu. »So ernst kennt man sie gar nicht.«

»Das stimmt. Die meisten haben das Bild einer Sexbombe im Kopf. Einer Frau, die alles hatte und vor allem jeden hatte, den sie wollte. Doch die wenigsten wissen, dass Marilyn Monroe mit schweren psychischen Problemen zu kämpfen hatte.«

Marc hatte so was mal gehört, aber sich nicht weiter damit befasst. Er verlor sich fast in den traurigen Augen der Blondine, die ihn von der Wand aus anstarrte.

»Sie hatte immer davon geträumt, Schauspielerin und Model zu werden, aber der Preis dafür war hoch. Um zu gefallen, war sie krankhaft auf ihr Aussehen fixiert. Sie hatte einen Vaterkomplex, und sexueller Missbrauch war ihr auch nicht fremd. Depressionen und Persönlichkeitsstörungen werden ihr ebenso nachgesagt.«

Marc betrachtete Stella, deren Gesicht von der indirekten

Beleuchtung des Raumes in sanftes Licht getaucht war. Er war fasziniert von ihren Ausführungen. Von ihr.

»Darf ich fragen –«, setzte er an.

»Warum ich sie mir in mein Esszimmer hänge?«, führte Stella den Satz zu Ende. »Ich bin kein Fan ihrer Filme. Ehrlich gesagt habe ich noch nie einen gesehen. Auch wenn es andere Zeiten waren, finde ich das Frauenbild, das sie verkörpert, total daneben. Aber Marilyn Monroe ist ein gutes Beispiel dafür, dass man ein Buch nicht nach dem Einband beurteilen sollte. Ich habe in meiner Praxis mit so vielen Menschen zu tun, viele Kinder oder Jugendliche. Die meisten leiden schrecklich darunter, von der Gesellschaft in Schubladen gesteckt zu werden. Der Gewalttäter, die Hure, der Bettnässer, der Streber, die Asylantin.«

»Oder die blonde Sexbombe, die vermeintlich alles hat«, sagte Marc und deutete auf das Porträt.

»Richtig. Das Bild erinnert mich immer daran, hinter die Fassade zu schauen und den Menschen zu sehen. Seine Ängste, seine Sorgen, seine Motive.«

Marc schaute Stella tief in die Augen. Sie war so viel mehr als ein schönes Gesicht.

»Und die anderen Räume?«, fragte Marc.

»Neben dem Bad nur noch das Schlafzimmer. Aber das schauen wir uns erst nach dem Essen an«, sagte Stella mit einem verschmitzten Grinsen auf den roten Lippen.

Das Essen war köstlich. Stella hatte ein Drei-Gänge-Menü zusammengestellt. Unter den traurigen Augen der Monroe genossen sie das leckere Essen, lachten viel und setzten an den Gesprächen an, die sie in der Tapasbar begonnen hatten. Alles fühlte sich vertraut an. Als sie aufstand, um den Nachtisch aus dem Kühlschrank zu holen, hatte Marc kurz ein schlechtes Gefühl. Die Dabrowski-Geschichte hätte schon längst online sein können, wenn er statt zu Stella in die Redaktion gefahren wäre.

»Woran denkst du?«

Marc hatte gar nicht gemerkt, dass Stella schon wieder am Tisch stand.

»Nichts.«

»Komm schon, ich bin Psychologin. Mit ›nichts‹ kannst du mir nicht kommen.«

Marc musste lachen. Er überlegte seine Worte gut. »Weißt du, Stella, ich mag dich sehr gern, aber …«

»Aber?« Sie schaute ihn skeptisch an.

»Ich neige dazu, meine Freunde schnell als Informanten zu missbrauchen. Ich möchte nicht, dass du das Gefühl hast, ich wäre nur hier, weil ich dich als Quelle brauche.«

Stella grinste seelenruhig. »Das ist sehr süß von dir. Mach dir darüber aber keine Sorgen. Ich neige wiederum dazu, ständig psychologische Profile von meinen Freunden zu erstellen. Wir haben wohl beide eine Berufskrankheit. Was möchtest du wissen?«

Marc war erleichtert. Er wollte das schöne Date nicht sprengen, aber er musste die Chance nutzen, dass er eine Psychologin vor sich hatte.

»Ich bin, glaube ich, gerade an was dran.« Er lehnte sich verschwörerisch über den Tisch und schob das Dessert sanft zur Seite. Stella schaute ihn erwartungsvoll an.

»Hast du von der Verhungerten im Bergischen gehört?«

Stella nickte. Die Nachrichten waren voll davon. Man konnte der Berichterstattung über das Schicksal von Nicole Dabrowski nicht entgehen. Vor allem wegen des überdimensionalen Graffitis auf dem Fabrikdach war der Fall allgegenwärtig.

»Aus sicherer Quelle weiß ich, dass der Täter Dabrowski nach dem Tod ausgezogen und ihre Kleidung mitgenommen hat. Bei Keiler war es ganz ähnlich. Ich bin sicher, dass es eine Bedeutung hat.«

Jetzt lehnte sich auch Stella über den Tisch und richtete ihre schwarz gerahmte Brille.

»Moment. Willst du damit sagen, dass die Verhungerte und

der Tote im Schrank von demselben ermordet wurden? Das würde ja bedeuten …«

»Dass wir einen Serienkiller haben.« Er wartete kurz den Effekt ab. »Mich würde interessieren, wie aus psychologischer Sicht die Nacktheit dort reinpasst?«

Sie musste nicht lange nachdenken. »Nacktheit wurde schon immer als wirksames Foltermittel benutzt. Genauso wie Schlafentzug oder Waterboarding gilt die Verletzung des Schamgefühls als eine Methode der Weißen Folter. Anders als bei anderen, körperlichen Foltermethoden zielt die Weiße Folter darauf ab, die Psyche eines Menschen zu brechen.« Sie überlegte kurz. »Wenn die Frau aber erst nach dem Tod entkleidet wurde, hat es vermutlich weniger mit Folter zu tun, sondern eher mit dem Wunsch nach Demütigung und Bloßstellung. Im Orient wurden in der Antike die Menschen aus dem Grund auch nackt gekreuzigt. Neben den unvorstellbaren physischen Schmerzen war die Erniedrigung ein wichtiger Faktor, um zusätzlich psychische Schmerzen zu bereiten. Auch wenn man damals nicht viel über die menschliche Psyche wusste, darin, sie zu brechen, war die Menschheit schon immer sehr kreativ. Jesus ist wohl das bekannteste Beispiel.«

»Aber er wurde nicht völlig nackt gekreuzigt«, wendete Marc ein.

»Doch, auch er wurde von den Römern nackt ans Kreuz gehängt. Es gab genügend Künstler, die Jesus' Nacktheit darstellten. Der Vatikan hat in den meisten Fällen aber nachträglich dafür gesorgt, dass die Genitalien übermalt wurden.«

»Das heißt, der Mörder wollte Keiler und Dabrowski bloßstellen. Aber was haben sie getan, dass sie der Mörder bestrafen möchte?«

»Ich bin nur die Psychologin. Das musst du schon selbst rausfinden. Oder besser noch die Polizei«, sagte Stella und lachte Marc an.

»Danke, das hilft mir.«

»Möchtest du jetzt vielleicht den Rest der Wohnung sehen?«,

fragte Stella und nahm einen großen Schluck aus ihrem Weinglas, als wolle sie sich Mut antrinken.

Marc zögerte nicht und erhob sich vom Tisch. Stella nahm seine Hand und führte ihn in den Flur, von dem das Schlafzimmer abging. Dort angekommen griff Marc nach ihrer Hüfte und drehte sie zu sich. Er schob ihren Strickpullover sanft hoch und ertastete darunter ihre Brüste. Sie zogen sich gegenseitig aus, während ihre Küsse immer heftiger und leidenschaftlicher wurden. Marc war nervös, weil er so lange nicht mehr mit einer Frau zusammen gewesen war, aber Stella nahm ihm alle Bedenken, als sie ihn auf ihr Bett zog und ihn mit ihren Beinen umschlang. Als er sich mit ihr vereinte, merkte er, wie sehr er es vermisst hatte. Und wie sehr er sich zu Stella hingezogen fühlte.

## 29

Das Auto beschleunigte stark, als Marc auf das Gaspedal trat. Die Aachener Straße war wie leer gefegt um diese Zeit. Nicht ohne Grund fanden hier die illegalen und teilweise tödlichen Straßenrennen statt. Er raste in seiner Limousine Richtung Innenstadt. Er fühlte das Adrenalin in sich aufsteigen, als er hochschaltete und in den Sitz gedrückt wurde. Sekündlich näherte sich der Aachener Weiher, den er bald passieren würde. Der künstlich angelegte See reflektierte die Lichter der Stadt, die in tiefer Nacht vor ihm lag. Nur eine Millisekunde schaute er auf den sich andeutenden Weiher. Eine Sekunde der Unachtsamkeit, in der er ihn übersah. Marc konnte gerade noch die schwarzen Augen des Teenagers erblicken, der vor ihm auf der Straße stand, bevor sein Auto ihn mit einem lauten Knall erfasste. Es war Malte Knorr, über den Marcs Auto soeben mit lautem Gepolter hinwegfuhr. Während Marcs Verstand noch versuchte, die Situation zu verarbeiten, raste sein Wagen unkontrolliert auf den Weiher zu.

Der Aufschlag war weniger heftig, als Marc es erwartet hätte, doch das Auto füllte sich schnell mit Wasser. Nach nur wenigen Sekunden reichte es ihm bis zum Hals. Die Türen blockierten. Verzweifelt versuchte er, die Fenster einzuschlagen, aber es war zu spät, das Wasser reichte ihm bereits über die Nase. Seine Lungen füllten sich mit Wasser. Als das Auto auf den Boden des Weihers sank, fiel sein letzter Blick auf den Beifahrersitz, von dem ihn Stella mit toten Augen anschaute.

Marc schreckte auf, sein Herz schlug ihm bis zum Hals. Er war kurz desorientiert, weil er nicht gleich erfassen konnte, wo er war. Als er Stellas Schlafzimmer erkannte, beruhigte er sich langsam wieder. So einen heftigen Alptraum hatte er schon lange nicht mehr gehabt. Marc schaute neben sich und sah Stella leise schlafen. Sanft berührte er ihren Bauch, um ihre Atmung zu fühlen. Er war es leid, dass die Knorr-Sache sich immer noch auf sein Leben auswirkte. Seine Beziehung zu Paula war an der Sache bereits zugrunde gegangen, das sollte sich nicht wiederholen. Am Morgen würde er Stella von Malte Knorr erzählen.

So schlimm das nächtliche Erwachen gewesen war, so schön war es, morgens neben einer Frau wach zu werden. Neben Stella. Sie schlief noch. Marc beobachtete sie. Ohne Brille sah sie anders aus, aber nicht weniger schön. Die Narbe über ihrem Auge war prägnant, ohne sie dabei zu entstellen. Sanft strich er über den drei Zentimeter großen Strich über ihrer Braue. Durch die Berührung erwachte sie langsam.

»Guten Morgen«, sagte sie mit einem vielsagenden Lächeln.

»Guten Morgen.« Marc strich weiter über die Narbe. »Woher hast du die?«

»Die Narbe? Ist mir etwas peinlich.«

»Nach letzter Nacht sollte dir nichts mehr peinlich sein.«

»Hab ich mich so danebenbenommen? Als Kind war ich nicht das Mädchen, das mit Mädchen spielte, ich zog lieber mit Jungs um die Häuser und stellte Unsinn an. Wir haben immer gern Eishockey auf der Straße gespielt. Mit Skates und Einkaufswagen als Tore.«

»Und da hast du den Ball abgekommen?«

»Nein, das Tor.« Sie lachte. »Hast du noch Zeit für Frühstück?«

Hatte er eigentlich nicht, er wollte früh in der Redaktion sein, aber die Aussicht auf ein Frühstück zu zweit war zu verführerisch.

Stella schob ein paar Brötchen in den Ofen und warf die Kaffeemaschine an. Danach wandte sie sich Marc zu, der bereits bei Marilyn Platz genommen hatte.

»War es ein schlimmer Alptraum?«

Marc war etwas perplex, begriff dann aber, dass sie über seinem Aufschrecken wohl wach geworden war.

»Das hast du mitbekommen? Tut mir leid.«

»Kein Problem. Willst du drüber reden?«

Plötzlich überkamen Marc Zweifel. Wollte er das? Er hatte Stella gerade erst kennengelernt. Sie waren zweimal aus gewesen und hatten Sex gehabt, aber wollte er ihr das wirklich schon anvertrauen? Was würde sie denken, wenn sie erfuhr, dass er einen Jungen in den Tod getrieben hatte? Es war zu früh.

»Nein, vielleicht ein andermal. Wärst du böse, wenn ich mich doch auf den Weg mache?«

»Du willst in die Redaktion, oder?«

»Ja.«

»Ich muss gleich eh in die Praxis. Kein Problem.« Sie wirkte ein wenig enttäuscht.

Marc zog sich an und verabschiedete sich mit einem Kuss. Er schloss die Tür hinter sich und stand im Treppenhaus vor Stellas Wohnung. Gern wäre er bei ihr geblieben, aber sein Fluchtreflex war stärker. Es passierte doch wieder. Der Knorr-Fall belastete wieder eine Beziehung zu einer Frau. Beim nächsten Mal würde er ihr alles erzählen.

## 30

Jens saß in seinem Büro und ging seinem morgendlichen Ritual nach. Er setzte sich jeden Tag nach der Sechs-Uhr-Konferenz mit einem Kaffee in sein Büro und las die gängigsten Boulevardzeitungen. Die Zukunft der Excrime und der gesamten Branche lag im Digitalen, dennoch wollte er den Geruch frisch gedruckter Zeitungen nicht missen, die schwarzen Rückstände, die die Druckerschwärze an seinen Händen hinterließ, das Rascheln beim Umblättern. Auch wenn er sich selbst als Digital Native bezeichnet hätte, so war Jens ein großer Freund der traditionellen Medien. Als es an der Tür seines gläsernen Büros klopfte, schaute er über den Zeitungsrand und bat seinen Besucher einzutreten.

»Was willst du denn hier? Hast du mal auf die Uhr geguckt? Vor zehn Uhr kann man dich doch nicht gebrauchen.«

Marc lächelte. »Ich bin eher spät dran, ich wollte eigentlich schon zur Sechs-Uhr-Konferenz da sein, aber …«

Jens setzte sich auf und musterte Marc. »Die Klamotten hattest du doch schon gestern an. Sag nicht, dich hat eine rangelassen.« Jens sprang auf, um Marc auf die Schulter zu klopfen. »Und in der Morgenkonferenz wolltest du uns von deiner Nummer erzählen? Finde ich gut, wenn auch ein bisschen angeberisch.«

Marc setzte sich genervt auf den Besucherstuhl, der vor Jens' Schreibtisch stand. »Ja, ich hatte Sex. Du kannst die Parade aber auch gleich noch bestellen. Ich habe Wichtigeres mit dir zu besprechen.«

»Oh Gott, ist sie schwanger?«, frotzelte Jens und ließ sich in seinen Chefsessel fallen. »Was ist passiert, Marc?«

»Wie ernst war es dir, als du gesagt hast, du willst die Excrime vom Skandalblatt zu einem relevanten Magazin für die breite Masse machen?«

Jens lehnte sich über seinen Schreibtisch, um seinen Worten Nachdruck zu verleihen. »Sehr ernst. Das ist einer der Gründe, warum ich dich eingestellt habe.«

»Gut. Angenommen, ich hätte exklusives Bildmaterial zu einer laufenden Story …«

Jens begann breit zu grinsen. »Du hast was zur Dabrowski, oder?«

»Angenommen, ich hätte exklusives Bildmaterial zu einer laufenden Story«, setzte Marc erneut an und machte beschwichtigende Gesten mit seinen Händen, »wärst du bereit für einen Kompromissvorschlag?«

Jens runzelte die Stirn und wiederholte seine Worte, nur diesmal war es keine Frage. »Du hast was zur Dabrowski.«

Marc nickte. »Ich habe Bilder vom Tatort, aber du bekommst sie nur unter drei Bedingungen.«

»Das ist Erpressung, Marc«, sagte Jens mit einem gespielt beleidigten Unterton.

»Erstens, mein Name wird aus der Sache rausgehalten, sonst habe ich die Polizei am Hals.« Marc wartete, bis Jens deutlich nickte. »Zweitens, das Gesicht des Opfers wird verpixelt. Ihre verhungerte Gestalt ist schon verstörend genug, und sie hat eine kleine Tochter im Schulalter, die auf dem Schulhof nicht mit dem Gesicht ihrer toten Mutter konfrontiert werden soll.«

»Sonst noch was?«

»Drittens, du unterlässt jeden Versuch, mich bezüglich erstens und zweitens auszutricksen.«

Jens musste lachen. »Okay, einverstanden. Mach es nicht so spannend. Zeig her jetzt.«

Er blätterte die Bilder gebannt durch. Jegliche Albernheit war aus seinem Verhalten gewichen.

»Wo hast du die her?«

Marc schaute seinen Freund an. Er sollte am besten wissen, dass Marc seine Quellen nicht preisgab.

»Jaja, schon gut. Quellenschutz, ich weiß. Das ist krass. Was ist dein Ansatz?«

»Nachdem ich mir die Bilder genau angeschaut habe, bin ich der Meinung, dass Dabrowski und Keiler von demselben Täter ermordet wurden.«

»Interessant. Belege?«

»Beide wurden nackt aufgefunden, an beiden Tatorten war keine Kleidung zu finden. Außerdem wurden beide an für sie untypischen Orten ermordet.«

»Ein Loser wie Keiler im Nobelhotel und eine High-Society-Tante in einer Fabrikruine«, stellte Jens fest.

»Ich habe mit einer Psychologin gesprochen, die anonym bleiben möchte.« Marc wollte Stella nicht mit reinziehen. »Sie meint, der Täter wollte die Opfer bloßstellen. Sie demütigen. Vielleicht sogar bestrafen.«

»Das heißt, du machst eine Geschichte über einen Serienkiller draus? Wow!«

»Jetzt weißt du auch, warum mein Name da rausbleiben muss. Dieser Kommissar hat mich eh schon auf seiner Verdächtigenliste.«

»Alles klar. Wie schnell bist du?«

»Halbe Stunde.«

»Perfekt. Ich dreh schon mal an der Verkaufe.«

Jens drehte immer an der Verkaufe, wie er es nannte. Er behielt es sich als Chefredakteur vor, die Headlines und Postingtexte fürs Social Web selbst zu texten und die Bilder auszuwählen. Das war sehr ungewöhnlich und sorgte in der Redaktion fast täglich für Unmut. Auch deshalb, weil er kein besonders guter Texter war. Meist waren die Verkaufen reißerisch oder mit haltlosen Spekulationen gespickt.

»Nackter Hass – In welchem Zusammenhang stand der Tote im Schrank mit der Verhungerten aus dem Bergischen? Und wer ist der Nächste?« Darunter eine Collage von den beiden Leichen. Nicoles Augen waren verpixelt.

Marc saß am Konferenztisch an seinem Laptop und las die Headline, die gerade auf Excrime.de und ins Social Web gestreut wurde. Wie zu erwarten hatte Jens auch bei der Geschichte keine Ausnahme gemacht. Die Fragestellungen im Kurztext regten die Phantasie des Lesers an, ohne Behauptungen aufzustellen. Nur Fragen, die der Leser im Zweifel selbst beantworten musste. Eine gängige Praxis im Boulevard. Wer Fragen stellt, stellt keine Behauptungen auf. Eine juristische Grauzone. Zumindest hatte Jens an seinem Artikel nichts verändert. Marc zählte darin die Parallelen zwischen den Morden auf und stellte ein paar Vermutungen an, ohne aber zu spekulativ oder unkonkret zu werden. Er schaute auf den großen Bildschirm am Redaktionstisch und konnte in Echtzeit verfolgen, wie viele Leute den Artikel lasen, teilten, likten. Sekündlich gingen die Zahlen nach oben. Marc war mit seinem Artikel zufrieden – aber noch lange nicht mit der Story. Er musste rausfinden, welche Verbindung zwischen Keiler und Dabrowski bestand und warum der Mörder der Ansicht war, dass beide den Tod verdient hatten.

Auch wenn es erst zehn Uhr morgens war, hatte Marc sein Soll für den Tag erfüllt. Hintergrundberichte und kleinere Weiterdrehs der Story nahmen seine Redaktionskollegen vor. Eines der Privilegien, die Marc dank seiner Freundschaft mit Jens genoss. Marc verließ die Redaktion und machte einen Spaziergang am Rheinufer, um den Kopf freizukriegen. Noch mehr als der Serienkiller beschäftigte ihn Stella, für die er schon mehr empfand, als ihm lieb war. War es Liebe? Marc schüttelte den Kopf bei dem Gedanken. Sie kannten sich doch kaum. Außerdem wusste er nicht, ob sie ähnlich empfand. Auch wenn er sie heute Morgen erst gesehen hatte, vermisste er sie bereits. Am liebsten hätte er sie angerufen, aber er wollte nicht wie ein irrer Stalker rüberkommen, also tat er, was er früher immer getan hatte, wenn er nicht weiterwusste. Er schrieb Maus eine Nachricht, um sich auf ein Bier zu verabreden. Fünf Minuten später kam die Zusage. Marc wusste Maus' Freundschaft sehr zu schätzen. Er war immer für ihn da. Selbst jetzt, nachdem Marc so viele Monate abgetaucht war. Maus und seine Frau

Steffi hatten jahrelang versucht, Kinder zu bekommen, vergeblich. Maus hatte einmal scherzhaft behauptet, dass Marc sein Kindesersatz sei. Auch wenn beide sich als ebenbürtig sahen, hatten die zehn Jahre Altersunterschied ihre Vorteile. Oft hatte Maus eine frische und unaufgeregte Perspektive, die ihm weiterhelfen konnte.

# 31

Der Spaziergang entlang des Rheinufers tat Marc gut. Die recht kühle und frische Luft half ihm, seine Gedanken zu sortieren. Als er das Schokoladenmuseum rechts liegen ließ und gedankenverloren über die Drehbrücke spazierte, musste er an das Treffen mit Degner denken. Hier am Museum hatte er ihn getroffen. Vermutlich war der Kommissar wenig begeistert von dem aktuellen Artikel über Nicole Dabrowski und den Spekulationen über einen Serienmörder.

Wenige Sekunden später rieb Marc sich die Augen. Als hätte er ihn mit reiner Gedankenkraft heraufbeschworen, stand Degner im schwarzen Anzug vor der kleinen Grillbude am Ende der Brücke. Angelehnt an einen Stehtisch verdrückte er genüsslich eine Currywurst und winkte Marc freundlich zu sich. Marc gefror das Blut in den Adern. Sicher war es kein Zufall, dass Degner eine Stunde nach der Veröffentlichung der Dabrowski-Bilder wie aus dem Nichts erschien.

»Kommen Sie, Herr Bauer. Wollen Sie auch eine Wurst? Ist wirklich köstlich.«

»Es ist noch nicht mal elf Uhr.«

»Eine gute Wurst kennt keine Uhrzeit.«

»Ich bin überrascht, Sie zu sehen, Degner, ich hatte gar nichts auf Instagram gepostet.« Marc schaute demonstrativ auf sein Handy. »Oder lungern Sie während der Arbeitszeit immer in der Nähe des Schokoladenmuseums rum?«

Degner steckte sich ein großes Stück Wurst in den Mund und deutete mit dem Holzpicker zur Drehbrücke. »Wo denken Sie hin? Nicht doch.« Er schüttelte den Kopf. »Wir überwachen Sie«, sagte er mit vollem Mund. Von der Brücke aus winkte Kommissar Vogt Marc unbeholfen zu. »Sie sind einer unserer Hauptverdächtigen, nicht vergessen.«

Marc war genervt. »Ich dachte, wir hätten eine Vereinbarung.«

»Lustig, dass Sie es ansprechen«, sagte Degner, der das letzte Stück Wurst in den Mund steckte und das Papierschälchen wegschob. »Köstlich. – Unsere Vereinbarung ist die, dass ich Sie nicht als mutmaßlichen Mörder abführe und Sie sich dafür aus den Ermittlungen raushalten. Aber stattdessen ermitteln Sie weiter und haben nicht mal den Anstand, mich an Ihren Erkenntnissen teilhaben zu lassen. Ich finde das enttäuschend und respektlos, Herr Bauer.«

Marc merkte, dass es Degner ernst war. Der Kommissar war sichtlich enttäuscht, fast schon beleidigt.

»Sind Sie hier, um mich festzunehmen?«

»Seien Sie doch nicht albern.« Degner stellte sich aufrecht neben den Stehtisch. Sein Ton wurde ernster. »Ich habe Ihren Artikel gelesen.«

Marc wollte ihn unterbrechen. Behaupten, es sei nicht sein Artikel gewesen. Aber er durfte den Kommissar nicht für dumm verkaufen.

»Sie stellen darin eine Verbindung zwischen Keiler und Dabrowski her. Glauben Sie wirklich, es gibt eine Parallele zwischen den Fällen?«

»Glauben Sie das etwa nicht?«, entgegnete Marc.

Degner lächelte versöhnlich. »Natürlich sehen wir Parallelen. Wir sind vielmehr davon überzeugt, dass es derselbe Täter ist.« Degner atmete hörbar aus. »Ein Detail wissen Sie nicht.«

Marc schaute erwartungsvoll.

»Sie erinnern sich an das Graffiti auf dem Fabrikdach, wo wir Dabrowski gefunden haben?«

»Natürlich. ›Totes Miststück‹.«

»Haben Sie sich nie gefragt, warum Keiler mitten in der Nacht in einem leeren Zimmer gefunden wurde?«

Marc verstand nicht, was das mit dem Graffiti zu tun haben sollte, aber tatsächlich hatte er nie darüber nachgedacht. Seger hatte dafür gesorgt, dass die Hotelzimmertür unverschlossen war. Daran, wie Keiler überhaupt gefunden wurde, hatte er keinen Gedanken verschwendet.

»Der Täter hatte die Zimmertür offen gelassen und daran eine Nachricht auf einem Stück Papier angeheftet. Ein Schwachkopf vom Hotelpersonal hatte es entfernt, bevor Sie oder wir am Tatort waren.«

Marc spürte Aufregung in sich aufsteigen. »War es ein Graffiti? Was stand drauf?«

»›Totes Schwein‹. Dahinter zwei Pfeile, die in das Zimmer zeigten. Wie bei Dabrowski wurden Schablonen benutzt, um die Nachricht aufzusprühen. Daher können wir keine Handschrift für eine Identifikation ausmachen.«

Ein Adrenalinschub durchzog Marcs Körper. »Warum haben Sie das nicht öffentlich gemacht? Keiler ist schon über eine Woche tot.«

»Die Tragweite dieser Nachricht wurde mir erst durch den Dabrowski-Fall bewusst. Hören Sie, das muss unbedingt unter uns bleiben. Wissen Sie, was los ist, wenn das öffentlich wird?«

Marc widerstrebte der Gedanke, der Öffentlichkeit diese Info vorzuenthalten. »Glauben Sie wirklich, die Leute würden in Panik durch die Straßen laufen? Die Menschen sind mündig.«

»Die Menschen sind vor allem unberechenbar. Solche Nachrichten sind leicht zu imitieren. Jeder Verrückte mit Langeweile könnte solche Nachrichten in der Stadt verbreiten. Schlimmer noch. Es könnte zu einer Social-Media-Challenge werden, bei der Hunderte anfangen, solche Graffitis nachzustellen.«

Ein gutes Argument, musste Marc einräumen. Von Serienkillern ging schon immer eine Faszination aus. Und es wäre nicht das erste Mal, dass sich ein verrückter Trend im Social Web verbreitete. Leute machten Selfies nach dem Sex, sprangen aus fahrenden Autos, liefen mit verbundenen Augen durch die Gegend oder aßen Waschmittel. Nicht selten endete so was im Krankenhaus.

»Wir haben nicht das Personal, Hunderten von Fake-Graffitis nachzugehen. Und sollte eines der Werke tatsächlich auf einen neuen Mord hinweisen, wäre es die Suche nach der

Nadel im Heuhaufen. Ganz zu schweigen von potenziellen Trittbrettfahrern, die gern selbst Leute in ihrem Umfeld bestrafen wollen und die Praxis des Täters nachahmen.«

»Jetzt malen Sie aber den Teufel an die Wand.«

»Bauer, Sie kommen mir immer mit dem Interesse der Öffentlichkeit. Ich halte es aktuell für das höhere Gut, die Bürger zu schützen, als Sie über jeden Ermittlungsstand auf dem Laufenden zu halten.«

Marc musste die Worte einen Moment sacken lassen. »Und was ist, wenn Sie den Mörder geschnappt haben?«

»Wie meinen Sie das?«

»Dann ist die Öffentlichkeit doch in Sicherheit und hat das Recht, vollumfänglich darüber informiert zu werden, was in ihrer Stadt vor sich geht.«

Degner richtete sich seine Hemdärmel, die aus dem Jackett rausragten, und schaute Marc wissend an.

»Sie wollen eine Exklusivstory, wenn wir den Mörder haben?«

»Exakt.«

Degner verdrehte die Augen. »Geht in Ordnung. Aber Sie halten nach wie vor alles aus Ihrer Berichterstattung raus, was wir beide besprechen.«

Marc schaute ihn überrascht an. »Das heißt, ich kann in den Fällen weiter recherchieren?«

»Kann ich Sie davon abhalten?«, fragte Degner.

Marc musste schmunzeln. »Meinen aktuellen Stand haben Sie ja aus dem Artikel. Haben Sie sonst noch Erkenntnisse zu Dabrowski?«

Degner lehnte sich über den Stehtisch der Imbissbude, um seinem Auftreten mehr Lockerheit zu verleihen.

»Wissen Sie, mein Kollege, Kommissar Seger, arbeitet an dem Dabrowski-Fall. Wir sollen zusammenarbeiten. Aber er ist offen gesagt kein Teamplayer.«

Marc lachte in sich hinein. Gern hätte er Degner erzählt, dass er Seger kannte, und er wusste, dass die Antipathie der beiden

Kommissare auf Gegenseitigkeit beruhte. Aber damit hätte er seine Quelle verraten und sich selbst angreifbar gemacht.

»Daher ist mir unser Austausch so wichtig. Ihre Rechercheergebnisse und Ihr Blick von draußen können zum Erfolg des Falls beitragen. Sofern Sie mit mir reden. Ich habe keine Lust, Ihre Erkenntnisse aus dem Internet zu erfahren.«

Marc fühlte sich geschmeichelt.

Degner klopfte Marc auf die Schulter, um seinen Worten Nachdruck zu verleihen, und ging in Richtung seines Kollegen, der auf der Brücke wartete.

Marc hätte es dabei belassen können, aber eine Frage brannte ihm noch unter den Nägeln.

»Wollen Sie gar nicht wissen, wie ich an die Tatortbilder gekommen bin?«, rief er dem Kommissar nach, der sich schon in Richtung Drehbrücke bewegte.

»Ach, Sie meinen die Sache mit Alexander Schmitz?«

Marc schaute Degner erschrocken an, als der den Namen seines Informanten gelassen aussprach.

»Den haben wir uns geschnappt. Hat sich wirklich dämlich angestellt, der Kerl. Der wird so schnell nicht mehr in der Rechtsmedizin arbeiten.«

Marc konnte nicht widersprechen. Ein schlechtes Gewissen hatte er nicht. Er gönnte es dem widerlichen Typen.

»Warum sind Sie so offen zu mir, Degner?«

»Bei unserem letzten Treffen habe ich Ihnen Ermittlungsdetails verraten. Keins davon ist in Ihrem Artikel aufgetaucht, auch nicht mein Name.« Degner hielt kurz inne. »Mein Vertrauen muss man sich erarbeiten, Herr Bauer. Enttäuschen Sie mich nicht. Und passen Sie auf sich auf. Der Serienkiller wird sicher genau verfolgen, was Sie über ihn berichten.«

Marc nickte beiläufig und verabschiedete sich. Erst später sollte ihm klar werden, dass er die Warnung des Kommissars hätte ernster nehmen sollen.

# 32

Es war Freitagabend. Dementsprechend voll war es auf der Zülpicher Straße. Vor dem Stiefel stand wie jedes Wochenende ein bunter Mix aus Emos, Punks, Studenten und fein gekleideten Männern in den Vierzigern, die sich an die gute alte Zeit erinnern wollten. Eigentlich waren Maus und Marc schon viel zu alt für das Kölner Studentenviertel. Das war aber auch der Grund, warum sie hierherkamen. Um sich noch mal jung zu fühlen, in Erinnerungen zu schwelgen. Außerdem waren sie stolz darauf, dass man sie im Stiefel kannte. Schon über zehn Jahre war der Laden ihre Stammkneipe und Thomas ihr Lieblingswirt. Zwischen Ein-Euro-Kneipen, Cocktailbars und dunklen Discos, in denen Sechzehnjährige sich mit Mixgetränken den Abschuss gaben, stach die knallbunte und plakatbeklebte Fassade des Stiefels schon von Weitem raus. Für viele war der Laden zu runtergekommen, doch die meisten Kunden von Thomas und seinen Kollegen schätzten den einzigartigen Charme der Eckkneipe.

Marc drängte sich an den Leuten auf dem schmalen Bürgersteig vorbei. Als er die Tür öffnete, dröhnte ihm schon ein Song der Foo Fighters entgegen. Er setzte sich an die Theke. Es war noch früh und der Laden nicht überfüllt.

»Hi, Marc.« Thomas huschte um die Ecke der großen Theke herum und begrüßte seinen Stammkunden mit Handschlag. Für Marc war die Kneipe ohne Thomas nicht vollständig, er gehörte bereits zum Inventar. Der bärtige Wirt war deutlich älter, als er wirkte. Mit der Hooligan-Kappe, dem Skatershirt und dem volltätowierten Arm hatte er insgesamt ein jugendliches Auftreten. Erst wenn man ihm in die Augen blickte, sah man, dass die vielen Jahre in der Kneipe nicht spurlos an ihm vorbeigegangen waren.

Ungefragt stellte er Marc zur Begrüßung ein frisches Kölsch vor die Nase.

»Hi, Thomas, schön, dich zu sehen. Ist Maus schon hier?«

Thomas schüttelte den Kopf und begann die Schnapsflaschen hinter dem Tresen zu sortieren. Marc schaute in den Laden, der sich rechts von ihm erstreckte. Vereinzelt saßen schon ein paar Gäste an den Tischen. Um die Ecke, hinter einer beklebten Säule, spielte ein junges Pärchen Billard. Früher hatte Marc hier auch hin und wieder mit Paula gespielt. Er hätte es nicht für möglich gehalten, aber seit gestern dachte er unentwegt an eine andere Frau. Nicht an Paula. Bis vor Kurzem hatte er immer noch gehofft, wieder mit ihr zusammenzukommen. Doch das war nun vorbei. Mit Stella hatte er ein neues Kapitel in seinem Leben begonnen. Ganz wohl war ihm nicht bei dem Gedanken, Paula endgültig abzuhaken.

Thomas riss Marc aus seinen Gedanken, als er schwungvoll ein zweites Kölsch für Maus auf den Tresen warf, der gerade die Kneipe betreten hatte.

»Danke, Thomas. Hi, Marc«, sagte Maus und umarmte seinen Freund herzlich. »Was gibt es denn so Dringendes, was nicht bis Montag warten kann? Oder willst du unseren neu gegründeten Stammtisch etwa schon wieder absagen?«

»Darauf darfst du nicht hoffen«, scherzte Marc und hielt seinem Freund das Kölsch zum Anstoßen hin. Er trank einen großen Schluck. »Es geht um eine Frau.«

»Ach was«, sagte Maus.

»Tu doch nicht so überrascht. Es ist doch kein Zufall, dass du mich, als ich dich um einen Psychologen-Kontakt gebeten habe, zu der heißesten Therapeutin des Rheinlands geschickt hast. Das hast du doch eingefädelt.«

»Du findest sie also heiß?«, freute sich Maus spitzbübisch. »Zugegeben, ich kenne Stella schon länger und dachte mir, ihr beide würdet vielleicht ganz gut zueinanderpassen. Ich nehme an, du hast mich angerufen, weil du jetzt verschossen bist und sie nach einem Date fragen willst und nicht weißt, wie du es anstellen sollst.« Maus schaute in das beseelte Gesicht seines Freundes, das ihm verriet, dass er mit Stella schon auf einem anderen Level angekommen war. »Du machst ja keine Gefangenen. Thomas, zwei Sambuca, es gibt was zu feiern.«

Wenige Sekunden später spülten beide den Klaren runter, und Marc erzählte von der ersten Begegnung und seiner Nacht mit Stella.

»Und warum brauchst du mich? Das klingt doch alles super.«

»Ich mag sie wirklich sehr gern. Und ich weiß nicht, ob das alles zu schnell geht.«

»Mein Gott, Marc. Zerdenk doch nicht immer alles. Hab Spaß.«

»Das wäre dann mein Schlussstrich unter Paula.«

Maus erhob sich bedeutungsschwanger von dem Barhocker, als wolle er seinen Freund zurechtweisen. Der gut genährte Zwei-Meter-Mann war zwar an sich eine Erscheinung, aber das verwaschene Superhelden-T-Shirt und die Nerd-Brille auf seiner Nase verliehen ihm wenig Autorität.

»Steffi und Paula sind beste Freundinnen, deshalb halte ich mich bei euch beiden eigentlich raus. Aber das geht wirklich zu weit. Paula hat dich vor über einem Jahr vor die Tür gesetzt. Sie hat zugelassen, dass du in diese beschissene Wohnung einziehst und verwahrlost.« Marc saß wie angewurzelt da. So klare Worte war er von Jan Mäuser nicht gewohnt. »Auch wenn ich es dir ungern sage, Paula hat schon lange einen Schlussstrich unter die Beziehung gezogen. Du musst endlich nach vorne schauen.«

»Hat sie einen anderen?«

»Sie hat auch unter eurer Trennung gelitten. Ende letzten Jahres hat sie eure Wohnung aufgegeben und ist nach Stuttgart gezogen.«

Dass sie aus der gemeinsamen Wohnung ausgezogen war, hatte Marc mitbekommen. Er hatte einen offiziellen Brief des Eigentümers dazu erhalten, aber er dachte, Paula hätte sich die Miete für zwei nicht mehr leisten können. Dass sie die Stadt verlassen hatte, hatte er nicht gewusst. Er deutete auf seinen

Deckel. Thomas stellte zwei neue Kölsch und zwei Sambuca vor ihnen ab.

Marc trank den Sambuca. »Und? Hat sie einen Neuen?«

Maus nickte.

Marcs Bauch fühlte sich an, als wäre gerade eine Bombe in seinem Inneren implodiert. »Danke für deine Offenheit.«

»Ich will dich nicht verletzen, aber du sollst wissen, dass du dich nicht schuldig fühlen musst. Paula hat dich verlassen. Die Zukunft heißt Stella.« Maus setzte sich wieder auf seinen Barhocker.

»Du bist ein weiser alter Mann«, sagte Marc und prostete ihm zu.

Maus legte einen Geldschein auf den Tresen. Marc schaute ihn irritiert an.

»Ich gehe jetzt und besorg ein viel zu fettiges Essen für Steffi und mich, und du machst dich auf den Weg zu Stella. Wenn sie dich mag, freut sie sich, und wenn sie dich für aufdringlich hält, ist sie halt nicht die Richtige. Wir machen hier am Montag beim Stammtisch weiter.«

Bevor Marc protestieren konnte, hatte Maus die Kneipe schon verlassen.

## 33

Stella hatte viel über Marc nachgedacht. Niemals hätte sie gedacht, sich mal auf einen Journalisten einzulassen. Sie öffnete eine Weinflasche und ließ sich auf ihr bequemes Sofa fallen. Sie hatte einen harten Tag hinter sich. Auch wenn sie die Excrime noch nie gelesen hatte, hatte sie schon viel von dem Blatt gehört. Über die Gewaltverherrlichung und die Skrupellosigkeit in der Berichterstattung. Wie sie mit den Betroffenen umsprangen. Sie verabscheute alles davon. Stella hatte bei ihrer Arbeit mit Opfern von Straf- und Gewalttaten viel Elend gesehen. Oft wurden die Opfer schnell vergessen, und die Täter waren im Fokus der Berichterstattung, bis die Tat nach ein paar Tagen völlig von der öffentlichen Agenda verschwand. Aber Marc war anders. Er war rücksichtsvoll. Ihm schien etwas an den Opfern zu liegen, über die er berichtete. Der Bericht über Josef Keiler war für ihren Geschmack recht drastisch gewesen, aber bei dem gemeinsamen Abendessen hatte sie gespürt, dass er nicht aus Sensationsgier oder wegen des Geldes schrieb. Er hatte einen anderen Antrieb. Er wollte mehr. Gerechtigkeit und Transparenz. Das war etwas Besonderes. Marc kämpfte auf seine Art gegen das Vergessen an. Er ließ nicht locker. Er wollte die Täter zur Rechenschaft ziehen. Sie mochte das. Sie mochte ihn. Sie konnte sich kaum an ihre letzte Beziehung erinnern. Zwar hatte sie viele Männer in ihrem Leben gehabt, aber die wenigsten hatten es ernst mit ihr gemeint und umgekehrt.

Die Türklingel läutete. Es war schon spät geworden, und sie erwartete keinen Besuch. Sie drückte die Tür auf und schaute aus ihrer Wohnung, um zu sehen, wer um diese Uhrzeit noch zu ihr wollte. Sie lächelte, als sie Marc erblickte.

»Ich hoffe, ich störe dich nicht«, stammelte Marc, als er in den ersten Stock zu Stellas Wohnungstür ging. »Es war im wahrsten Sinne des Wortes eine Schnapsidee, aber ich dachte, vielleicht –«

Marc konnte den Satz nicht beenden, da fiel ihm Stella schon um den Hals und drückte ihm einen dicken Kuss auf. Sie zog ihn in ihre Wohnung. Kurz danach lagen sie nackt und eng umschlungen auf Stellas Couch.

Marc öffnete die Augen und lächelte zufrieden. Am Abend hatten Stella und er es nicht mehr ins Bett geschafft. Sie waren unter einer dünnen Decke auf der geräumigen Couch eingeschlafen. Er befreite sanft seinen Arm, auf dem Stella lag, und erhob sich leise. Er zog sich Shorts und T-Shirt über und schlich in Stellas Küche. Heute würde er sie mit einem Frühstück überraschen und nicht abhauen wie beim letzten Mal. Es dauerte etwas, bis er sich in der Küche zurechtfand, die halb so groß war wie seine Wohnung. Als Stella wach wurde, duftete es schon nach Kaffee und Rührei.

»Guten Morgen«, klang es verschlafen aus der Sofaecke. Stella stand auf, um ins Bad zu gehen. Marc lächelte sie an und ließ dabei einen flüchtigen Blick über ihren nackten Körper schweifen. Er konnte sein Glück kaum fassen.

»Du hättest wirklich kein Frühstück machen müssen«, sagte sie, als sie aus dem Badezimmer wiederkam und sich etwas übergeworfen hatte.

»Sieh es als Entschuldigung an.«

»So schlimm war die Nacht auch nicht«, neckte sie ihn.

Marc musste grinsen. »Ich bin letztes Mal einfach abgehauen, um in die Redaktion zu fahren. Das tut mir leid.«

»Mir tut es leid, dass ich dich nach deinem Alptraum gefragt habe. Genau genommen geht mich das ja überhaupt nichts an. Wir kennen uns ja kaum.«

Marc schenkte Kaffee ein und setzte sich zu Stella an den Esstisch. »Du brauchst dich nicht zu entschuldigen. Ich muss dir was erzählen.«

Stella hörte ihm aufmerksam zu, als er ihr davon erzählte,

wie er zum Journalismus gekommen war. Wie er nach seinem Studium Volontär wurde und in kürzester Zeit zu den Top-Reportern des Unternehmens, wenn nicht sogar der Stadt aufstieg. Er wollte nicht angeben oder sie beeindrucken, aber wenn er eine Beziehung mit ihr führen wollte, musste sie alles wissen.

»Es war vor knapp zwei Jahren. In der Redaktion herrschte plötzlich ein anderer Wind. Aus Budgetgründen wurden wir Reporter stark beäugt. Das Management hätte es lieber gesehen, wenn alle Mitarbeiter in der Redaktion gesessen und im Schichtbetrieb Nachrichten abgetippt hätten. Reichweiten waren plötzlich wichtiger als gute Storys. Jens, ich und ein paar Kollegen arbeiteten dagegen. Wir wollten wieder mehr Qualität in unsere Artikel bringen. Die Motive der Kollegen waren dabei ganz unterschiedlich. Einige wollten einfach mehr Abwechslung in ihrem Job, einige Idealisten durch ihre Enthüllungen die Gesellschaft verbessern, anderen ging es einfach nur um Selbstdarstellung. Erst war es ein Kampf gegen Windmühlen, aber unsere Arbeit sprach für uns. Bald unterstützte uns unser Chefredakteur, ganz zum Missfallen der Geschäftsführung. Er gab uns Freiheiten, und unsere Storys erweckten immer mehr Aufsehen. Je mehr das Management uns zu Fließbandjournalisten machen wollte, desto inspirierter und spektakulärer wurden unsere Geschichten.«

»Und was passierte dann?«, fragte sie, ohne ihn unterbrechen zu wollen.

Marc atmete hörbar aus. »Lena Weigel.«

»Wer ist Lena Weigel?«

»Damals nur ein fünfzehnjähriges Mädchen. Bei unserem ersten Treffen hätte ich nicht gedacht, dass sie mein Leben komplett vernichten würde. Und nicht nur meins.« Marc holte tief Luft. »Es war im Frühsommer vor zwei Jahren, als sie mich über Facebook kontaktierte. Sie bat mich um ein diskretes Treffen. Sie war über eine meiner Reportagen auf mich aufmerksam geworden und suchte Hilfe. Wir trafen uns in einem kleinen

Café. Vor mir saß ein dünnes, zerbrechliches Mädchen. Sie war den Tränen nahe, als sie mir ihre Geschichte erzählte. Sie war eine Mitschülerin von Malte Knorr.«

»Der Name sagt mir was«, sagte Stella nachdenklich.

»Der Name Knorr ist in Köln schon fast ein Synonym für Immobiliengeschäfte. Schon seit Generationen gehört der Familie ein nicht unbeachtlicher Teil der Stadt. Riesige Wohneinheiten, Veranstaltungssäle, ganze Straßenzüge. Malte Knorr wohnte damals mit seiner unverschämt reichen Familie in einer Villa in Marienburg. Eines Tages, so erzählte mir Lena, lud Malte sie zum Lernen zu sich ein. Doch der Junge hatte andere Pläne. Er bot ihr Alkohol und ein paar Partydrogen an, um ein bisschen Spaß mit ihr zu haben, wie er es nannte. Als sie ablehnte, überwältigte er sie und vergewaltigte sie auf dem Boden seines Jugendzimmers.«

Stella schaute Marc schockiert an.

»So habe ich auch geschaut. Dieses gebrochene und verstörte Mädchen saß vor mir in einem Café und erzählte mir das dunkelste Geheimnis ihres Lebens. Anschließend soll der Knorr-Junge sie wie Dreck vor die Tür gesetzt und ihr gedroht haben, ihr Leben zu ruinieren, sollte sie auch nur einer Menschenseele was erzählen. Sie trug das Geheimnis einige Wochen mit sich rum, schämte sich zu sehr, um mit ihren Eltern oder Lehrern zu reden. Doch sie wollte Gerechtigkeit und ihren Peiniger zur Strecke bringen.«

»Also wandte sie sich an dich«, stellte Stella fest.

»Ich riet ihr, sich anderweitig Hilfe zu suchen, aber sie gab mir das Gefühl, ich sei der Einzige, der der Sache ein Ende setzen könne. Das konnte ich ihr nicht ausschlagen. Natürlich stand für mich im Fokus, dem Mädchen zu helfen, aber –« Marc hielt kurz inne und hoffte, dass Stella kein falsches Bild von ihm bekommen würde. »Aber aus journalistischer Sicht war die Story ein Glücksfall. Die exklusive Geschichte eines Mädchens, das ihren Peiniger zur Strecke bringen will. Und dann ging es auch noch um Malte Knorr, einen Lokalpromi.

Einen reichen Spross, der offenbar meinte, sich alles nehmen zu können, was er wollte.«

»Also hast du darüber berichtet?«

Marc nickte. »Die Geschichte ging sofort viral. Der Aufschrei war groß.«

Mit einem Mal verfinsterte sich Stellas Miene. Die Erinnerung an den Fall kam langsam wieder. »Es gab eine regelrechte Hexenjagd auf den Jungen. Ich habe das damals verfolgt. Die Ermittlungen gegen ihn wurden recht schnell eingestellt. Aber in den Medien gab es immer neue Enthüllungen. Das nahm ganz bizarre Formen an. Gab es nicht auch Fake-Videos?«

Marc nickte. »Ja, Mitschüler fertigten Foto- und Videocollagen an, um ihn zu diffamieren. Beschimpften ihn als Vergewaltiger und schlimmer. Die ganze Geschichte lief komplett aus dem Ruder. Und ich habe meinen Teil dazu beigetragen. Immer wieder suchte ich nach neuen Enthüllungen über die Knorr-Familie und den Jungen und veröffentlichte sie. Bis es ihm zu viel wurde.«

Stella schaute Marc angespannt an, als wollte sie nicht, dass er die nächsten Worte aussprach.

»Der Junge verbrachte die folgenden Sommerferien allein, weil niemand etwas mit ihm zu tun haben wollte. Die Rechtsmedizin konnte den Zeitpunkt eingrenzen, wann er sich in seinem Zimmer aufgehängt hatte. Es war einige Minuten, nachdem ich einen weiteren Artikel über die schrecklichen Machenschaften der Knorr-Familie veröffentlicht hatte. Es war zu viel für ihn.« Marc atmete tief durch. »Ich habe Malte Knorr auf dem Gewissen.«

Sie saßen sich schweigend gegenüber. Marc wünschte sich, dass Stella etwas sagen würde. Gleichzeitig hatte er Angst davor, was es sein würde.

Ein lautes Klopfen durchbrach die Stille. Stella ging in den Flur und öffnete die Tür. Dahinter stand ein kleiner, schwerer Mann, der sich als Kommissar Vogt vorstellte und nach Marc fragte. Noch perplex von dem eben Gehörten winkte sie den

Mann durch in ihr Wohnzimmer und folgte ihm, während er einen Geruch von kaltem Rauch in Stellas Wohnung trug.

»Vogt, was machen Sie denn hier?«

»Kommissar Degner will Sie augenblicklich sehen.«

»Das ist ein denkbar schlechter Zeitpunkt. Ich komme gern heute Nachmittag –«

»Jetzt. Er will Sie jetzt sehen.«

Das erste Mal strahlte der kleine Mann mit der Halbglatze eine gewisse Autorität aus. Marc verstand augenblicklich, dass etwas passiert sein musste, wenn Degner Vogt vorschickte.

»Warten Sie unten. Ich bin in fünf Minuten da.«

Marc zog seine Sachen an und ging in den Flur.

»Marc?«, rief Stella ihm nach, der sich ihr augenblicklich zuwandte. »Was ist mit Lena Weigel passiert? Du sagtest, sie hätte dein Leben zerstört.«

»Es stellte sich raus, dass Lena tiefe Gefühle für Malte hegte. Sie hatte ihm regelrecht nachgestellt. Irgendwann hatte sie die Zurückweisungen nicht mehr ertragen.« Marc schaute Stella tief in die Augen. »Lena Weigel hat von Anfang an gelogen. Und ich habe es nicht gemerkt.«

## 34

Degner hasste Wochenenddienste, für ihn als Familienmenschen gehörten die Wochenenden seinen Liebsten. Aber der Schichtbetrieb machte auch vor einem Familienvater nicht halt. Er hatte schon mehrfach erwogen, einen höheren Dienstgrad anzustreben oder sein gehobenes Alter dazu zu nutzen, dem Schichtbetrieb zu entkommen, aber andererseits liebte er seinen Job zu sehr. Vor Ort ermitteln, auf den Kölner Straßen unterwegs sein und Ermittlungen führen, das war es, was er wollte.

Er saß in seinem Büro und atmete durch. Der Irrsinn der Nacht war gerade abgearbeitet, und es kehrte etwas Ruhe ein. Degner öffnete die Keiler-Akten und die Kopien, die er von Seger erhalten hatte. Kurz flammte Wut in ihm auf, als er an seinen Kollegen dachte. Sie arbeiteten schon lange zusammen, aber hatten nie eine gemeinsame Ebene gefunden. Bereits in seiner Lehrzeit war Seger mit seiner fragwürdigen Einstellung zu Recht und Ordnung aufgefallen. Aber er hatte sich nie etwas zuschulden kommen lassen. Degner konnte Seger nichts nachweisen, aber er war sich sicher, dass er nicht alle Informationen zum Dabrowski-Fall mit ihm teilte. Seger besaß gern Herrschaftswissen. Das machte ihn unverzichtbar und versprach ihm eine glorreiche Karriere. Als Teamplayer hatte Degner dafür kein Verständnis. Für ihn stand immer der Fall im Fokus, der Gedanke, auf seinen fragwürdigen Kollegen angewiesen zu sein, missfiel ihm sehr.

Gerade hatte ihm ein Kollege aus der Wache einen Fall übergeben. Er sichtete kurz die Unterlagen, bevor er aufsprang und nach seinen Schlüsseln griff. Das durfte doch nicht wahr sein!

Auf dem Weg zum Dienstwagen rief er Vogt an und gab ihm Instruktionen.

Marc war sauer. »Wo fahren wir hin?«

»Steigen Sie ein«, sagte Vogt, der die Beifahrertür seines BMW aufhielt, den er in der zweiten Reihe geparkt hatte. Dass er damit den Verkehr in der Körnerstraße lahmgelegt hatte, interessierte ihn nicht, genauso wenig die hupenden und schimpfenden Autofahrer hinter ihm.

Vogt bog von der Körnerstraße in die Venloer Straße ab, während Marcs Kopf sichtlich röter wurde.

»Sie haben Nerven. Entführen mich einfach aus der Wohnung einer Frau, um mich in einer Limousine abzuführen. Seit wann leben wir in einem Polizeistaat?«

Vogt fuhr mit dem Wagen rechts ran und drehte sich zu Marc um. »Erstens hat die Frau mich reingelassen, zweitens habe ich Sie nicht entführt, und drittens«, er atmete hörbar aus, »wäre ich am Samstagmorgen auch lieber in Unterhose beim Frühstück, statt den Chauffeur für einen aufgeblasenen Schreiberling zu spielen.«

Das saß. Dennoch änderte es nichts daran, dass er zum unmöglichsten Zeitpunkt aufgetaucht war. Marc hatte vor Stella eine Bombe platzen lassen und sie dann einfach damit allein gelassen. Was sie jetzt wohl von ihm denken mochte?

Vogt machte keine Anstalten weiterzufahren, so als würde er Marcs Reaktion abwarten wollen.

Marc hob entschuldigend die Hände. »Es tut mir leid. Ich bin freiwillig mitgekommen, ich wurde nicht entführt, und das Bild von Ihnen in der Unterhose wird mich bis zu meinem Sterbebett begleiten. Jetzt würde ich aber wirklich gern wissen, was Degner will. Tun Sie mir also den Gefallen und fahren Sie endlich weiter.«

Die Sonne schien in Marcs Beifahrerfenster. Sein Herz klopfte ihm bis zum Hals. Er ging immer wieder seine Worte im Kopf durch. Was hatte er sich nur gedacht? Er und Stella kannten sich kaum. Sie hatten noch nicht mal darüber gesprochen, was sie für eine Beziehung führten. Und wenn überhaupt, sollten sie in der Phase einer Beziehung sein, in der man sich kennenlernt und das Bett kaum verlässt. Ein Gespräch mit dem Thema »Als ich einen Jungen in den Selbstmord trieb« gehörte sicher nicht dazu. Sie war nach Paula die erste Frau, der er sich vollständig anvertraute. Lange hatte er all die Schuld mit sich ausgemacht und sie nun einer Frau aufgebürdet, die er so sehr mochte. Es war falsch und egoistisch.

Der Schweiß stand ihm auf der Stirn, was aber nicht nur an seinen Schamgefühlen Stella gegenüber lag. Es war ein sehr heißer Apriltag. Marc zog seine Jacke aus und versuchte sich vorzustellen, wie es dem dicken Mann neben sich wohl gehen musste, der in seinem billigen Polyesteranzug hörbar vor sich hin schnaufte. Das Außenthermometer auf dem Display zeigte dreißig Grad an. Unvorstellbar, dass es immer noch Politiker gab, die den Klimawandel leugneten. Marc fragte sich, warum Vogt die Lüftung nicht anschaltete.

»Ist kaputt«, sagte Vogt, als hätte er Marcs Gedanken lesen können.

Marc öffnete das Beifahrerfenster und schaute hinaus. Es war ein herrlicher Tag. Er atmete tief ein, die frische Luft tat ihm gut. Das Auto bog ab und kreuzte die Breite Straße. Obwohl es gerade mal zehn Uhr war, waren bereits Scharen von Menschen mit Einkaufstaschen unterwegs. Erst als sie im Stau auf der Nord-Süd-Fahrt standen, fragte Marc sich, wohin sie wohl fahren würden. Vogt zu fragen hätte vermutlich keinen Zweck gehabt. Aber es zeichnete sich ab, dass Degner ihm etwas im Herzen von Köln zeigen wollte.

»Wir sind da«, sagte Vogt, nachdem er den Wagen mit einer schwungvollen Kurve unerwartet in einer Parktasche in der Pipinstraße eingeparkt hatte. »Aussteigen.«

Vogt ging voraus. Die romanische Basilika ragte bereits hinter einem Wohnhaus hervor. St. Maria im Kapitol. Marc erinnerte sich gut an diesen Ort. In seinem Volontariat hatte er eine Reportage über einen Druiden-Orden gemacht, der darauf schwor, dass von der Kirche, die auf einem alten Römertempel erbaut wurde, eine besondere Erdenergie ausging. Marc glaubte nicht daran, aber er konnte nicht von der Hand weisen, dass die Kirche eine gewisse Aura umgab. Die wenigsten Kölner wussten, dass die Basilika einst die bedeutendste Kirche nach dem Dom gewesen war, bevor sie im Zweiten Weltkrieg zerbombt wurde. Von den Kriegsspuren war nichts mehr zu sehen.

Während Marc in der Kölner Geschichte und der Erinnerung an seine Reportage schwelgte, hoppelte der kleine Mann bereits eine Treppe am Rande des Platzes herunter und ließ unter dem Torbogen, den er gerade durchkreuzt hatte, nur den weißen Rauch seiner Zigarette zurück. Offenbar hatte er es eilig.

»Wo gehen wir hin, Vogt?«

»Sind gleich da«, schnaubte dieser, ohne sein Tempo zu verringern. Jeder Schritt wurde von einem lauten Klackton begleitet. Marc bemerkte die Absätze an den ausgetretenen Schuhen des kleinen Mannes. Ein vergeblicher Versuch, größer zu wirken.

Sie befanden sich am Marienplatz, der eigentlich nur eine Straße mit Wendehammer war. Die Kölner gingen recht großzügig mit dem Wort »Platz« um. Marc dachte an seine Wohnung am Barbarossaplatz.

Nach wenigen Minuten blieb Vogt abrupt vor einem geklinkerten Eingang stehen und zeigte auf die Tür. »Wir sind da.«

Marc stand vor einem nicht einsehbaren Schaufenster. Ein viereckiger heller Fleck über dem Eingang ließ erahnen, dass hier mal ein Namensschild gehangen haben musste. Über dem großen Fenster wehten zwei verwitterte Regenbogenflaggen. Marc erinnerte sich, dass sich unweit von der Basilika ein stadtbekanntes Schwulenviertel erstreckte.

Glaube und Sex, alles, was der Mensch braucht, dachte Marc, als er die Tür öffnete und eintrat. Ein staubiger Baustellengeruch schlug ihm entgegen, gemischt mit einem süßlichen Duft, den Marc nur allzu gut kannte. Der Duft des Todes.

## 35

Der Laden, in dem sich Marc wiederfand, war größer, als er von außen angenommen hatte. Der Raum stand weitgehend leer. Der Fußboden und die Decken waren rausgerissen. Nur die Überreste einer Bar ließen erahnen, dass er in einer ehemaligen Kneipe stand. Marc kannte die Ecke. Damals war hier eine berüchtigte Schwulenbar gewesen. Es gab die wildesten Legenden, was sich hier wohl hinter verschlossenen Türen abgespielt hatte. Das meiste, wusste Marc von Bekannten aus der Szene, waren reine Hirngespinste konservativer Homophober, die sich die Kölner Schwulenszene als eine nicht enden wollende Sexorgie vorstellten. Dennoch hatten die vier Wände hier bereits viel gesehen. Doch das verstörende Bild, das sich ihm am gegenüberliegenden Ende des Raumes bot, übertraf alles Dagewesene.

Durch die abgehängten Schaufenster fiel nur wenig Licht, aber die wenigen Sonnenstrahlen durchschnitten die Staubwolken der Baustelle und bündelten sich wie ein Scheinwerfer auf dem nackten Körper des Mannes, der sitzend an der Wand lehnte. Seine Beine breit auseinandergestellt, als wollte er jedem, der durch die Tür der Kneipe trat, seine Genitalien präsentieren.

Der Verwesungsgeruch, der von dem Mann aus in den Raum strömte, ließ keinen Zweifel daran zu, dass er tot war. Marc näherte sich der Leiche, um einen Blick auf ihr Gesicht zu werfen. Es war keines zu erkennen. Erst als Vogt mit einem lauten Hustenanfall den Lichtschalter betätigte und die improvisiert angebrachte Glühbirne den Raum erhellte, konnte Marc sehen, dass der Mann eine Tüte über dem Kopf trug. Sie war mit Klebeband am Hals fixiert worden.

Marc nahm sein Handy aus der Tasche und öffnete die Kamera-App.

»Wenn Sie ein Foto von der Leiche machen, können Sie sich gleich danebenlegen, Bauer!«

Marc hatte nicht gemerkt, dass Degner durch den Eingang dazugestoßen war.

Er steckte kommentarlos sein Handy in die Tasche und nickte dem Kommissar zu. »Wer ist der Mann?«

Degner stellte sich neben Marc, der seinen Blick nicht von der Leiche abwenden konnte.

»Das wissen wir noch nicht. Ich hoffe, dass die Spurensicherung mir das verraten kann.«

Marc schaute Degner erstaunt an. »Warum sind die noch nicht hier?«

»Weil ich, bevor die Hölle über uns alle hereinbricht, dringend mit Ihnen reden muss.«

Degner bat Marc, ihm nach draußen zu folgen. Die drei Männer traten durch die Tür. Sie mussten die Augen zusammenkneifen, da das sonnige Licht einen starken Kontrast zu dem dunklen Raum darstellte. Vor dem Eingang blieben sie stehen. Marc wurde erst jetzt klar, dass das Schaufenster nicht einzusehen war, weil die Kommissare es abgehängt hatten. Degner hob die weiße Folie an und offenbarte Marc das Graffiti darunter.

»Toter Tyrann«.

Marc starrte die großen Druckbuchstaben an. Sie hatten es tatsächlich mit einem Serienkiller zu tun. Er hatte keine Zeit, sich über die Brisanz dieser Tatsache Gedanken zu machen, denn Degner hielt ihm bereits sein Smartphone vor die Nase. Zu sehen war ein Foto von dem Schaufenster mit dem Graffiti. Marc schaute den Kommissar fragend an.

»Lesen Sie den Text.«

Erst jetzt verstand Marc, dass es sich nicht nur um ein Foto, sondern um einen Post handelte. Das Foto war bei Facebook veröffentlicht worden. Dazu der Postingtext: »Macht euch das auch Angst? Was ist in unserem Köln los?«

»Gute Frage«, stellte Degner trocken fest. »Es gibt auch schon einige Antworten. Lesen Sie die Kommentare.«

Der Post war erst ein paar Stunden alt, es gab aber bereits Tausende Kommentare zu dem Foto. Die meisten davon stellten eine Verbindung zu dem Graffiti auf dem Fabrikdach her. »Erst das ›Tote Miststück‹, jetzt der ›Tote Tyrann‹. Das ist wirklich gruselig.« Andere gingen einen Schritt weiter. »Der Graffiti-Killer«, schrieb einer. »Man kann sich nicht mehr vor die Tür trauen. Was macht die Polizei eigentlich???«, hieß es in einem weiteren Kommentar.

»Die Verschwörungstheoretiker sind nicht mehr aufzuhalten«, sagte Degner.

»Wer hat den Post abgesetzt?«, wollte Marc wissen.

»Eine junge Frau aus der Nachbarschaft. Ich habe gerade mit ihr geredet. Sie sagte, ihr sei das Graffiti gestern aufgefallen. Erst hat sie sich nichts dabei gedacht, aber heute Morgen hat sie sich entschlossen, das Foto zu posten und die Polizei zu rufen. Leider in dieser Reihenfolge.«

»Wusste sie von der Leiche?«

»Nein. Sie dachte, es wäre ein Scherz oder ein Trittbrettfahrer, der sich über die Tote im Bergischen lustig machen wollte, sagt sie.«

»Und was wollen Sie von mir?«

Degner holte Luft. »Dieser Post bedeutet für uns und unsere Arbeit eine Katastrophe. Er bedeutet Spekulation, Panikmache und Kontrollverlust. Daher möchte ich, dass Sie mir helfen, den Schaden zu begrenzen.«

»Ihnen ist schon klar, dass ich ein Reporter bin und nicht Ihre PR-Abteilung?«, sagte Marc schnippisch.

»Ich will keine PR, ich will, dass Sie einen Artikel für die Excrime schreiben. Auch wenn ich es nicht nachvollziehen kann, ist Ihr Blatt derzeit für die Meinungsmache im Land maßgeblich. Wenn Sie einen sachlichen Bericht schreiben, der den Menschen ohne wilde Spekulationen klarmacht, wie die drei Morde zusammenhängen, wird man Ihnen glauben.«

Marc nickte. »Eine Frage hätte ich aber noch, wenn ich schreiben soll, was hier gerade passiert.« Er stutzte kurz. »Was genau passiert hier denn? Wir haben drei Morde. Die einzige Verbindung sind die Nacktheit und die Graffitis. Ich weiß nicht, wie das die Bevölkerung beruhigen soll.«

»Ich werde Ihnen für ein paar Zitate zur Verfügung stehen und den Bürgern einordnen, wie der Ermittlungsstand ist und was die Polizei tut, um die Sicherheit in der Stadt zu gewährleisten.«

»Dann beginnen wir mal mit den Fakten zu dem neuen Opfer.« Marc ging entschlossen auf die Eingangstür zu, um zurück zum Tatort zu gelangen. Degner stellte sich ihm in den Weg. »Fahren Sie in die Redaktion. Ich melde mich bei Ihnen, sobald die Spurensicherung erste Erkenntnisse hat.«

Marc nickte wortlos. Er wollte das Entgegenkommen des Kommissars nicht überstrapazieren.

## 36

»Das ist der Wahnsinn!« Jens war sichtlich erregt, als er Marcs Entwurf gelesen hatte. »Seit über einem Jahr muss ich jedem meiner Reporter in den Arsch treten, damit sie mir eine ordentliche Geschichte bringen, und du lieferst mir nach zwei Wochen schon einen Serienkiller.«

Marc konnte Jens' Freude nicht teilen. Ihm gingen die Implikationen durch den Kopf, die seine Veröffentlichung haben würde. Andererseits gab es keine Alternative, die Story ließ sich nicht mehr aufhalten. Es gab einen Mörder in Köln, und der Post war mittlerweile viral gegangen. Es gab bereits erste Photoshop-Montagen bei Twitter, die ähnliche Graffitis zu aktuellen Themen zeigten. So bizarr es war, der Graffiti-Killer war in wenigen Stunden zum Trend geworden. Das entsprechende Hashtag #graffitikiller war bereits unter den Trending Topics. Selbst renommierte Medien hatten den Begriff schon aufgenommen.

»Entblößt und ermordet – Kölns Serienkiller«.

»Der Titel ist ganz gut. Ich dreh da noch mal dran.«

Vielleicht lag es an dem Verwesungsgeruch, den Marc immer noch in der Nase hatte, oder daran, dass ihn Jens' unangebrachte Freude über einen weiteren abscheulichen Mord einfach nervte.

»Das tust du nicht!«, sagte er entschlossen.

»Bitte?« Jens schaute ihn verwirrt an.

»Du drehst nicht an der Geschichte, du wählst auch nicht die Bilder aus. Du entscheidest auch nicht, ob mein Name druntersteht, und schon gar nicht postest du den Artikel mit wilden Spekulationen im Social Web. Es reicht!«

Sichtlich perplex schaute Jens ihn an. »Was ist dir denn über die Leber gelaufen? Hat deine Kleine dich nicht rangelassen? Vergiss mal nicht, was deine Rolle hier ist.«

Jens wollte ihn provozieren, was ihm auch problemlos gelang.

»Meine Rolle? Du hast mich gebeten, für dich zu arbeiten und die Excrime inhaltlich erfolgreich für die Zukunft aufzustellen. Du bist ein toller Geschäftsmann, Jens, aber ein beschissener Journalist. Du willst meine Hilfe? Kannst du haben. Ab heute bin ich dein neuer Partner und Chefreporter. Und wenn dir das nicht passt, kannst du dir einen neuen Handlanger suchen. Und dran gedreht wird hier auch nicht mehr. Du hast hervorragende Reporter und Journalisten in deiner Redaktion sitzen. Dennoch schaffst du es mit deiner Arroganz, den ganzen Laden in den Ruin zu treiben.«

Marc stürmte aus dem Büro und schlug die Tür so heftig zu, dass das ganze Glasbüro zitterte. Jens blieb sprachlos zurück.

Das erste Mal, seit beide sich kannten, hatte er nicht das letzte Wort.

Um fünfzehn Uhr begann die Nachmittagskonferenz der Excrime. Die Redaktion war auch am Wochenende gut besetzt. Die Stadt zeigte sich dann meist von ihrer schlechtesten Seite, was interessante Geschichten für das Onlineportal versprach.

Brit hatte auch Dienst. Degner hatte eine Stunde zuvor Marc den Namen des dritten Opfers zukommen lassen, woraufhin sie sich an die Recherche gemacht hatte.

»Was hast du rausgefunden, Brit?«, sagte Jens und eröffnete damit die Konferenz.

»In einer Stunde nicht viel«, sagte sie und tippte dabei beiläufig in ihren Laptop. »Der Tote heißt Fathi Kaya. Er wird seit Donnerstagabend vermisst. Er war bekennender Moslem und gebürtiger Kölner. Vorstrafen gab es nicht. Aber er stand unter Beobachtung, weil er sich in radikalen Kreisen bewegt haben soll. Radikal oder terroristisch war er nicht. Zumindest habe ich dazu nichts gefunden.«

»Was macht ein Islamist in einer ehemaligen Gay-Bar?«, fragte Kili. Als jüngstes Redaktionsmitglied hatte er unbeliebte

Schichten in der Nacht und am Wochenende abonniert. Er musste sich seine Sporen noch verdienen.

Brit antwortete trocken, ohne von ihrem Bildschirm aufzusehen: »Was macht ein Kleinkrimineller im Edelhotel? Was macht eine prominente Eventmanagerin in einer runtergerockten Fabrikhalle? Merkst du was?«

»Gibt es sonst noch was zu dem Toten? Marc, hat sich deine Quelle bei der Polizei noch mal gemeldet?«, fragte Jens. Es war das erste Wort, das die beiden seit ihrem Streit wechselten.

»Er hat mir ein paar O-Töne für meinen Artikel zugeschickt, die ich verwenden kann. Viel Neues ist nicht dabei.«

»Ah, dachte ich es mir«, raunte Brit in den Raum, während sie mit dem Gesicht näher an den Bildschirm ihres Notebooks rückte. »Der Name kam mir doch bekannt vor. Erinnert ihr euch an Elif Kaya?«

»Das war doch das Säureopfer«, stellte Jens fest.

»Richtig. Wir haben vor einiger Zeit über sie berichtet. Sie wurde auf offener Straße von einem Unbekannten mit Säure verätzt und für ihr Leben entstellt.«

»Sind die beiden verwandt?«, fragte Kili.

»Unser Toter, Fathi Kaya, war ihr Bruder.«

»Danke, Brit. Bleib an der Sache dran.« Jens wandte sich an die sechs Redakteure, die um den Redaktionstisch saßen. »Wir werden nach der Konferenz mit einer Geschichte online gehen, die für sehr viel Aufsehen sorgen wird. Wir können nach den Spekulationen der vergangenen Tage jetzt eindeutige Beweise für einen Zusammenhang zwischen den Morden an Keiler, Dabrowski und Kaya liefern. Neben dem Graffiti von dem Fabrikdach und dem Schaufenster heute Morgen haben wir noch ein Graffiti aus dem Edelhotel. Wir haben sogar den O-Ton des zuständigen Kommissars, der bestätigt, dass die Morde zusammenhängen und voraussichtlich von einem Täter begangen worden sind. Sobald die Geschichte raus ist, wird ganz Deutschland auf uns schauen. Andere Redaktionen werden uns zitieren, und jede Aktualisierung wird von unseren

Usern genau beäugt werden. Wenn wir neue Informationen aus der Polizeistelle bekommen, gehen wir damit raus. Richtet euch schon mal auf ein langes Wochenende ein.«

Gerade als die Kollegen ihre Unterlagen einsammelten, um zurück an ihre Schreibtische zu gehen, ergänzte er: »Zudem möchte ich euch mitteilen, dass mich unser recht neuer Kollege Marc Bauer, dem wir die Story zu verdanken haben, ab sofort in der Funktion des Chefreporters in der Chefredaktion unterstützen wird.«

Jens stand auf und begann zu applaudieren. Die Kollegen taten es ihm gleich. Das erste Mal an diesem Tag verspürte Marc Zufriedenheit.

## 37

Die Sonne war gerade untergegangen. Gefühlt sank die Temperatur um zehn Grad. Marc schloss seine Jacke und ging die Venloer Straße runter. Er war mit der Bahn bis zum Ehrenfelder Bahnhof gefahren und von dort auf dem Weg zu Stella. Er hätte auch direkt mit der Straßenbahn bis zu ihrer Wohnung fahren können, aber er brauchte den Fußweg, um sich darüber klar zu werden, was er zu ihr sagen sollte. Sie wollten heute Abend bei ihr einen Film schauen. Das hatten sie geplant, bevor Marc die Bombe über seine Vergangenheit platzen ließ. Er hatte lange drüber nachgedacht, die Verabredung abzusagen und stattdessen mit Jens auf die Beförderung anzustoßen, sich dann aber doch entschlossen, sich der Situation zu stellen.

»Bauer, Sie müssen diese Wurst probieren.«

Marc war gerade an dem roten Bratwurststand vorbeigegangen, der auf einem kleinen Vorplatz der Venloer Straße stand, als er die vertraute Stimme hörte. Kommissar Degner stand angelehnt an der Bude und aß eine Currywurst. Der oberste Hemdknopf war geöffnet, was ihn ungewohnt locker erscheinen ließ.

»Warum schicken Sie nicht Ihren rauchenden Bodyguard, wenn Sie mich sprechen wollen?«

»Hätte ich ja, aber Vogt ist sauer auf mich.« Degner nahm ein großes Stück Wurst in den Mund, das er vorher genüsslich in Soße getaucht hatte.

»Wollten Sie ihm keine Wurst ausgeben?«, fragte Marc erschöpft.

»Nein, im Gegenteil. Aber er findet es unverantwortlich, dass ich einem Reporter Zutritt zu einem Tatort gewährt habe, noch bevor die Spurensicherung da war. Seit ich Ihnen dann auch noch den Namen des Opfers zugesteckt habe, geht er mir aus dem Weg.«

»Na ja. Irgendwie kann ich ihn sogar verstehen«, sagte Marc und lehnte sich neben Degner an den Stand.

»Verzweifelte Situationen erfordern verzweifelte Maßnahmen.«

»Sie sind sicher nicht zufällig hier, oder?«

Degner wischte sich den Mund mit einer Serviette ab. »Wir haben neue Erkenntnisse. Wie der Geruch der Leiche erahnen ließ, war Kaya schon länger tot, bevor das Graffiti auf die Wand gesprüht wurde. Anhand der Totenflecken und Schleifspuren können wir mit Sicherheit sagen, dass Kaya woanders ermordet und dann in der Kneipe abgelegt wurde.«

»Das ergibt Sinn, wenn es dem Kerl um die Bestrafung seiner Opfer geht. Kaya war ein strenggläubiger Moslem. Ihn nackt in eine ehemalige Schwulenkneipe zu legen bedeutet die absolute Demütigung.«

»Ganz meine Meinung. Da ist aber noch was.«

Degner holte ein Foto aus seiner Manteltasche und hielt es Marc hin.

»Oh mein Gott, ist das Fathi Kaya?« Das Foto zeigte ein furchtbar entstelltes Gesicht. »Sind das Brandwunden?«

»Verätzungen. Als wir die Plastiktüte von seinem Gesicht nahmen, wurde uns erst das Ausmaß der Tat bewusst. Sein Gesicht wurde komplett verätzt. Aber laut Rechtsmedizin nicht auf einmal, sondern über einen längeren Zeitraum mit kleinen Mengen Säure, um sein Leiden zu verlängern.«

»Und dann hat man ihn erstickt?«

»Nein. Er starb an seinen Qualen. Die Verätzungen waren zu stark. Er muss schrecklich gelitten haben. Die Tüte hatte keinen Effekt auf sein Ableben. Wir vermuten, dass der Täter sich für seinen Overkill schämte oder Angst hatte, Spuren zu hinterlassen. Insgesamt wird der Täter immer extremer. Das erste Opfer ließ er ohne großes Dazutun verhungern, das zweite hat sich selbst erdrosselt, Kaya wurde über Stunden zu Tode gequält. Und was mich noch mehr beunruhigt: Die Abstände werden immer kürzer. Zwischen Dabrowskis Entführung und

Keilers Tod lagen knapp drei Wochen. Zwischen Keiler und Kaya nur eine. Wenn der in dem Tempo weitermacht, haben wir in ein paar Tagen das nächste Opfer auf dem Tisch.«

Marc konnte nicht aufhören, das schreckliche Porträt des Mannes anzusehen. »Haben Sie schon mit seiner Schwester gesprochen?«

»Natürlich. Wir suchen bereits nach Parallelen. Eventuell hat unser Mörder auch was mit dem Säureangriff auf Elif Kaya zu tun.«

Marc nahm sich vor, Elif Kaya so schnell wie möglich aufzusuchen.

Degner warf das Schälchen weg, aus dem er seine Wurst gegessen hatte.

»Danke für Ihren Artikel. Er hat mir gut gefallen und wird den Schaden in Grenzen halten. Auch, dass Sie auf die Bezeichnung ›Graffiti-Killer‹ verzichtet haben, war sehr hilfreich.«

Marc nickte dem Kommissar zu. Er wusste selbst, welche Probleme es bringen konnte, einem Serienmörder einen Kosenamen zu geben. Es führte dazu, dass Taten relativiert wurden oder sogar ein Fan-Hype entstand. Er musste noch mal an die Bildcollagen bei Twitter denken.

»Aber Ihnen ist hoffentlich klar«, fuhr Degner fort, »dass Sie spätestens jetzt auf der Liste des Mörders ganz oben stehen.«

Das war Marc klar. Aber so ein Risiko war nicht neu für ihn. Mehr als einmal hatte er nach Veröffentlichungen von brisanten Reportagen Morddrohungen erhalten.

»Berufsrisiko«, sagte Marc mit einem Augenzwinkern. »Jetzt muss ich aber wirklich los.«

Degner sah ihm nachdenklich hinterher.

## 38

Er war sich nicht sicher, ob sie ihm die Tür überhaupt öffnen würde, und umso erleichterter, als er das Brummen der Türverriegelung hörte. Die Begrüßung im Treppenhaus des Mehrfamilienhauses war weniger herzlich als am Abend zuvor. Stella bat ihn herein, ohne ihm dabei in die Augen zu sehen.

»Ich war mir nicht sicher, ob du kommst«, sagte sie.

»Ich auch nicht.«

Stellas Blick war nicht zu deuten.

Marc entschied, dass Angriff die beste Verteidigung war. »Ich habe dir heute Morgen ziemlich viel zugemutet. Danke, dass du mich trotzdem reingelassen hast.«

Stella nahm ihr Weinglas und legte sich auf die Couch, die Füße schob sie unter ein Kissen. Marc setzte sich auf einen Stuhl an den Esstisch. Er war sich nicht sicher, ob es angebracht war, sich neben sie auf die Couch zu legen.

»Das war ziemlich krass. Ich habe wirklich lange darüber nachgedacht. Erst wollte ich dich nicht mehr treffen, aber dann ist mir klar geworden …« Stella stockte und schaute in ihr Weinglas, als ob dort die richtigen Worte zu finden wären. »Mir ist klar geworden, dass ich Gefühle für dich habe. Das hatte ich lange nicht mehr für einen Mann. Und das will ich nicht einfach aufgeben.«

Marc merkte, wie ihm das Blut in den Kopf schoss, während Steine von seinem Herzen abfielen.

»Sicher trägst du eine Mitschuld am Tod des Jungen.« Stella musste schlucken. »Aber du wurdest manipuliert von dem Mädchen. Du wolltest ihr helfen und ein Verbrechen aufdecken. Du meintest es gut.«

Ganz so einfach war es für Marc nicht. Natürlich wollte er Lena Weigel helfen, aber er hatte auch viel Freude dabei empfunden, immer wieder neue Intimitäten über Malte Knorr herauszufinden und immer mehr Leser an seine Story zu fesseln. Irgendwann hatte er vergessen, dass es um einen Jugendlichen ging, um ein Leben. Für ihn war es ein großer Spaß, ein journalistisches Spiel. Er war so eitel und egoistisch gewesen.

»Ich habe vor allem entschieden«, fuhr Stella fort und stand von der Couch auf, um auf Marc zuzugehen, »dass ich mir mein Wochenende mit dir davon nicht kaputt machen lassen will. Lass uns entspannen, du siehst furchtbar aus.«

Marc musste lachen. »Danke für das Kompliment.«

Sie drückte ihm einen Kuss auf. »Und jetzt such einen Film aus. Irgendwas mit Action, bitte. Ich mach Popcorn«, sagte Stella und verschwand in der Küche. Marc konnte sein Glück kaum fassen.

Marc blieb das restliche Wochenende bei Stella. Nachdem der Samstag noch etwas gezwungen gewesen war, verbrachten sie einen harmonischen Sonntag. Dennoch merkte Marc, dass sich seit seinem Geständnis etwas an ihrer Beziehung geändert hatte. Er hoffte, dass es nur vorübergehend sein würde und Gras über die Sache wachsen würde.

Zudem ließen ihn die Kaya-Geschwister nicht los. Er hatte Brit kontaktiert. Sie hatte damals die Berichterstattung der Excrime zum Säureangriff geleitet und Elif Kaya interviewt. Damals hatte sich der Anwalt der Familie Kaya um alle Presseanfragen gekümmert, um Schaden von der Familie abzuhalten. Brit hatte Marc den Kontakt des Anwalts geschickt. Per Mail hatte er um ein Treffen mit Elif Kaya gebeten. Niemals hätte Marc mit einer Antwort gerechnet. Schon gar nicht so schnell nach dem Tod von Fathi Kaya, aber der Anwalt hatte nach wenigen Stunden reagiert. Leider stünde Elif angesichts ihrer gesundheitlichen Umstände nicht für ein Interview bereit. Stattdessen sei aber Elifs und Fathis Vater Ahmed Kaya bereit, sich mit dem Reporter zu treffen. Marc willigte ein. Auch wenn es nicht das war, was er sich erhofft hatte, würde ihm jede Spur weiterhelfen.

Der Treffpunkt war nur wenige Minuten Fußweg von Stellas Wohnung entfernt. Als er die Venloer Straße hinunterging, wurde Marc bewusst, dass er eigentlich nichts über die türkische Gemeinschaft in Köln wusste. Dabei waren die Türken gerade hier in Ehrenfeld allgegenwärtig. Auf dem Weg zum Treffpunkt kam er an unzähligen türkischen Läden vorbei. Handygeschäfte, Friseursalons und Imbissläden, überall war die türkische Sprache zu lesen. Schon von Weitem war eines der beiden gut fünfzig Meter hohen Minarette der Moschee zu sehen. Er war gleich da.

Die Zentralmoschee war eines der umstrittensten Projekte der vergangenen zehn Jahre. Schon vor der Grundsteinlegung hatte es Proteste gegeben. Rechtsextreme Bürgerbewegungen und Parteien hatten versucht, den Bau für ihre Propaganda zu instrumentalisieren. Die Mehrheit der Kölner war dem Vorhaben gegenüber zwar offen eingestellt gewesen, dennoch war lange über die geplante Größe des Baus gestritten worden. Dass sich die Eröffnung wegen Baumängeln um Jahre verzögert hatte, hatte die Diskussion nur noch weiter angefeuert.

Oft schon war Marc mit dem Fahrrad oder im Taxi an der Moschee vorbeigefahren. Heute war aber das erste Mal, dass er sie besuchte. Das Bauwerk mit der hohen Kuppel zwischen zwei noch höheren Minaretten war eine beeindruckende Erscheinung. Obwohl die Außenfassade der Moschee zu großen Teilen aus Beton bestand, konnte man ihr eine gewisse Eleganz nicht absprechen, was auch an den intelligent eingesetzten Glaselementen lag, die sich wie große Glasscherben in den wellenartig geformten Beton schnitten. Mehr als tausend Gläubige sollten hier Platz finden.

Eingeengt zwischen dem Fernsehturm, einer Tankstelle und einem Discounter fügte sich das Gebäude etwas unglücklich in die Szenerie ein. Das magentafarbene »T« des Fernsehturms überragte die Minarette so, als ob die Telekom Hauptsponsor des Bauwerks wäre.

Marc erklomm die vielen Stufen, die sich seitwärts zur

Kuppel hin erstreckten. Oben angekommen hieß eine hohe, in Glas eingebettete Holztür die Gläubigen willkommen. Er schaute durch die Glasfassade und sah den prall gefüllten Gebetssaal. Er war auf dem Vorplatz mit Ahmed Kaya verabredet. Die ersten Gläubigen begaben sich gerade zum Ausgang. Die schwere Holztür öffnete sich, und der Platz vor der Kuppel füllte sich schnell mit Menschen. Die Stille wich einer Kakofonie von Stimmen, die wild durcheinandersprachen, -riefen und -lachten.

»Herr Bauer, nehme ich an«, rief ein Mann in den Lärm, der sich Marc näherte. Hinter ihm folgten mit etwas Abstand zwei Männer um die dreißig. Die beiden anderen Kaya-Kinder, vermutete er.

»Vielen Dank, dass Sie sich Zeit für mich nehmen«, sagte Marc, der nicht ganz wusste, wie er dem Mann, der gerade seinen ältesten Sohn verloren hatte, gegenübertreten sollte.

»Sehr gern, mein Freund.« Der kleine Mann mit Schnauzbart grinste Marc freundlich an und reichte ihm die Hand.

»Ihre Zeitschrift hat damals über meine Elif berichtet. Ihre Kollegin ...« Er überlegte.

»Brit Heckegrün«, half Marc aus.

»Genau«, sagte der Mann und lächelte. »Eine nette Frau. Hat keine Lügen verbreitet wie die anderen.«

Marc erinnerte sich an die größtenteils unsachliche Berichterstattung im Rahmen des Säureangriffs.

»Seitdem Fathi tot ist, rufen dauernd Reporter an. Wollen alle wissen, ob mein Sohn schwul war.« Kurz verdunkelte sich das Gesicht des Mannes. Marc konnte erahnen, was Kaya von Homosexualität hielt und wie sehr es ihn getroffen haben musste, dass die Leiche seines Sohnes in einer Schwulenbar gefunden worden war. »Aber ich habe Ihren Artikel gelesen. Sie glauben, dass der Mörder ihn dort hingebracht hat, um ihn zu demütigen. Sie haben Respekt vor meinem Sohn und meiner Familie. Darum war ich einverstanden, Sie zu treffen. Was möchten Sie wissen, mein Freund?«

Der Platz hatte sich langsam geleert. Bis auf ein paar Männer, die sich am Rande unterhielten, war Marc mit Ahmed und seinen beiden Söhnen, die sich weiterhin im Hintergrund hielten, als wollten sie ihrem Vater den Rücken absichern, allein. Er holte Stift und Papier hervor und begann sein Interview.

»Ich gehe davon aus, dass die Polizei Sie ausführlich über den Mord an Ihrem Sohn aufgeklärt hat«, sagte Marc und wartete eine Sekunde Ahmeds Nicken ab. Er war überrascht, wie gefasst der kleine Mann trotz seines Schicksals wirkte. Nur seine leicht feuchten Augen ließen erahnen, wie schwer ihm der Verlust zusetzen musste. »Beide Ihrer Kinder wurden mit Säure attackiert. Sehen Sie hier einen Zusammenhang?«

Ahmed Kaya musterte Marc, ohne dabei die Freundlichkeit im Gesicht zu verlieren. »Was glauben Sie, Herr Bauer?«

»Was ich glaube, spielt keine Rolle. Mich interessiert, was Sie glauben, Herr Kaya.«

»Bitte, tun Sie mir den Gefallen. Was, glauben Sie, ist passiert? Seien Sie ganz offen«, ermutigte ihn Kaya.

»Nun gut.« Marc begann mit seinen Ausführungen, ohne aber das Gesicht seines Gegenübers aus dem Blick zu lassen. Er wollte den Moment nicht verpassen, in dem er zu weit ging. Schließlich ging es um dessen Kinder.

»Die Erfahrung zeigt, dass Säureattacken nicht selten auf religiöse Motive zurückzuführen sind. Ich glaube, bei Ihrer Tochter Elif war das nicht anders. Ihr Sohn Fathi war für seinen stark traditionellen Glauben bekannt. Da liegt die Vermutung nahe, dass er etwas mit dem Angriff auf Ihre Tochter zu tun hatte.«

Kaya reagierte weder schockiert noch wütend auf Marcs Andeutung. »Wissen Sie, Herr Bauer, ich lebe schon lange in Deutschland. Mein Vater hat immer davon geträumt, nach Deutschland zu kommen. Dann wurde er krank und starb, bevor er einwandern konnte. Als ich achtzehn war, wollte ich es besser machen. Ich konnte als einer der letzten Türken offiziell als Gastarbeiter einreisen. Es war nicht immer einfach, aber

Deutschland war immer gut zu mir. Ich hab hier auch meine Frau Aylin kennengelernt. Wir haben fünf Kinder.« In seinen Worten war Stolz zu hören. Er atmete schwer aus, bevor er fortfuhr: »Trotzdem haben viele Deutsche Angst vor dem Islam. Nur, weil sie ihn nicht verstehen. Damit unsere Kinder es mal einfacher haben als wir, haben wir sie zu toleranten und weltoffenen Menschen erzogen. Erwachsene mit festem Glauben und Verstand. Elif hat es geschafft, sich zu integrieren. Sie fühlte sich als Deutsche und als Moslem. Bei Fathi war das anders. Er hatte Probleme, sich zu integrieren. Das haben ein paar radikale Gemeindemitglieder ausgenutzt. Sie haben meinen Fathi vergiftet. Mit Hass und Intoleranz.« Kaya hielt kurz inne. »Ich konnte ihn nicht davor schützen, was aus ihm wurde. Seine Ideen wurden immer extremer. Als Elif immer häufiger ohne Kopftuch das Haus verließ und begann, ihr eigenes Leben zu führen, war er oft wütend darüber. Er liebte seine Schwester und wollte doch nur, dass sie unsere Traditionen nicht vergisst. Er war ein guter Junge, aber –« Er stockte.

»Sie würden nicht ausschließen, dass er was mit der Säureattacke auf Elif zu tun hatte«, ergänzte Marc den Satz. Kaya sagte nichts, nickte aber kaum sichtbar vor sich hin.

»Sollte Ihr Sohn was mit dem Angriff zu tun gehabt haben, hätte ich zwei Theorien zu seinem Tod.«

»Die wären?«, wollte er wissen.

»Ihre Tochter wollte sich für ihr Leid an ihrem Bruder rächen.«

Kaya schüttelte heftig den Kopf. »Ausgeschlossen. Elif ist der beste Mensch, den ich kenne. Besser als ich, besser als Sie. Niemals.« Das erste Mal wirkte der freundliche Mann ungehalten und nahm seine Hände dazu, um seinen Worten Nachdruck zu verleihen. »Meine Tochter hat letztes Jahr viel durchgemacht. Und jetzt auch noch ihren geliebten Bruder verloren. Sie ist keine Mörderin. Sie ist ein Opfer. Was ist Ihre zweite Theorie?«

»Jemand hat sich in Elifs Namen an ihrem Bruder gerächt.

Vielleicht sogar ohne ihr Mitwissen. Jemand, der von Fathis Tat wusste und Gerechtigkeit für Ihre Tochter wollte.«

»Interessant«, sagte Kaya, sichtlich erleichtert, dass es eine Theorie gab, die nicht seine Tochter als Schuldige hinstellte. »Aber in Ihrem Artikel schreiben Sie noch von den anderen.«

»Dabrowski und Keiler«, ergänzte Marc.

»Genau. Was haben die mit meinen Kindern zu tun?«

Marc fand zunehmend Gefallen an dem kleinen türkischen Mann. Er erwies sich als ein sehr scharfsinniger Gesprächspartner. »Wenn der Mörder den Racheengel für Ihre Tochter spielt, liegt die Vermutung nahe, dass die anderen beiden Morde auch aus Rache verübt wurden.«

Erst jetzt, wo er es selbst aussprach, fiel Marc auf, wie viel Sinn diese Theorie machte. Keiler, Dabrowski, Kaya. Alle drei wurden von dem Täter grausam ermordet und gedemütigt. Sie hatten eine Strafe erhalten für etwas, was sie verbrochen hatten. Er musste nicht in den Leben der Opfer suchen, sondern in deren Umfeld, um ein Muster zu entdecken, dass ihn zu dem Serienkiller führen würde.

Marc hatte noch eine letzte Frage auf den Lippen, aber er zögerte, sie zu stellen. »Ich will nicht respektlos erscheinen, aber ich muss Ihnen diese Frage stellen.«

Kaya nickte wissend. »Sie wollen wissen, ob mein Sohn schwul war? Das hätte er uns niemals angetan.«

»Vielen Dank für das Gespräch. Sie haben mir sehr geholfen«, sagte Marc und verabschiedete sich von Kaya.

Er ging mit gemischten Gefühlen die Treppe der Moschee hinunter. Die Offenheit und Freundlichkeit des Mannes hatten ihn beeindruckt, gleichzeitig beschäftigten ihn die homophoben Ansichten des eigentlich so weltoffenen Mannes. Marc wollte sich nicht vorstellen, was Homosexuelle auf der ganzen Welt auch heute noch erleiden mussten.

»Herr Bauer.« Auf der Straße angekommen sprach ihn ein dünner türkischer Mann mit Vollbart und wild gestylten Haaren an. Marc erkannte ihn. Es war einer der Kaya-Söhne. »Ich habe nicht viel Zeit. Mein Vater wartet um die Ecke. Reden Sie mit Elif, dann werden Sie es verstehen.«

Marc schaute dem Mann verwirrt nach, der genauso schnell verschwand, wie er neben ihm aufgetaucht war.

# 39

Er las die Nachricht auf seinem Handy, während er beherzt in das Brötchen biss, das er sich auf dem Weg zum Ehrenfelder Bahnhof besorgt hatte. Die Regionalbahn nach Horrem nahm gerade Fahrt auf. Brit hatte heute frei, dennoch hatte sie Marcs Frage nach Elifs Aufenthaltsort in wenigen Minuten beantwortet. Erst schickte sie ihm die Bahnlinie, in die er steigen sollte, dann folgte die detaillierte Adresse. Manchmal war sie ihm unheimlich. Wobei es in dem Fall wohl nicht allzu schwer gewesen sein musste, Elif zu finden. Das komplette Leben der Frau war vor einem Jahr öffentlich geworden, als der Säureangriff mitten in Köln durch die Medien ging. Der Fall hielt sich auch deshalb lange im Interesse der Öffentlichkeit, weil die Polizei keine Spur vom Täter hatte. Elif wurde von allen als freundliche und weltoffene Frau beschrieben. Einen Freund oder Ex-Freund hatte sie nicht, der in einem solchen Fall ein dankbarer Verdächtiger gewesen wäre. Alle Ermittlungen in ihrem Familienumfeld verliefen im Sande. Die Familie Kaya und ihre Freunde versorgten sich gegenseitig mit Alibis.

Kurz nach Gründung der Excrime hatten Jens und sein Team auch über den Fall berichtet und den Täter in Elifs Familie gesucht. Der Verdacht fiel schnell auf ihren ältesten Bruder mit seinen erzkonservativen, schon fast extremistischen Ansichten. Marc erinnerte sich, dass die Excrime für die Berichterstattung damals vor allem von der rechten Szene gefeiert worden war. Eine Tatsache, die Jens gar nicht geschmeckt hatte. Es dauerte einige Monate, um der Öffentlichkeit die politisch neutrale Ausrichtung der Redaktion zu vermitteln.

Fathi Kaya zeigte sich seinerzeit von der Berichterstattung unbeeindruckt. Seine jüngeren Brüder gaben ihm ein Alibi, und er nutzte die Berichterstattung zu seinem Vorteil und sprach öffentlich von einer Hetzjagd der deutschen Regierung auf einen Türken. Das schadete nicht zuletzt der muslimischen Gemeinde in Köln, die ihre Integrationsbemühungen bedroht sah.

Ohne Zwischenstopp hielt die Bahn in Horrem. Marc kannte den Bahnhof gut. Für eine Reportage mit dem Namen »Brennpunkt Bahnhof« hatte er vor einigen Jahren über die Kriminalität an Bahnhöfen berichtet. Damals hatte er nachts Bahnführer, die Bahnhof-Security und Feiernde begleitet und nicht wenige Ausschreitungen, Diebstähle und Drogendelikte dokumentiert. Seine Recherche hatte ihn auch zum Horremer Bahnhof geführt.

Als Marc auf den Bahnsteig trat, peitschte ihm der Regen ins Gesicht. Er zog sich seinen Mantel weit über die Ohren und machte sich auf den Weg. Die Adresse, die Brit ihm geschickt hatte, gehörte zu einem Friseursalon auf der Hauptstraße.

Nach dem Säureangriff hatte es knapp ein Dutzend Operationen gebraucht, um Elifs Gesicht wiederherzustellen. Doch die Narben waren geblieben, genauso wie ein sehunfähiges Auge. Es gab diverse Reportagen über die tapfere Frau, die die Kölner Heimat verließ, um mit nur einem funktionierenden Auge eine Friseurlehre zu beginnen. Trotz allem, was ihr geschehen war, wollte sie ein neues Leben beginnen. Nicht aufgeben. Marc freute sich darauf, diese starke Frau kennenzulernen. Er hoffte nur, sie auch im Salon anzutreffen.

Die Hauptstraße machte keinen besonders einladenden Eindruck. Marc war sich sicher, dass es bei strahlendem Sonnenschein nicht anders gewesen wäre. Als er den Friseursalon betrat, wusste er sofort, dass er richtig war. Elif war ohne jeden Zweifel zu erkennen. Sein Gehirn brauchte einen Moment, um ihr Aussehen zu erfassen. Die rechte Seite ihres Gesichts zeigte eine wunderschöne Frau mit bezauberndem Lächeln, die linke Seite eine vernarbte, unebene Fläche, die einmal eine Gesichtshälfte gewesen sein musste.

Elif kam auf Marc zu. Er hatte Glück, sie war gerade frei. »Hallo, was kann ich für dich tun? Schneiden und waschen?«

Ihre Ausstrahlung und Energie war einnehmend, daran änderte selbst das leicht milchig schimmernde linke Auge nichts.

Er zögerte kurz. »Ja, bitte.«

Nach dem Haarewaschen bot ihm Elif einen Friseurstuhl an und begann zu schneiden.

»So wie du mich anschaust, bist du das erste Mal hier«, sagte sie zu Marcs Überraschung, der gar nicht gemerkt hatte, dass er sie über den Spiegel angestarrt hatte.

»Keine Sorge, ich zieh dich doch nur auf«, lachte Elif. »Ich möchte nur, dass du dich wohlfühlst. Und auch wenn ich aussehe wie ein Batman-Schurke, bin ich eigentlich ganz nett.«

Two-Face, dachte Marc. Tatsächlich passte der Vergleich. In den Batman-Comics gab es einen Schurken, der nach einem Säureangriff ein zweigeteiltes Gesicht hatte, ein attraktives und ein entstelltes. Marc war überrascht, wie offen sie mit ihrem Schicksal umging.

»Ehrlich gesagt bin ich nicht nur für einen Haarschnitt hier.«

Elif musterte Marc. »Du bist von der Presse, oder?«

Marc nickte.

»Und du willst mich zu meinem toten Bruder befragen? Du bist nicht der Erste, der hier auftaucht, aber der Erste, der auch noch so dreist ist, sich von mir die Haare schneiden zu lassen.« Trotz ihrer direkten Art verlor sie kein Stück an Freundlichkeit. Es war fast, als würde sie es genießen, Marc auflaufen zu lassen. »Die erste Frage in den letzten Tagen von Polizei und Presse war immer, ob ich Fathi aus Rache umgebracht habe. Willst du auch damit starten?«

»Ich stelle lieber die richtigen Fragen. Ich habe mit deinem Vater gesprochen, und der hält sehr viel von dir. Ich habe eine andere Theorie, die ich gern mit dir teilen würde.«

»Mein Baba«, sagte sie grinsend. »Und warum, glaubst du, würde mich deine Theorie interessieren?«, fragte sie und begann, mit dem Rasierer seine Konturen zu schneiden.

»Einer deiner Brüder gab mir den Tipp, dass du vielleicht Lust hast, mit mir zu sprechen.«

Elif atmete tief durch. »Da du ja anscheinend schon mit meiner ganzen Familie auf Brüderschaft getrunken hast, kann ich dir wohl vertrauen. Ich mache gleich Mittag, dann können wir reden. Ich habe nur eine Bedingung. Bevor du etwas veröffentlichst, will ich es lesen. Es wurde im letzten Jahr viel Mist über mich und meine Familie berichtet. Das soll sich nicht wiederholen.«

Marc versprach es und bezahlte seinen Haarschnitt.

## 40

Ein so uriges Brauhaus hatte Marc mitten in Horrem nicht erwartet. Und noch weniger, dass Elif ihn ausgerechnet hier treffen wollen würde. Er bestellte ein Bier und wartete. Wenige Minuten später kam sie durch die Tür. Und wieder war Marc von ihrer Präsenz eingenommen. Sie war eine attraktive Frau. Schlank, gut proportioniert. Unfassbar, was ihr Bruder ihr angetan hatte.

»Wie immer. Ein Bier und ein Schnitzel, bitte«, rief Elif freundlich, während sie ihre Jacke auszog. Der Mann hinterm Tresen nickte ihr zu.

»Ich bin überrascht«, sagte Marc zur Begrüßung. Er war aufgestanden, um ihr die Hand zu schütteln. Er fand das angemessen, schließlich war sie seine Interviewpartnerin. Gleichzeitig passte es nicht, hatte sie ihm doch vor einer halben Stunde noch die Haare geschnitten. Er war seit Jahren nicht mehr so verunsichert gewesen, was aber nicht an Elifs entstelltem Äußeren lag, sondern an seiner Überzeugung, dass Elif der Schlüssel zu allen drei Morden war.

»Bist du überrascht, weil wir uns nicht im Dönerladen treffen?«, lachte Elif. »Auch wenn ich nicht danach aussehe, bin ich in Köln geboren und ein echtes kölsches Mädchen. Brauhäuser sind in meiner DNA«, sagte sie und lächelte einnehmend. »Und das Schnitzel ist ein Putenschnitzel, bevor du fragst. Das Bier ist zugegeben eine kleine Sünde, die ich mir gelegentlich erlaube.«

Sie prostete Marc beiläufig zu und nahm einen Schluck von dem Kölsch, das ihr die Bedienung gerade hingestellt hatte. Für ihn war es unbegreiflich, wie eine Familie zwei so unterschiedliche Kinder erziehen konnte.

»So, dann lass mal deine Theorie hören. Wer hat meinen Bruder ermordet?«

Trotz ihres Versuchs, Stärke zu zeigen, konnte sie ihre Trauer nicht weglächeln. Marc sah, dass ihr der Tod von Fathi naheging.

»Dürfte ich dich erst fragen, wie das Verhältnis zwischen dir und deinem Bruder war? Ihr seid so …«

»Grundverschieden?«, ergänzte sie. »Unsere Eltern haben uns nach einem klaren Prinzip erzogen. Wir sollten gläubige Moslems werden und dabei unseren eigenen Weg finden, in Deutschland frei und glücklich zu leben. Für viele Nicht-Moslems klingt das wie ein Widerspruch, das ist es aber nicht, wenn man sich frei von Vorurteilen und extremen Gedanken macht.«

»Wieso sind deine Eltern so aufgeschlossen? Das ist doch nicht die Regel.«

Elif grinste. »Du wärst überrascht, wie viele moderne Türken in Deutschland leben. Nur sind die meistens so gut integriert, dass sie die Gesellschaft gar nicht mehr als echte Türken wahrnimmt. Sie gehören dazu. Auch, weil sie sich von strengen Traditionen lösen und ihren Träumen folgen. Das machen aber nur die wenigsten. Mein Opa war da ein gutes Beispiel. Er hat immer davon geträumt, nach Deutschland auszuwandern, aber er hatte nie die Unterstützung und den Mut, es durchzuziehen. Als er sich dann doch endlich durchgerungen hatte, starb er plötzlich in einem kleinen anatolischen Bergdorf an Lungenkrebs. Mein Vater wollte nicht den gleichen Fehler machen und hat auch uns dazu ermutigt, unsere Träume auszuleben. Wir sollten uns verwirklichen. Fathi schlug einen traditionellen Weg ein, ich einen anderen.« Marc bemerkte, dass ihre Stimme leicht zitterte, als sie den Namen ihres Bruders in den Mund nahm.

»Entschuldige meine Direktheit«, sagte Marc, »aber hatte dein Bruder Fathi was mit dem Säureangriff zu tun, der auf dich verübt wurde?«

Elifs Gesicht verfinsterte sich. Damit hatte sie nicht gerechnet. »Du glaubst also auch, dass ich meinen Bruder aus Rache umgebracht habe.«

»Nein. Aber ich glaube, dass es jemand gemacht hat, um dich zu rächen.«

»Eine Art Racheengel?«

»Wenn man so will. Und ich glaube, dass Fathis Tod mit den anderen Morden in Verbindung steht.«

»Wegen der Nachrichten, die der Mörder hinterlassen hat. Die Polizei hat mir davon erzählt.«

Marc nahm einen Schluck aus der Kölschstange und wartete Elifs Reaktion ab.

»Stehst du zu deinem Versprechen, nichts ohne meine Zustimmung zu veröffentlichen?«

»Natürlich.«

»Ich will keine Schande über meine Familie bringen. Nicht noch mal.«

»Ich war ungefähr einundzwanzig Jahre alt, als ich merkte, dass ich mich zu Frauen hingezogen fühlte.« Elif starrte gedankenverloren in ihr Glas. »Ich war jung. Und leichtsinnig. Ich verliebte mich in eine dreißigjährige Deutsche. Sie machte mir Mut, zu mir zu stehen, und führte mich in die Kölner Lesben-Community ein. Ich fühlte mich sicher in den Schwulen- und Lesbenclubs der Stadt. Niemals hätte ich gedacht, dass ich jemandem begegnen würde, den ich kenne. Schon gar nicht meinem Bruder, Fathi. Er hatte über mehrere Ecken Wind davon bekommen, dass ich mich nachts mit Frauen rumtrieb. Ich schäme mich immer noch, wenn ich an den Moment zurückdenke, als er mich eines Abends vor einer Gay-Kneipe stellte. Er war mir gefolgt und hatte die ganze Nacht darauf gewartet, mich allein zu erwischen. Er sah mir tief in die Augen, und ich konnte seine ganze Verachtung spüren. Seine strafenden Blicke durchbohrten mich regelrecht. Dann schüttete er mir eine Flüssigkeit ins Gesicht. Erst dachte ich, es wäre ein Getränk gewesen. Das Nächste, woran ich mich erinnern kann, ist das Krankenhauszimmer, in dem ich aufgewacht bin. Fünf Tage später. Ich hatte im Koma gelegen. Mein Vater war mir in der ganzen Zeit nicht von der Seite gewichen. Ein Jahr später nach einem Dutzend Operationen verließ ich die Stadt und zog hierher. Nur meine Eltern kennen meine neue Adresse. Sie besuchen mich gelegentlich.«

»Wissen deine Eltern, was in der Nacht passierte?«

»Nein. Sie haben mich nie gefragt. Aber ich glaube, sie haben einen Verdacht, dass es Fathi war. Das Verhältnis zwischen meinem Vater und ihm hat sich nach dem Vorfall stark verschlechtert. Sie haben kaum noch miteinander geredet.«

»Warum hast du es der Polizei nicht erzählt?«

»Mit deutschen Wurzeln ist es vermutlich schwer zu verstehen, aber in unserer Kultur haben Tradition und Ehre einen hohen Stellenwert, wenn nicht sogar den höchsten. Eine Lesbe hat da keinen Platz. Ich habe die Ehre meiner Familie verletzt. Ich habe mein Gesicht verloren.« Marc lief angesichts des ungewollten Wortspiels ein kalter Schauer über den Rücken. »Mein Bruder hat etwas Schreckliches getan, und ich werde es ihm nie verzeihen, aber er liebte mich. Und er wollte meine Familie schützen. Wäre rausgekommen, dass ich eine deutsche Frau liebe, wäre meine Familie unter starken Druck geraten. Schlimmstenfalls hätte die Gemeinschaft sie ausgeschlossen. Und ich hätte mich entscheiden müssen. Zu meiner Homosexualität zu stehen und Leid über alle zu bringen, die ich liebe, oder mich zu fügen und einen Mann zu heiraten, um alle Zweifler zum Verstummen zu bringen. Ich entschied mich daher, meine Liebe geheim zu halten und die Stadt zu verlassen. Ich lebe hier glücklich mit meiner Freundin zusammen. Sie hat das Jahr während meiner Genesung auf mich gewartet und akzeptiert, dass wir nur hinter verschlossenen Türen zu uns stehen können.«

Marc war gefesselt von Elifs Geschichte, wenngleich ihm klar war, dass er sie niemals veröffentlichen durfte. Er war beeindruckt von ihrer Stärke, Verständnis aufzubringen für den Mann, der ihr das angetan hatte.

»Angenommen, an meiner Theorie wäre was dran. Hast

du eine Idee, wer sich an deiner Stelle an ihm gerächt haben könnte?«

Elif überlegte. »Nein. Nur wenige kennen meine Geschichte. Meine beiden Brüder, ein paar meiner Ärzte, meine Freundin. Was ich an deiner Theorie nur nicht verstehe, warum sollte jemand ein Jahr damit warten, mich zu rächen?«

Daran hatte Marc auch schon gedacht. Der lange Verzug machte keinen Sinn. »Ich weiß es nicht, aber ich halte dich auf dem Laufenden.«

Marc bezahlte am Tresen die Kölsch und das Essen und verließ nachdenklich das Brauhaus. Auf dem Weg zur Bahn wählte er Brits Nummer.

Eigentlich wollte er sich mit Brit in der Redaktion treffen, aber an ihrem freien Tag hatte sie keine Lust, Jens über den Weg zu laufen. Lange musste Marc sie nicht überreden, bis sie zustimmte, sich bei ihm zu treffen. Gern wäre er früher in seiner Wohnung am Barbarossaplatz gewesen, um etwas aufzuräumen, aber wegen einer Weichenstörung auf der Strecke von Horrem nach Köln war er spät dran. Brit wartete bereits vor seinem Haus.

»Danke, dass du gekommen bist«, begrüßte er sie.

»Du hast ja auch so getan, als würde Leben und Tod davon abhängen.«

»Das tut es vielleicht auch.«

Als Marc die Tür seiner Wohnung aufschloss, stieß ihm eine Mischung aus Heizungsluft und Müllgestank entgegen. Er hatte das Wochenende bei Stella verbracht und vergessen, den Müll wegzubringen, der in dem Wäschekorb sein Aroma entfalten konnte.

Ihm war das unendlich peinlich, doch das Schlimmste hatte er vergessen.

»Wow. Bist du sicher, dass das deine Wohnung ist und kein Tatort?«

Auf dem Boden der kleinen Wohnung lag immer noch der

ausgedruckte Keiler in Lebensgröße, auf dem Tisch, wild übereinander verteilt, Tatortfotos und Unterlagen.

»Du bist aber kein Psycho, der mich unter einem Vorwand in seine Wohnung lockt, um mich dann in kleine Scheiben zu schneiden?«

Marc bemerkte, dass es weniger ein Witz seiner Kollegin war als eine ernsthafte Sorge.

»Ich stecke mitten in der Graffiti-Killer-Story und brauche deine Hilfe«, sagte Marc.

»Ja, das sehe ich.« Sie musterte den nackten Keiler. Entschlossen stellte sie ihr Notebook auf den wackligen Küchentisch. »Okay, du machst das Fenster auf und bringst den Müll raus, und ich schmeiße meinen Laptop an.«

Mit einer frisch aufgeschütteten Tasse Kaffee setzten sich die beiden um den kleinen Tisch. Draußen wurde es langsam dunkel. Marc hatte den Stammtisch mit Maus abgesagt. Der Mörder könnte bald wieder zuschlagen. Er durfte keine Zeit verlieren.

»Wir haben drei Morde. Keiler, Dabrowski, Kaya.« Drei Fotos lagen vor den beiden auf dem Tisch. »Ich bin davon überzeugt, dass Fathi Kaya ermordet wurde, weil er seine Schwester verstümmelt hat. Nach allem, was wir wissen, wurden Dabrowski und Keiler vom selben Mörder umgebracht«, resümierte Marc.

»Das heißt, wir müssen rausfinden, warum jemand einen Grund haben sollte, sich an Keiler und Dabrowski zu rächen. Wir suchen also nach Leuten, die unter den Mordopfern gelitten haben«, ergänzte Brit und dachte kurz nach. »Ich habe da eine Idee«, sagte sie und tippte einen Kontakt in ihrem Handy an.

»Hi, Brit hier. Wie geht's? Pass auf, es geht noch mal um Keiler. Kannst du mal bitte die Krankenhausakten von den Keiler-Kindern und Lisa Keiler checken? Irgendwas, das auf häusliche Gewalt hindeutet?« Wenige Sekunden später legte sie auf.

Marc schaute Brit mit offenem Mund an. »Wer war das denn?«

»Ein Kontakt.«

»Und der besorgt die Krankenhausakten? Was bezahlst du ihm für solche Informationen?«

»Nichts. Ist ein Freund.«

Es lag außerhalb von Marcs Vorstellungskraft, dass eine Quelle einfach Informationen preisgab, sich damit sogar strafbar machte, ohne dafür eine Gegenleistung zu verlangen.

»Hast du viele solcher Freunde?«

»Ein paar«, grinste sie, während sie Marcs neidvolle Blicke auskostete.

Einige Minuten später klingelte Brits Handy. Auf dem Display stand der Name »Hutch«. Marc schaute sie fragend an.

»Ich rüste meine Quellen mit Wegwerfhandys aus und gebe ihnen Decknamen«, sagte sie und nahm den Anruf an. »Das ging ja schnell. Aha … okay. Schickst du mir das verschlüsselt zu? Danke. Lass uns bald mal wieder brunchen gehen. Ich lade dich ein. Super. Tschüss.«

Die Spannung in der Luft war zum Schneiden. »Und, was hast du?«, fragte Marc ungeduldig.

»Die Keiler-Kinder wurden wiederholt ins Krankenhaus eingeliefert.«

»Was wurde ihnen angetan?«

»Würgemale, Einblutungen am Hals, Kehlkopfverletzungen.«

Marc schaute die Leiche auf seinem Fußboden an. Mit einem Mal sah er den Toten mit anderen Augen. Das Opfer Keiler wurde zum Täter Keiler.

»Er hat seine Kinder gewürgt. Das erklärt auch, warum sie so verkorkst sind.«

Brit öffnete die verschlüsselte Datei, die sie von Hutch erhalten hatte, und begann sie querzulesen. »Das Jugendamt war wohl mehrfach im Krankenhaus, aber Lisa Keiler konnte alle davon überzeugen, dass die Jungs sich das gegenseitig angetan haben. Sie wurden in Therapie geschickt, aber den Vater hat keiner belangt.«

»Das hat dann erst unser Racheengel in die Hand genommen. Er hat Keiler die Luft abgeschnürt, so wie er es bei seinen Kindern gemacht hat«, sagte Marc mit einem Kloß im Hals. »Dennoch fehlt uns die Verbindung zwischen den Morden.«

»Wir müssen rausfinden, was Nicole Dabrowski getan hat. Das führt uns zum Mörder«, sagte Brit und tippte wieder in ihrem Handy herum.

# 41

Marc hatte noch bis tief in die Nacht mit Brit recherchiert. Er war hundemüde, aber der Redaktionsschluss für das Magazin nahte. Und so schleppte er sich am nächsten Morgen früh in die Redaktion. Jens war bereits nervös, was Marc an den unzähligen Anrufen in Abwesenheit ablesen konnte, die er ignoriert hatte.

Über die Jahre hatte er gelernt, dass es keinen Sinn machte, Jens mit halbgaren Geschichten am Telefon zu füttern. Meistens führte das nur zu Aktionismus bei seinem Freund. Und bei dieser Story war es wichtig, jede Veröffentlichung genau zu planen. Auch für den heutigen Tag hatte Marc sich eine Strategie zurechtgelegt. Er wollte Jens einen Leitartikel vorlegen, in dem er die häusliche Gewalt der Familie Keiler aufdeckte und den Zusammenhang zwischen den Würgemalen der Kinder und Keilers Tod durch Strangulation herstellte. Familie Kaya wollte er aus der Geschichte raushalten. Sie hatte schon genug durchmachen müssen. Fathis Verwicklung in den Säureangriff und Elifs Homosexualität würden vermutlich noch früh genug aufgedeckt werden. Marc wollte aber nicht derjenige sein, der die Familiengeheimnisse veröffentlichte.

Kaum hatte Marc die Redaktion betreten, wurde er bereits von Jens abgefangen.

»Schicker Schnitt. Du hattest also Zeit, zum Friseur zu gehen, aber mich zurückzurufen war nicht drin?«, fragte Jens eingeschnappt, während Marc sich durch die von Elif frisch geschnittenen Haare fuhr.

»Entspann dich. Ich habe was, das dir gefallen wird.«

Jens setzte sich hinter seinen Schreibtisch und hörte seinem Chefreporter aufmerksam zu.

»Ein Racheengel also. Das gefällt mir. Damit machen wir auf. Im Fokus stehen Keiler und seine gewürgten Kinder. In einem

Nebenartikel pinkeln wir noch dem Jugendamt ans Bein, weil es die Jungs nicht geschützt hat. Die Säure-Tante kannst du nur am Rande erwähnen. Du hast schon recht, die hat schon genug Kacke am Bein. Die Spekulationen über Fathis Verwicklungen in den Fall können erst mal andere übernehmen, wir greifen das später auf.«

Erleichtert verließ Marc das Büro. Er hatte Elifs Homosexualität verschwiegen und war froh, dass nicht Elif, sondern Keiler es war, der am Ende des kommenden Tages auf der News-Agenda stehen würde.

Marc hasste es, mit dem Fahrrad über die Rheinbrücken zu radeln. So verregnet der gestrige Tag war, so sehr schien an diesem Tag die Sonne, als wollte sie sich für den miesen Vortag entschuldigen. Auf den steilen Wegen hinauf auf die Brücken um Köln wurde Marc immer besonders deutlich, in welch miserabler Kondition er war. Zwar rauchte und trank er seit ein paar Tagen deutlich weniger als noch vor drei Wochen, aber sein Körper gab ihm zu verstehen, dass es immer noch zu viel war. Am Ende der Brücke nutzte er eine rote Ampel, um wieder zu Atem zu kommen. Er hatte schon häufiger überlegt, sich ein Auto zuzulegen. Allein schon, um bei der Recherche schneller zu werden, aber die wenigen Radfahrten waren seine einzige sportliche Aktivität. Ohne das Rad wäre er bei seinem Lebensstil vermutlich in kürzester Zeit an einem Herzinfarkt verstorben.

Die Deutz-Kalker Straße gehörte für ihn zu einer der bemerkenswertesten Straßen von Köln, denn sie verband das aufstrebende und immer mehr aufblühende Deutz mit dem von Problemen gebeutelten Kalk.

Kurz vor den Köln Arcaden, einem Einkaufszentrum, das dem Stadtviertel ein wenig Flair verlieh, bog Marc links ab. Das Polizeipräsidium erstreckte sich über mehrere Gebäudeteile. Der Mix aus Glaselementen und Zweckbau ließ nicht zwingend erahnen, dass es sich um eine Polizeiwache handelte. Ebenso hätte ein Bankunternehmen oder eine Versicherung hier ansässig sein können.

Der Vorplatz des Gebäudes lud nicht zum Verweilen ein. Dennoch hatte Degner vorgeschlagen, sich hier zu treffen. Marc hatte vorgeschlagen, ihn im Präsidium zu besuchen, aber der Kommissar hatte am Telefon kein großes Interesse signalisiert, einen stadtbekannten Reporter zu einem Kaffee in sein Büro einzuladen. Stattdessen stand Degner schon mit zwei Kaffeebechern auf dem Vorplatz und wartete auf Marc.

»Haben Sie das Rad geschoben, oder warum hat das so lange gedauert?«

Marc hätte was entgegnet, wenn er genügend Luft zur Verfügung gehabt hätte. Kurzatmig stellte er das Rad neben Degner ab und nahm den Kaffee, obwohl ihm nach der Fahrt ein kühles Radler lieber gewesen wäre.

»Danke, dass Sie sich Zeit für mich nehmen.« Marc schnappte nach Luft und zog einen Stapel Unterlagen aus seiner Umhängetasche. »Stellen Sie keine Fragen, woher ich das habe, aber die Unterlagen zeigen, dass Keiler seine Söhne misshandelt hat. Zudem weiß ich aus sicherer Quelle, dass Fathi Kaya in die Säureattacke auf seine Schwester verwickelt war. Wir haben es mit einem Racheengel zu tun, der sich für wehrlose Opfer von Gewaltdelikten einsetzt. Morgen wird ein Artikel dazu in der Excrime erscheinen.«

Degner verarbeitete das Gehörte. »Wir haben im Umfeld der Kinder ermittelt, weil wir sie als potenzielle Mörder ihres Vaters im Visier hatten. Den Verdacht der häuslichen Gewalt hatten wir auch, aber auf Ihre Theorie sind wir nicht gekommen.« Degner ärgerte sich sichtlich darüber. »Dass Fathi es war, der Elif Kaya mit Säure übergossen hat, wissen wir seit einem Jahr. Wir konnten es ihm nur nicht nachweisen«, ergänzte er.

»In den Unterlagen finden Sie auch einen Vorabdruck des Artikels, der ab morgen im Kiosk zu finden sein wird«, sagte Marc.

Degner überflog den Artikel und gab Marc zum Abschied eine flüchtige Umarmung, die ihn mehr als irritierte. Der Kommissar war bei Weitem nicht der Typ für Umarmungen. Marc verabschiedete sich und versuchte, nicht so konsterniert zu schauen, wie er war. Der Fall setzt wohl allen zu, dachte er und radelte zurück in die Stadt.

Insgesamt war Marc zufrieden mit dem Tag. Jens hatte seine Titelgeschichte, und die Kooperation mit Kommissar Degner hatte sich eingespielt. Er hatte eine Auszeit verdient und verabredete sich spontan mit Stella. Als er mit dem Rad nach Ehrenfeld fuhr, dachte er darüber nach, dass er sie erst seit gut einer Woche kannte und wie nah sie ihm schon war. Sein Leben hatte sich in rasantem Tempo verändert. Vor einem Monat schien seine Situation noch aussichtslos, er hatte nicht gewusst, wie er seine Miete bezahlen sollte, und konnte nur darüber nachdenken, wie er die Beziehung zu Paula versaut hatte. Doch dann traten die Excrime und Stella in sein Leben und hatten alles verändert.

Eigentlich hätte er allen Grund zur Freude gehabt, aber eine böse Vorahnung machte sich in ihm breit. War er zu leichtfertig mit der Story umgegangen? Degner hatte ihn bereits mehrfach ermahnt, doch er hatte es als nett gemeinte Sprüche abgetan. Wenn seine Theorie wirklich stimmte, lief ein Serienkiller frei herum, der mit ansehen musste, wie ihm ein Reporter immer näher kam. Warum sollte er dieses Risiko eingehen, den Reporter am Leben lassen? Skrupel, einen weiteren Menschen umzubringen, hätte er bestimmt nicht, dachte Marc, ohne zu ahnen, wie berechtigt seine Sorgen waren.

Wenige Minuten später betrat er das »meer sehen« in der Ehrenfelder Philippstraße. Marc hatte schon oft von dem Laden gehört, war aber noch nie hier gewesen. Stella hatte vorgeschlagen, sich hier zu treffen.

Schon am Eingang ließ sich erahnen, dass es sich bei dem Lokal um etwas Besonderes handelte. Hinter dem schlauchartigen Eingang mit Bar eröffnete sich ein größerer Raum. Von Weitem war eine große Leinwand zu sehen, auf die gerade eine Meeresschildkröte projiziert wurde, die anmutig durch das Wasser schwebte. Das Blau der Leinwand vermischt mit den bunten Wandfarben und dem dezenten Einsatz von Licht gab dem Raum etwas Mystisches.

Aus dem Blau des Raumes strahlten Marc Stellas nicht weniger blaue Augen an. Er hatte sie erst gar nicht wahrgenommen, da sie versteckt in einem Strandkorb direkt gegenüber der Leinwand saß. Sein Herz machte einen Sprung, als er sie entdeckte. Er setzte sich zu ihr und gab ihr einen Kuss.

»Jetzt verstehe ich, warum jeder von dem Laden spricht.«

»Ich habe uns schon eine Flasche Wein und ein paar Tapas bestellt, ich hoffe, das ist okay.«

»Du kannst Gedanken lesen«, sagte er und ließ sich in den Strandkorb fallen. Als er die Wärme von Stellas Körper an seinem spürte, begann er langsam zu entspannen.

»Schwerer Tag?«, fragte sie. Marc nickte erschöpft. »Hat es was mit Keiler, Dabrowski und Kaya zu tun?«

»Du verfolgst meine Arbeit, ich fühle mich geschmeichelt.«

»Natürlich, ich will doch wissen, was du machst, wenn du mal wieder fluchtartig meine Wohnung verlässt.«

Marc lachte auf und nahm einen Schluck von dem Wein, den die freundliche Bedienung den beiden hingestellt hatte.

»Darf ich dich noch mal um deine Einschätzung bitten?«

»Als Informantin?«, sagte sie mit einem gespielt verschwörerischen Gesichtsausdruck.

»Sozusagen. Hattest du in deiner Arbeit als Psychologin schon mal mit Racheengeln zu tun?«

Stella überlegte kurz. »Das kommt drauf an, was du mit Racheengel meinst. Rache ist so alt wie die Menschheit selbst. Es gibt Theorien, dass darauf sogar die Grundordnung der Gesellschaft beruhte, bevor die ersten Rechtssysteme geschaffen wurden.«

»So wie bei ›Auge um Auge, Zahn um Zahn‹?«

»Ja, so ungefähr«, stimmte Stella zu. »Bei der Bibelstelle geht es um nichts anderes als Vergeltung. Das Opfer soll dem Täter das antun, was er ihm angetan hat. Ganze Gesellschaften haben sich und ihre Taten durch Vergeltung oder Rache reguliert. Hat einer einem Menschen oder einer Sippe Leid zugefügt, erfolgte eine ähnliche Handlung, um das Leid auszugleichen. Den Begriff Racheengel mag ich in dem Zusammenhang nicht, weil er zu unspezifisch ist. Für Rache kann es viele Gründe geben. Selbstjustiz, um ein Leid, das man selbst erfahren hat, zurückzuzahlen. Lynchjustiz, wenn sich ein rachsüchtiger Mob zusammenfindet. In gescheiterten Beziehungen kann Rache zu Rosenkriegen führen, unter denen dann vor allem die Kinder leiden. Rache gehört zur menschlichen Kultur dazu. Hast du ›Der Graf von Monte Christo‹ oder ›Hamlet‹ gelesen?«

Marc nickte. »Der eine rächt sich dafür, dass er Jahre zu Unrecht in Gefangenschaft war, der andere für den Tod seines Vaters.«

»Richtig. Oder ›Moby Dick‹. Da geht es im Kern darum, dass Kapitän Ahab sich an dem Wal rächen will, der ihm sein Bein genommen hat. Was wiederum die Frage aufwirft, ob es überhaupt möglich ist, sich an einem Tier zu rächen, da einem Tier der Vorsatz zur Tat fehlt.«

Marc überlegte. »In meinem Fall wäre der Racheengel so etwas wie ein Stellvertreter. Jemand, der Leute umbringt, um für andere Menschen Gerechtigkeit herzustellen.«

»Das ist eine sehr drastische Form von Rache, aber durchaus denkbar. Das setzt voraus, dass der Racheengel eine gewisse Legitimation hat.«

»Eine Legitimation zu töten?«

»Keine rechtsstaatliche Legitimität. Eine selbst erteilte. Nehmen wir Graf von Stauffenberg. Er hat versucht, Hitler zu töten. Er hat sich die Legitimität erteilt, einen Mord zu begehen. Vermutlich hätte die Geschichte ihn zum Helden erklärt, wäre er erfolgreich gewesen. Mord kann auch gute Absichten verfolgen, so verrückt es klingen mag.«

»Bezogen auf meinen Fall würde das bedeuten, dass der Täter sich im Recht fühlt. Er glaubt, mit dem Mord das Richtige zu tun.«

»Wenn Keiler, Dabrowski und Kaya in seinen Augen den Tod verdient haben, dann ja. Hast du denn schon eine Spur?«

»Davon kannst du ausgehen. Morgen früh hole ich die Excrime am Kiosk, dann kannst du es selbst lesen.«

Stella schaute ihn nachdenklich an. »Pass bitte auf dich auf.«

## 42

Ein stechender Schmerz zog durch Marcs Kopf. Die Schmerzen waren kaum auszuhalten. Nach der Flasche Wein im Restaurant hatten Stella und er noch eine zweite in ihrer Wohnung getrunken. Durch den Kater, den er verspürte, fühlte er sich wieder in alte Studienzeiten zurückversetzt, als er noch nicht wusste, wo sein Limit war, und am nächsten Morgen dafür bitter bestraft wurde. Der Kopfschmerz wich einer schrecklichen Kälte, die Marc in sich verspürte. Sein Körper zitterte. Noch benommen von der Nacht wollte er nach einer Decke tasten, um sich zu wärmen, doch seine Hände gehorchten ihm nicht. Langsam öffnete er die Augen. Erst jetzt begriff er, dass etwas nicht stimmte. Er sah leicht verschwommen, seine Augen fühlten sich geschwollen und klebrig an, dennoch erkannte er sofort, dass die Zimmerdecke über ihm nicht die von Stellas Wohnung war. Fassungslos starrte er an die feuchte Betonwand über ihm. Wie ein gleißendes Feuer breitete sich Panik in ihm aus. Wo war er, und wie war er hierhergekommen?

Seine Augenlider fühlten sich schwer an, aber er wusste, dass er jetzt nicht einschlafen durfte. Er ließ seinen Blick schweifen. Die Fabrikhalle, in der er sich befand, war Jahre, wenn nicht Jahrzehnte nicht mehr in Gebrauch gewesen. Außer ein paar alten Maschinen in den Ecken des großen Gebäudes und dem Staubteppich auf dem nackten Boden war nicht viel zu sehen. Ein modriger und eisenhaltiger Geruch lag in der Luft. Die Aprilsonne schien gehässig durch eines der hohen Fenster.

Je mehr er zu Bewusstsein kam, desto schlimmer wurden seine Schmerzen. Vor allem sein Rücken brannte wie Feuer. Doch war es keine Hitze, die er verspürte. Es war die erbarmungslose Kälte, die von der Stahlpritsche, auf der er lag, in seinen nackten Körper kroch. In dem Moment erst realisierte Marc, dass man ihm seine Kleidung genommen hatte. Erkenntnis traf ihn mit voller Härte. Seit dem Treffen mit Degner hatte er sich gefragt, wer wohl das nächste Opfer des Racheengels werden würde. Welche bizarre Todesart, welchen unsäglichen Ort er sich aussuchen würde. Bei der Suche nach dem Killer hatte er dabei aus den Augen verloren, dass auch er durch seine Berichterstattung auf der Liste des Mörders stehen musste.

Wie ein Blitz durchschoss ihn ein Gedanke. Stella! Marc hatte bei ihr übernachtet. Wenn der Killer ihn entführt hatte, was hatte er Stella angetan? Er nahm alle Kraft zusammen, um seinen trägen Körper zu bewegen. Der Killer musste ihn unter Drogen gesetzt haben. Er zählte leise bis drei, dann spannte er seine Bauchmuskeln an. Ruckartig schnellte er nach oben, in der Hoffnung, in eine sitzende Position zu kommen und mehr Einblick in den Raum zu erlangen. Um Stella suchen zu können. Doch sein Plan wurde jäh vereitelt, als sein Oberkörper mit voller Wucht nach hinten gezogen wurde und sein Kopf brachial auf der Stahlpritsche aufschlug. Ein donnerndes Geräusch verbreitete sich von der Pritsche aus in der gesamten Fabrikhalle und hallte wie ein Bumerang zurück.

Benommen vom Aufschlag schaute Marc an sich herab und bemerkte die Lederriemen, die seine Hand- und Fußgelenke an die Pritsche fesselten. Sie schnitten tief in sein Fleisch ein. Das Blut rann ihm die Arme und Beine entlang. Neue Panik wollte sich entfachen, aber er befahl sich, ruhig zu bleiben. Er legte seinen Kopf vorsichtig ab und begann laut zu atmen. Ein und aus. Ein und aus. Die Atmung stotterte angesichts der Kälte und des Adrenalins, aber es wirkte. Langsam beruhigte er sich und begann, wieder klare Gedanken zu fassen.

Sein nächster Atemzug war besonders tief. Aus voller Lunge schrie er in die Halle: »Stella!«

Kaum ein Ton war zu hören. Immer noch hatte die Droge Kontrolle über ihn. Eine Träne der Verzweiflung und Wut rann über seine Wange. Wieder holte er tief Luft. Er durfte nicht aufgeben. »STELLA!«

Diesmal war es lauter. Das Echo der Fabrikhalle wirkte als

Verstärker. Doch es kam keine Antwort. Niemals würde er es sich verzeihen, wenn ihr etwas passiert war. Er durfte nicht aufgeben.

»STELLA!«

Auch wenn seine Lage aussichtslos war, verspürte er nichts weiter als Erleichterung und Freude, als er ihre dünne Stimme hörte. Sie kam aus einem angrenzenden Raum, der von der großen Fabrikhalle abging.

»MARC! Gott sei Dank. Du lebst! Wo sind wir hier?«

»Ich weiß es nicht. Geht es dir gut?«

»Es ist so dunkel hier und so kalt. Er hat mich …« Ihre Stimme brach, sie begann zu weinen. »Er hat mich ausgezogen.«

Nun kämpfte auch Marc mit den Tränen. Er hoffte, dass der Täter sich nicht an ihr vergriffen hatte. Doch noch viel schlimmer als der Gedanke, was er ihr angetan hatte, war der Gedanke daran, dass sie bald sterben würden.

»Kannst du herkommen, Stella?«

»Er hat mich in einen Stahlkäfig gesteckt.«

Marcs Wut steigerte sich ins Unermessliche. »Ich liebe dich, wir schaffen das«, rief er ihr zu, wobei er selbst nicht daran glaubte. Sein Leben endete an diesem Tag. Daran bestand für ihn kein Zweifel. Mit dieser Gewissheit breitete sich Entspannung in seinem Körper aus. Die Droge übernahm wieder die Kontrolle. Er akzeptierte es. Ein warmes, wohliges Gefühl umgab ihn. Seine Augenlider wurden schwer. Ein leises »Stella« entwich seinen Lippen, bevor ihn die Ohnmacht abermals überkam.

## 43

Wie ein Ertrinkender, der nach seinem Todeskampf in den Fluten erstmals Sauerstoff in seine Lungen ziehen kann, erwachte Marc und schnappte laut hörbar nach Luft. Erst dachte er, er habe einen Alptraum gehabt, doch die Verbände an seinen Handgelenken holten ihn in die Realität zurück. Er wusste nicht, wie lange er weggetreten war. Doch sein Verstand war wieder bei ihm. Er war in einem Krankenhauszimmer. Die Tür öffnete sich, und ein großer Mann in schwarzem Anzug trat in den Raum. Degner.

»Da haben Sie uns aber einen schönen Schreck eingejagt, Marc.« Es war das erste Mal, dass der Kommissar ihn beim Vornamen nannte.

»Was ist passiert? Wie bin ich hierhergekommen?«, fragte Marc.

Degner setzte sich an sein Krankenbett und klappte sein Notizbuch auf. »Nach allem, was wir bisher wissen, wurden Sie und Dr. Winter diese Nacht entführt. Jemand ist in ihre Wohnung eingedrungen. Wir haben bei Ihnen beiden Einstichspuren entdeckt, weshalb wir davon ausgehen, dass Sie unter Drogen gesetzt wurden.«

Marc fasste sich an den Hals. Die Einstichstelle war deutlich zu spüren.

»Leider konnten die Ärzte bisher keine Rückstände nachweisen, weshalb wir nicht wissen, was man Ihnen gegeben hat. Da es keine Zeugen gibt, gehen wir davon aus, dass der Täter Sie durch die Tiefgarage aus dem Gebäude geschafft hat, um Sie dann ins Bergische zu bringen.«

»Dieselbe Halle wie bei Dabrowski?«

Degner schüttelte den Kopf. »Nein, aber in der Nähe.«

Marc schaute den Kommissar verwirrt an. Sein Kopf war noch etwas träge. »Wie haben Sie uns gefunden?«

»Wir haben Sie überwacht. Mir war klar, dass der Mörder versuchen könnte, sich Ihrer zu entledigen, darum habe ich Ihnen einen Peilsender verpasst.«

Marc erinnerte sich an die unbeholfene Umarmung am Vorabend. Es war keine Freundschaftsbekundung gewesen, Degner hatte ihm einen GPS-Tracker zugesteckt.

»Als wir gesehen haben, dass Ihr Signal aus einer Fabrikhalle im Bergischen kam, haben wir uns auf den Weg gemacht.«

»Aber ich war doch nackt. Hat der Mörder meine Kleidung nicht mitgenommen?«

»Nein. Sie lag noch am Tatort. Vermutlich wollte er sie erst nach getaner Arbeit entsorgen.«

»Wie geht es Stella?«

»Körperlich gut, sie ist aber noch etwas durcheinander«, sagte Degner mitfühlend.

»Kann ich zu ihr?«

»Sofort. Aber da ist noch was.« Der Tonfall in der Stimme des Kommissars änderte sich. »Neben Ihrer Kleidung haben wir am Tatort noch etwas gefunden.«

Er griff in seine Jackentasche und holte ein Foto hervor, das auf dem Fabrikgelände aufgenommen worden war. Es zeigte einen offenen Werkzeugkoffer. Neben einem Akkubohrer, Skalpellen und Zangen in mehreren Größen lag ein Seil, dessen Ende zu einem Strick gebunden war.

»Ich verstehe nicht«, sagte Marc.

»Mein erster Gedanke war, dass der Mörder Sie ausgewählt hat, weil Sie mit Ihrer Berichterstattung zu nah an ihm dran sind und er Angst hat, Sie könnten ihn entlarven.«

Marc nickte zustimmend.

»Ich glaube aber, dass es einen anderen Grund gibt, warum der Täter Sie ausgewählt hat. Josef Keiler hat seine Kinder gewürgt und wurde erdrosselt, Fathi Kaya hat seine Schwester verätzt und wurde mit Säure zu Tode gequält.«

Mit einem Mal wurde Marc klar, worauf der Kommissar hinauswollte. Er starrte den Strick auf dem Foto an.

»Und wegen mir hat sich Malte Knorr erhängt. Der Killer wollte mich aufhängen, um Malte Knorrs Tod zu rächen.«

Degner nickte. »Wir haben Spuren von Verätzungen in der Fabrikhalle gefunden. Vermutlich wurde Fathi Kaya am selben Ort ermordet und danach in der Schwulenbar abgelegt. Für Sie hatte der Mörder sicher auch einen angemessen Ablageort im Kopf gehabt.«

»Aber wie konnte das alles passieren? Wir waren doch in Stellas Wohnung. Wie konnte der Entführer unbemerkt reinkommen?«, wollte Marc wissen.

»Ich würde Ihnen gern Antworten geben, aber bisher haben wir keine Spuren gefunden. Nichts weist auf den Täter hin oder darauf, wie er reingekommen sein könnte. Er ging beim Einbruch genauso professionell vor wie bei seinen Morden«, sagte der Kommissar, bevor er sich erhob und das Krankenzimmer verließ.

Marcs Gedanken rasten. In den Augen des Killers hatte er den Tod genauso verdient wie vor ihm schon Keiler und Kaya. Und je länger er darüber nachdachte, desto mehr Sinn machte es. Er hatte Schuld an dem Tod eines Jugendlichen, und abgesehen von den privaten Folgen seiner Tat war er niemals bestraft worden. Er passte optimal ins Beuteschema des Racheengels.

Und das Schlimmste war, dass er Stella in all das mit hineingezogen hatte.

Als hätte sie seine Gedanken gelesen, bewegte sich die Türklinke, und Stella steckte den Kopf rein. Ein erleichtertes Grinsen breitete sich auf ihrem Gesicht aus, als sie Marc sah. Sie kam rein und setzte sich auf seine Bettkante. Er nahm ihre Hand und zog sie zu sich. Beide weinten und küssten sich. Ab jetzt würde sich alles ändern.

# 44

Ein paar Tage waren vergangen, seitdem Marc und Stella sich erleichtert in die Arme hatten schließen können. Er saß auf Stellas Couch und blätterte in der neuen Excrime, die heute erschienen war. Marc hatte zu der aktuellen Ausgabe nichts beigetragen. Seit er das Krankenhaus verlassen hatte, hatte er sein Handy ausgeschaltet. Vermutlich hatte Jens zwischenzeitlich die gesamte Mailbox vollgesprochen. Doch er brauchte Abstand. Nicht nur, weil sein Beruf die Frau in Gefahr gebracht hatte, die er liebte, sondern auch, weil ihm klar war, dass Jens und diverse Medien versessen auf einen O-Ton von ihm waren. Die Geschichte war zu gut. Der Reporter, der den Mörder jagt, wird selbst zum Gejagten. Jeder in der Branche hätte dazu gern ein exklusives Interview mit Marc gehabt. Jens war da, trotz ihrer Freundschaft, keine Ausnahme. Doch Marc hatte keine Kraft dafür. Es fühlte sich an, als wäre das letzte Jahr gar nicht passiert. Der Tod von Malte Knorr hatte ihn in einem schwindelerregenden Strudel wieder in die Tiefe gesogen.

Nur diesmal war die Situation anders als damals. Er hatte Stella. Sie war einverstanden, dass er bei ihr einzog. Er hatte eine Sporttasche mit Kleidung aus seiner Wohnung geholt und dann alles zurückgelassen – die Wohnung, den lebensgroßen Ausdruck von Keiler, sein altes Leben. Da kaum jemand von ihm und Stella wusste, war er hier sicher vor der medialen Hölle, die um den Graffiti-Killer, wie ihn die Medien immer noch nannten, ausgebrochen war. Marc hatte nicht nur sein Handy ausgeschaltet, sondern auch das Internet komplett gemieden. Er wollte nicht wissen, was in Verbindung mit seinem Namen vor sich ging. Aber als er am Morgen am Kiosk die Excrime sah, war er doch neugierig geworden. Zumal sein eigenes Gesicht ihn auf dem Titelbild anschaute. Es war das Foto seines Mitarbeiterausweises. Darunter in fetter Typografie: »Gejagt – Der Journalist, der zu viel wusste«.

Marc fand die Headline selten dämlich. Er blätterte zu dem Leitartikel durch. Jens hatte Kili, dem Redaktions-Greenhorn, eine Chance gegeben. In dramatischer Weise schrieb sein junger Kollege über die Geschehnisse im Bergischen und die Verbindung zum Graffiti-Killer, den er zu Marcs Ärger auch mehrfach so nannte. Dazu aufgewärmt nochmals alle Erkenntnisse zu den bisherigen Morden. Der Newsgehalt war mehr als fragwürdig. In einer kleinen Box wurde der Artikel durch einen kurzen Beitrag von Jens unterbrochen. Darin beschrieb er Marc als einen seiner treusten Mitarbeiter, der die Ideale der Excrime stets vertreten hatte. Es las sich wie ein Nachruf. So geschmacklos Marc es auch fand, dass sein Freund sein Schicksal so ausschlachtete, war er erleichtert, dass Stella mit keinem Wort erwähnt wurde. Jens hatte sie aus der Sache rausgelassen, und dafür war er ihm dankbar.

Auch Malte Knorr wurde mit keinem Wort erwähnt. Sein junger Kollege hatte die Verbindung nicht hergestellt. Stattdessen spekulierte er im Artikel wild darüber, dass die Excrime dem Mörder so nahe gekommen sei, dass er nur einen Ausweg kannte: den Tod des eifrigen Journalisten.

Marc war schlecht. Er warf die Excrime auf den Couchtisch. Kili war ihm von Anfang an nicht geheuer gewesen. Jetzt wusste er auch, warum. Er war ein mieser Journalist. Einer von denen, die schon immer »was mit Medien« machen wollten. Einer von denen, die auf einer Hochschule ein paar Semester lang gesagt bekamen, was ein Journalist tut, nicht aber, wie man selbst einer wird. Einer von denen, die alles über die Medienlandschaft und Social Media wussten, aber keine Ahnung vom Handwerkszeug eines Journalisten hatten.

Kopfschüttelnd stand er auf und ging zum Fenster. In dem eh schon viel zu schmalen Innenhof vor Stellas Haus parkte ein Polizeiauto. Degner hatte darauf bestanden. Er war sich sicher, dass der Mörder es noch mal versuchen würde. Marc hatte zwar gesagt, dass er die Maßnahme lächerlich fand, aber er war froh über den Polizeischutz. Die Entführung war nicht spurlos an ihm vorbeigegangen. Fast jede Nacht quälte ihn seitdem derselbe Traum.

Im Traum erwacht er mit dröhnenden Ohren in der Fabrikhalle, in der er gefangen gehalten wurde. Anders als in der Realität ist Marc angezogen, er liegt auf dem Betonboden der Halle und hört ein rhythmisches metallisches Geräusch. Aus dem Augenwinkel erblickt er eine dunkle Gestalt, die sich ihm nähert. Der Entführer. Mit jedem Schritt, den er auf ihn zumacht, wird das metallische Geräusch lauter und heftiger, bis sich ein bedrohlicher und voluminöser Schatten über Marc ausbreitet. Gefühlte Minuten verrinnen bei dem Versuch, einen Blick auf das Gesicht des Mannes zu werfen. Nur Konturen und Schemen sind zu erahnen. Das laute Scheppern endet abrupt und hinterlässt nur ein Echo in der Fabrikhalle. Erholsame Sekunden der Stille beginnen, die einem immer lauter werdenden Rauschen weichen. Der Entführer entfernt sich langsam. Marc ruft ihm irgendetwas hinterher, doch es ist nicht zu hören, da das Rauschen in Marcs Ohren immer heftiger wird. Erst jetzt bemerkt er die Quelle des Rauschens, Wasserströme umschließen seinen Körper. Seine Kleidung saugt sich voll, dann füllen sich seine Ohren. Der Entführer dreht sich nochmals zu ihm um, so als wolle er sichergehen, dass Marcs Ende besiegelt ist. Dann endlich sieht Marc sein Gesicht. Kurz bevor das Wasser seine Nase erreicht. Von einem zum anderen Atemzug füllt sich seine Lunge unter brennendem Schmerz. Er schaut seinem Mörder tief in die Augen, bevor Stellas markerschütternder Schrei ihn aus dem Traum rausreißt.

Jetzt stand Marc in der Küche und grübelte mit einem Kaffee in der Hand über den Traum nach. Das tat er jeden Morgen. Es machte ihn fast wahnsinnig, dass er sich nicht an das Gesicht aus seinem Traum erinnern konnte. Jede Nacht nahm er sich vor, im Traum genauer hinzusehen, hatte Stift und Papier neben das Bett gelegt, um sich Notizen zu machen. Aber er konnte sich nicht erinnern.

Stella hatte ihm gesagt, dass Träume übers Ertrinken oftmals den unbewussten Wunsch nach einem Neuanfang bedeuteten. Für Marc klang das nachvollziehbar. Doch von einem Neuanfang schien er gerade weit entfernt zu sein. Ratlos setzte er sich auf die Couch. So ging es jetzt schon die ganze Woche. Er hatte sich in Stellas Wohnung verkrochen und keinen Fuß vor die Tür gesetzt. Stella ging viel souveräner mit der Situation um.

Am Wochenende hatte sie noch sehr verletzlich gewirkt und Marcs Nähe gesucht. Doch am Montag war sie wieder zur Arbeit gegangen. Sie hatte einige Patiententermine. Darunter viele Kinder, die sie nicht enttäuschen wollte. Marc bewunderte ihre Professionalität. Er hingegen saß nur auf der Couch und bemitleidete sich selbst. Es wirkte so, als sei er in dieselbe Falle getappt wie vor einem Jahr. Das Einzige, was er wirklich beherrschte, seine Arbeit, wollte er nicht mehr machen. Zu viel Leid hatte es über ihn und die Menschen gebracht, die er liebte, besonders über Paula und Stella. Doch etwas anderes konnte er sich nicht vorstellen.

Nachdenklich betrachtete er die blauroten Hämatome an seinen Handgelenken. Nicht noch einmal durfte er denselben Fehler machen. Er nahm Stellas Tablet-PC vom Couchtisch und öffnete die Mail-App. In kurzen Worten teilte er Jens mit, dass er nicht mehr zur Verfügung stünde und er ihn nicht kontaktieren sollte. Danach installierte er diverse Job-Apps und begann zu suchen.

Beflügelt von der Entscheidung, sein Leben zu ändern, war Marc einkaufen gegangen und stand nun in der Küche und bereitete ein Essen vor. Den Nachmittag hatte er genutzt, um seinen Lebenslauf auf Stand zu bringen. Er hatte bewusst nach Jobs außerhalb von Redaktionen gesucht. Dabei war er auf ein paar PR-Stellen in Kommunikationsagenturen gestoßen.

Gleich morgen früh würde er sich bewerben. Es fühlte sich gut an, einen Plan zu haben.

Stella kam spät nach Hause, wie die ganze Woche schon. Nach der Arbeit war sie jeden Abend zum Sport gegangen. Wie sie sagte, ihre Taktik, um mit den Auswirkungen der Entführung umzugehen.

Marc begrüßte sie im Flur mit einem Kuss und führte sie an der Hand in die Küche.

»Was duftet hier so gut? Hast du gekocht?«

»Sieh es als Entschuldigung an. Dafür, dass ich mich die ganze Woche so habe hängen lassen.«

»Sei nicht so streng mit dir. Wir haben beide was Traumatisches erlebt.« Sie gab ihm einen Kuss.

»Trotzdem kein Grund, die ganze Woche auf der Couch zu verbringen. Ich werde was verändern. Mich verändern. Ich habe ein paar Jobangebote gefunden.«

»Du willst die Excrime verlassen? Aber das Schreiben ist doch dein Leben.«

Marc reichte Stella ein Glas Wein. »Es war mein Leben. Aber dann bin ich dir begegnet. Ich habe dich fast verloren. Das hat mir die Augen geöffnet. Meine Prioritäten verschoben. Ich möchte ein neues Leben mit dir beginnen.«

Stella hatte die Schuhe ausgezogen, wodurch sie etwas kleiner als Marc war. Sie strahlte ihn an, so als wäre sie erleichtert über Marcs Worte. »Kann man das Essen auch kalt essen?«

Marc schaute sie fragend an.

»Ich wollte noch schnell duschen gehen, und vielleicht willst du mitkommen.«

Augenblicke später tauschten sie leidenschaftliche Küsse unter der Dusche aus. Während das Wasser lauwarm über ihre aufgeheizten Körper floss, streichelte Marc sanft über ihre Haut. Vielleicht hatte der Sport der vergangenen Tage einen Effekt gezeigt, oder Marc war bisher einfach nicht aufgefallen, wie durchtrainiert ihr Körper war. Unter ihren weiblichen Rundungen und der weiten Kleidung, die sie zuweilen trug, versteckte sich ein straffer und definierter Körper. Er drehte sie um und drückte sie gegen die Wand der Duschkabine. Marc umgab ein wohliges Gefühl.

Endlich würde alles gut werden.

# 45

Den Donnerstag hatte Marc damit verbracht, Bewerbungen zu schreiben. Durch die Onlinetools und Jobportale war es ein Kinderspiel. Er war sehr zuversichtlich, bald positives Feedback zu bekommen. Auch wenn sich seine Begeisterung bei dem Gedanken, Bewerbungsgespräche führen zu müssen, in Grenzen hielt, war er fest entschlossen.

Am Abend hatte er sich mit Maus verabredet. Den letzten Stammtisch am Montag hatte er erneut verschoben. Ihm war nicht danach gewesen, unter Leute zu gehen. Und auch heute war das nicht anders. Seit der Entführung und dem Krankenhausaufenthalt hatte er Stellas Wohnung kaum verlassen. Als er auf die Venloer Straße trat, war ihm, als würde er beobachtet. Jeder Passant schien ihn anzuschauen, zu verurteilen. Gleichzeitig hatte er im Hinterkopf, dass jeder hier der Mörder sein könnte. Zurückgekehrt, um die Arbeit zu Ende zu bringen.

Marc atmete durch. Nicht paranoid werden!

Er stieg in die 3 und fuhr bis zum Friesenplatz, dort stieg er um, und einige Minuten später verließ die Straßenbahn den beengten Untergrund und fuhr ans Tageslicht zur Haltestelle Zülpicher Platz.

Die Sonne ging gerade unter. Und auch wenn erst Donnerstag war, waren die Straßen voll mit Studenten, auf dem Weg, sich die Nacht zu eigen zu machen. Marc stand an der Ampel am Gleis. Auf der anderen Seite eine Meute Feierwütiger, die über den schmalen Bürgersteig quoll. Lachte, sang, aufgeregt diskutierte, wo es hingehen sollte. Beim Überqueren der Straße huschten sie wie Dämonen an ihm vorbei. Angst machte sich in ihm breit. Er war noch nicht so weit.

Erst als er die gewohnte Umgebung des Stiefels betrat, legte sich Marcs Unwohlsein. Aus den Boxen dröhnte der Pearl-Jam-Klassiker »Alive«. Er musste grinsen. »I'm still alive« hieß es in dem Song. Marc war auch immer noch am Leben. Er ließ sich nicht unterkriegen. Nicht von seiner Vergangenheit und auch nicht von einem Psychopathen, der ihn umbringen wollte. Sein Puls beruhigte sich wieder, die Panik legte sich.

Er setzte sich an den Tresen und bestellte bei der Bedienung einen Whisky. Bier reichte heute nicht. Thomas war gerade in der Kneipe unterwegs und bediente einen Tisch. Als er Marc sah, nickte er ihm freundlich zu. Wenige Minuten später betrat Maus die Kneipe. Er umarmte seinen Freund herzlich.

»Schön, dich zu sehen. Wie geht es dir?«

Die Frage war nicht kompliziert, aber die Antwort war es. Marc nickte nur vor sich hin, ohne zu wissen, was er darauf sagen sollte.

»Danke, dass du dich mit mir triffst, Marc. Ich hatte schon Angst, du würdest dich jetzt wieder abkapseln, bei dem ganzen Unsinn, der über dich geschrieben wird.«

»Ich habe beschlossen, dass ich das nicht mehr so nah an mich ranlassen werde.«

»Trinkst du darum Whisky?«, fragte Maus und deutete auf das Glas vor Marc, dem klar wurde, dass er seinem Freund nichts vormachen konnte.

»Ehrlich gesagt ist es eine schwere Zeit gerade. Ich versuche, mein Leben neu zu ordnen.«

»Mit Stella?«, fragte Maus, der seinem Freund mit einem frisch gezapften Kölsch zuprostete.

»Es läuft gut mit ihr. Ich glaube, das könnte was Ernstes werden.«

»Das freut mich für dich.«

»Nachdem Paula ein neues Leben begonnen hat, wollte ich das auch endlich schaffen.« Maus machte ein verzerrtes Gesicht.
»Was ist mit Paula?«, fragte Marc besorgt.

Maus überlegte kurz, ob er die Information mit seinem Freund teilen sollte. »Sie hat Stuttgart schon wieder verlassen. Sie hat ihren Neuen sitzen lassen und ist zurück nach Köln. Sie kam wohl mit der schwäbischen Mentalität nicht klar.«

Eigentlich hätte Marc erwartet, dass diese Information mehr mit ihm gemacht hätte. Die Liebe seines Lebens war wieder zurück in der Stadt. Doch da war kein Kribbeln im Bauch, keine Aufgeregtheit, noch nicht mal Wehmut. Wie es schien, war er wirklich über Paula hinweg. Das änderte aber nichts daran, dass er keine große Lust hatte, über seine Verflossene zu reden.

»Ich habe Neuigkeiten, die dich bestimmt freuen werden. Ich habe bei Jens gekündigt und wechsle demnächst in die PR-Branche«, sagte Marc nicht ohne Stolz.

»Und die Excrime? Bist du da nicht gerade Chefreporter geworden?«

»Klar. Aber ich musste endlich da raus. Was Neues machen.«

»Und deine Story über den Racheengel? Daran arbeitest du aber noch, oder?«

Marc schaute Maus verwirrt an. Er hatte mit einer anderen Reaktion gerechnet.

»Was soll die Fragerei? Du hast mir doch in den Ohren gelegen, wie schrecklich es ist, für Jens zu arbeiten, und dass ich was anderes machen soll.«

»Das stimmt schon. Aber das war vorher.«

»Vor was?«

Maus holte weiter aus. »Ich muss dir ehrlich sagen, als das mit dem Knorr-Jungen war, dachte ich, dass du niemals drüber hinwegkommen würdest. Als Paula dich dann auch noch verlassen hat, war ich davon überzeugt, dass du zerbrechen würdest. Marc, ich hatte Angst um dich. Ich dachte manchmal, du machst Schluss oder säufst dich zu Tode. Doch *der* Marc ist seit Anfang des Monats Geschichte. Seitdem du mir hier auf dem Hocker erzählt hast, dass du bei der Excrime anfängst, hat sich dein Leben zum Besseren geändert.«

Marc musste auflachen. »Ich wäre letzte Woche fast getötet worden.«

»Und das ist schrecklich. Aber du kannst nicht abstreiten, dass du es liebst, dort zu arbeiten. Ich habe deine Artikel gelesen. Du blühst förmlich auf. Und dann hast du über die Recherchen auch noch eine Freundin gefunden, die dich glücklich macht. Ich gebe zu, ich war anfangs skeptisch, weil ich Jens nicht ausstehen kann, aber wenn du mich fragst, ist der Job bei der Excrime das Beste, was dir jemals passieren konnte.«

Jetzt war Marc vollends verwirrt. Er leerte das Whiskyglas mit einem Schluck und bestellte ein neues.

»Außerdem«, fuhr Maus ungefragt fort, »hast du eine Verantwortung. Du hast die Story noch nicht zu Ende gebracht.«

»Willst du jetzt an mein journalistisches Ethos appellieren?«

»Nein, aber was du nicht weißt«, Maus hielt kurz inne, »ich habe die Autopsie von Fathi Kaya gemacht.«

»Warum hast du mir das nicht gesagt?«

»Weil ich keine Lust hatte, mich von dir mit Fragen löchern zu lassen. Aber ich habe gesehen, was der Killer Menschen antut. Ich habe auch mit den zuständigen Kommissaren geredet. Und wenn du mich fragst, haben die keine Ahnung, was sie machen sollen. Degner und Seger sind viel zu sehr damit beschäftigt, sich wie kleine Kinder um Zuständigkeiten zu streiten. Ich bin davon überzeugt, wenn einer den Fall lösen kann, dann bist du das.«

»Ich bin kein Polizist«, sagte Marc und nippte nervös an seinem leeren Glas.

»Aber ein Reporter. Und ein verdammt guter. Du hast schon einige Storys veröffentlicht, die eine polizeiliche Ermittlung zur Folge hatten oder Verbrecher überführt haben. Du weißt das besser als ich. Du musst weiter recherchieren, sonst taucht bald die nächste Leiche auf.«

Maus' Worte hallten den ganzen Abend nach. Auch die gemeinsame Billardrunde konnte Marcs Gedankenkarussell nicht entschleunigen. Auf dem Fußweg zu Stellas Wohnung wollte er einen klaren Kopf bekommen. Es waren gut drei Kilometer. Zeit zum Nachdenken.

Stella lag schon im Bett, als Marc nach Hause kam. Er wollte sie nicht wecken, aber als er zu ihr ins Bett schlüpfte, wurde sie wach.

»Wie war der Abend?«, fragte sie leicht verschlafen.

»Sehr schön«, log Marc.

»Und hat alles mit den Bewerbungen geklappt?«

Kurz wusste Marc gar nicht, was sie meinte. »Jaja, habe einige Bewerbungen rausgeschickt.«

»Ich bin froh, dass du einen neuen Job suchst. Bald wird alles wieder gut«, sagte sie und gab ihm einen Kuss, bevor sie sich zur Seite drehte und weiterschlief. Für Marc hingegen war an Schlaf nicht zu denken.

Er hatte die ganze Nacht kein Auge zugemacht. Maus' Worte gingen ihm nicht mehr aus dem Kopf. Als er am Morgen erwachte, war Stella schon in die Praxis gegangen. Marc lag noch im Bett und starrte den Stuck an der Decke der Altbauwohnung an. Maus kannte ihn schon sehr lange, und noch nie hatte er ihm einen schlechten Ratschlag erteilt. Und auch jetzt hatte er seinen Punkt gemacht. Die Polizei ermittelte zwar in dem Fall. Aber die Zusammenarbeit zwischen Degner und Seger war eine Katastrophe, weshalb seine Mithilfe umso wichtiger war. Außerdem – Marc schaute auf die Uhr – war es schon zehn Uhr, und er lag immer noch im Bett. So wie die komplette vergangene Woche um die Uhrzeit. Auch wenn er sich was anderes einredete, er hatte gar nichts im Griff. Solange der Täter noch frei rumlief, war an einen echten Neuanfang mit Stella nicht zu denken. Er brauchte Antworten. Und er wusste genau, wo er anfangen musste, nach ihnen zu suchen.

Die Navi-App auf seinem Smartphone sagte ihm, dass er in fünfzig Minuten da sein würde. Marc hatte sich bei einem Carsharing-Anbieter einen Wagen genommen. In dem Moment, als er die Route in der App startete, breitete sich ein mulmiges Gefühl in ihm aus. Alles in ihm wehrte sich dagegen, diesen

Ort aufzusuchen, aber sein Entschluss stand fest. Der Berufsverkehr auf der A1 hielt sich um diese Zeit in Grenzen. Nach kurzer Zeit war Marc im Bergischen. Je näher er dem Ziel kam, desto verlassener wurden die Straßen. Die dichte Bebauung wich üppigen Wäldern.

Als Kölner vergaß man oft, welch wunderschöne Naturlandschaften direkt vor der Haustür lagen. Neben der Eifel war das Bergische eines der besten Ausflugsziele, um den Kopf frei zu bekommen. Marc bog von der Autobahn ab und fuhr auf eine kleine Straße, kaum zweispurig befahrbar. Die Straßenseiten endeten fließend im Grün der sonnenbeschienenen Wälder. Wäre Marc zum Vergnügen hier gewesen, wäre es ein phantastischer Tag geworden. Stattdessen würde er gleich das Grauen nochmals durchleben müssen. Je weiter er in den Wald eindrang, desto mehr drängte sich der Verdacht auf, dass der Täter ein Ortskundiger sein musste. Wer sonst würde abgelegene Fabrikhallen in der hintersten Kante der Welt kennen?

Auch wenn Marc sich nicht an das Äußere der Fabrikhalle erinnern konnte, da er bewusstlos gewesen war, als man ihn gerettet hatte, umgab ihn gleich ein beklemmendes Gefühl, als das Navi ihm verriet, dass er angekommen war. Wenn es dem Entführer darum gegangen war, einen besonders dramatischen Ort für seine Morde zu finden, dann war ihm das gelungen. Das ganze Areal sah aus wie aus einem amerikanischen Horrorfilm oder einer Dokumentation über Tschernobyl. Das Polizei-Absperrband flatterte im Wind. Die vergilbte Fassade war zum Teil abgeblättert und entblößte die nackte Steinwand. Neben einer verwitterten und morschen Hoftür befand sich ein rostiges Stahltor, etwa so groß wie eine Garage. Das angrenzende Wohnhaus wirkte verlebt. Der Schimmel hatte sich schon sichtbar von innen nach außen gefressen. Marc stellte den Motor aus. Er wusste nicht, was er hier zu finden glaubte. Aber kein anderer Ort würde ihn näher an den Mörder bringen. Der Racheengel war hier seiner Arbeit nachgegangen, so viel war sicher. Und er war gestört worden, weshalb zu hoffen war, dass er einen Fehler gemacht hatte. Außerdem hoffte Marc, sich an das Gesicht aus seinem Traum erinnern zu können.

Obwohl die Sonne freundlich herabschien, peitschte der Wind Marc um die Ohren, als er das Auto verließ. Das Stahltor machte donnernden Lärm, jedes Mal wenn der Wind dagegenschlug. Marc erinnerte sich an das blecherne Geräusch, das er von seiner Pritsche aus hören konnte. Sofort fühlte er sich in die Situation zurückversetzt. Einen Moment blieb er stehen. Kurz drohte ihn Panik zu übermannen. Der Racheengel könnte auf ihn warten. Marc atmete tief durch. Sein Entführer würde niemals das Risiko eingehen, sich hier herumzutreiben. Außerdem waren die Türen von der Polizei versiegelt worden. Alle Siegel waren intakt. Als er sich genug Mut zugesprochen hatte, ging er weiter bis zur Hoftür. Er nahm ein Klappmesser aus der Hosentasche und öffnete das Polizeisiegel, um sich Zutritt zu verschaffen, drinnen legte er den schweren Lichtschalter um. Unter lautem Flirren wurde es hell in der großen Lagerhalle, die sich Marc eröffnete. Sofort erinnerte er sich an den schimmligen und eisenhaltigen Geruch der Halle. Er fragte sich, ob der Eisengeruch von alten Maschinen kam, die einst hier gestanden haben mussten, oder ob es Blutgeruch war. Degner hatte ihm erzählt, dass auch Fathi Kaya hier gestorben war. Wer wusste, wie viele andere Menschen hier schon den Tod gefunden hatten.

Marc erfasste ein düsteres Gefühl, als er die Stahlpritsche erblickte, auf der er gelegen hatte. Der Wind war stärker geworden und schlug das Metalltor erbarmungslos gegen die maroden Wände. Plötzlich sah Marc sich wieder auf der Pritsche liegen. Sein Herz schlug schneller. Die Hände begannen zu zittern. Er sah mit einem Mal den Schatten aus seinem Traum vor seinem geistigen Auge. Wer bist du? Wer war bei mir?

Einige Sekunden hielt er die Situation aus, bevor ihn der Fluchtinstinkt überwältigte. Marc lief nach draußen auf den Vorplatz und ging in die Hocke. Er musste sich zwingen, durchzuatmen. Ein. Aus. Ein. Aus. Seine Atmung flachte ab. Der Puls beruhigte sich.

Für seine Recherchen hatte Marc schon viel über posttraumatischen Stress und Flashbacks gelesen. Nie hätte er gedacht, dass er so was selbst einmal erleben würde. Plötzlich fiel ihm etwas auf dem Boden ins Auge. Zigarettenstummel. Er wunderte sich, dass die Spurensicherung sie nicht eingesammelt hatte.

Schlagartig fielen die Puzzleteile ineinander. Die Zeit schien stehen geblieben zu sein, Sekunden vergingen wie Stunden. Mit einem Mal hatte er das Gesicht des Mannes vor Augen, der bei ihm in der Fabrikhalle gewesen war. Er sammelte eilig ein paar Zigarettenkippen auf und setzte sich in sein Auto. Mit durchdrehenden Reifen machte er sich auf den Weg nach Kalk.

Der Weg zurück nach Köln kostete ihn etwas mehr Zeit. Nach einer Stunde war Marc am Treffpunkt, den er von unterwegs vereinbart hatte. Er stellte den Wagen ab und ging zu dem Café unweit der Kalker Wache.

Von außen sah es wenig einladend aus. Es hätte sich hinter der sterilen Fassade auch eine Spielhalle oder ein Wettbüro befinden können. Als Marc durch die Tür trat, wurde der Eindruck nicht besser. Altmodisches Mobiliar, altbackene Tischdecken. Das diffuse Licht, das einfiel, machte den Laden noch ungemütlicher. Bis auf einen alten Mann mit Kappe, der schlecht gelaunt einen Tisch besetzte, war niemand in dem kleinen Lokal.

Marc setzte sich an den erstbesten Tisch und wartete. Fünf Minuten später trat Kommissar Degner ein.

»Wo bleiben Sie denn? Ich habe wichtige Informationen«, rief Marc ihm entgegen.

»Ob Sie es glauben oder nicht, ich habe auch noch andere Dinge zu tun, als mich um die Reportagen des berühmten Marc Bauer zu kümmern. Haben Sie schon bestellt?«

»Bestellt? Sie essen hier?« Marc hatte die Bedienung nicht bemerkt, die sich genähert hatte und über die unüberhörbare Beleidigung freundlich hinweglächelte.

»Das Gebäck ist phantastisch. Und der Tee erst. Ich nehme einmal wie immer bitte. Für meinen Freund hier dasselbe. Danke.«

»Einmal wie immer? Sind Sie etwa öfter hier? Warum treffen wir uns eigentlich hier und nicht nebenan in den Köln Arcaden? Da gibt es doch genug Restaurants und Bistros.«

»In den Köln Arcaden gibt es aber auch viele Menschen«, erwiderte Degner. »Hier hingegen …« Er machte eine ausladende Bewegung in den fast leeren Raum hinein. Der Mann mit der Kappe hustete laut, als wollte er Degners Einschätzung untermauern, dass hier der Hund begraben war.

»Verstehe. Sie wollen nicht mit mir gesehen werden.«

»Seien Sie nicht eingeschnappt. Was meinen Sie, was bei mir los ist, seitdem ich Ihnen Auskünfte erteilt habe? Meine Vorgesetzten haben sich einen Sport draus gemacht, mir das Leben zur Hölle zu machen.«

»Das tut mir leid.«

»Muss es nicht. War meine Entscheidung«, sagte der Kommissar knapp. Wobei ihm deutlich anzumerken war, wie angefressen er war. »Was haben Sie denn so wahnsinnig Wichtiges?«

Marc holte tief Luft. Er war aufgeregt. »Ich war im Bergischen in der Fabrikhalle, wo Sie mich gefunden haben. Ich hatte dort so was wie einen Flashback.«

»Einen Flashback?«, unterbrach ihn Degner skeptisch.

»Ja. Ich war in der Halle und weiß, wer mich entführt hat.«

»Moment. Sie waren in der Halle? Haben Sie etwa das Polizeisiegel durchbrochen? Ist Ihnen klar, dass das strafbar ist?«

Marc wurde langsam ungeduldig. »Hören Sie mir eigentlich zu? Ich weiß, wer mich entführt hat.«

Degner machte eine entschuldigende Geste und bat Marc fortzufahren, während er für die Bedienung, die Tee und Gebäck abstellte, Platz auf dem Tisch machte.

»Ich konnte mich erinnern. Mein Entführer ist kein Unbekannter.«

Nach einer wirkungsvollen Pause ließ er die Bombe platzen. »Es war Vogt.«

»Vogt? Mein Kollege Bernd Vogt?«

»Ich weiß, Sie glauben mir nicht, aber ich habe Beweise.«

»Da bin ich mal gespannt.« Degner lehnte sich zurück und schlürfte genüsslich an seiner Teetasse.

»Seit der Entführung habe ich Träume von dem Täter. Aber nur schemenhaft.«

»Schemenhaft«, wiederholte Degner zu Marcs Ärger, der sich nicht ernst genommen fühlte.

»Ja, schemenhaft. Aber als ich jetzt in der Fabrikhalle war, sah ich seine Umrisse genau vor mir. Und vor der Fabrikhalle habe ich das hier gefunden. Keine Ahnung, warum die Spurensicherung das übersehen hat.«

Marc legte die Kippen auf den Tisch, die er im Bergischen aufgesammelt hatte.

»Das ist sehr unappetitlich«, sagte Degner, während er das Gebäck vor der Tüte in Sicherheit brachte.

»Erkennen Sie die Marke? Das ist Vogts Marke, die dünnen langen. Außerdem fährt er einen BMW M5. M5! Der Hinweis, den Keiler hinterlassen hatte. Es passt alles zusammen.«

Degner teilte das Blätterteiggebäck vor sich mit der Gabel und steckte sich ein Stück in den Mund.

Marc platzte fast. Er konnte nicht fassen, dass der Kommissar keine Regung zeigte.

Degner kaute das Stück langsam klein, schluckte runter und sagte dann ganz ruhig: »Haben Sie schon mal über Urlaub nachgedacht?«

»Was?« Marc dachte, er hätte nicht richtig gehört.

Jetzt war es Degner, der tief Luft holte. »Vogt fährt einen M5. Wie ein Großteil meiner Kollegen. Es ist ein Dienstfahrzeug. Nachdem ich Ihnen den GPS-Sender verpasst hatte, habe ich Bernd gebeten, Sie zu verfolgen, weshalb er es war, der Sie in der Lagerhalle gefunden und befreit hat. Deshalb erscheint er auch in Ihrem Traum. Und wenn Sie nicht mitbekommen haben, dass mein Kollege ein hoffnungsloser Kettenraucher ist, der ständig mit seinen Kippen Tatorte verunreinigt, scheint Ihnen was entgangen zu sein.«

Marc schaute sein Gegenüber ungläubig an. Gern hätte er ihm was entgegnet. Mit ihm diskutiert. Aber Degner hatte seine Beweise entkräftet. In Sekunden. Marc zweifelte langsam an seinem Verstand. Er saß nur da und nickte den Kommissar an.

»Jetzt essen Sie erst mal. Es ist wirklich köstlich.«

Eigentlich wollte Marc nicht mehr in seine Wohnung fahren, aber nach der Lehrstunde, die Degner ihm erteilt hatte, wollte er auch nicht zu Stella fahren. Stattdessen musste er sich erst mal sortieren, da fiel ihm die Flasche achtzehnjähriger Deanston-Highland-Whisky ein, die er in seiner Küche für besondere Gelegenheiten versteckt hatte. Ihm schien sein Auftritt vom Mittag besonders genug, um die Flasche zu öffnen. Er saß einfach nur da und trank, um das peinliche Gefühl loszuwerden. Einfach den Kommissar zu beschuldigen, der ihm das Leben gerettet hatte. Er war wirklich nicht mehr er selbst. Sein Blick fiel auf den toten Keiler, der immer noch vollflächig auf seinem Fußboden lag. Die ganze Wohnung sah aus, als würde ein Wahnsinniger hier hausen. Vielleicht war er ja wahnsinnig geworden. Bei all dem, was ihm im letzten Jahr widerfahren war, wäre es kein Wunder gewesen.

Marc nahm einen tiefen Schluck aus dem Whiskybecher und schüttelte den Kopf. Er versank schon wieder in Selbstmitleid und Whisky. Offenbar hatte er nichts aus der Vergangenheit gelernt.

»Was will ich eigentlich?«, fragte Marc sich selbst laut in der Stille seiner Wohnung. Er erschrak kurz, da es die ersten Worte waren, seit er nach Hause gekommen war. Die Arbeit bei der Excrime und eine sorgenfreie Zukunft mit Stella schienen sich gegenseitig auszuschließen. Dennoch konnte er die Story nicht einfach aufgeben. Er hatte eine Verantwortung für die Opfer. Die Toten und die, die noch sterben würden, wenn Marc den

Racheengel nicht aufhielt. Er fasste einen Entschluss. Sobald er wusste, wer der Täter war, würde er Degner informieren und sich aus dem Journalismus zurückziehen. Danach könnte er mit Stella eine Zukunft aufbauen. Und er würde endlich aufhören zu trinken. Ab morgen. Zufrieden mit seinem Plan öffnete Marc den Korkverschluss der Flasche und schenkte nach.

## 46

Die Morgensonne schien herrlich im Kölner Stadtwald. Es war einer von Marcs Lieblingsorten, wenn er den Kopf freikriegen wollte. Über all dem Grün, den Weihern, Wasserkanälen und dem Tiergehege konnte man fast vergessen, dass man in Köln war.

Marc war früh aufgestanden und hatte die Akten und Tatortbilder noch mal sortiert. Es gab noch ein paar Fragezeichen, die es zu klären galt.

Die Sonne schien sanft durch die Blätter der hohen Bäume. Es war ruhig im Stadtwald. Das Vogelgezwitscher war genauso beruhigend wie das Geräusch des Wassers, das durch die Kanäle plätscherte.

Er verließ den Park und schlenderte die Kitschburger Straße entlang. An der Haydnstraße bog er rechts ab, zielstrebig in einen Hauseingang. Er klingelte, die Tür öffnete sich nach wenigen Augenblicken.

»Herr Bauer, was machen Sie denn hier?«

»Guten Morgen, Herr Pfeiffer. Ihr Büro sagte mir, dass Sie heute zu Hause arbeiten. Dürfte ich Sie kurz stören?«

Marc schritt durch den großzügigen und lichtdurchfluteten Flur durch zwei gläserne Flügeltüren in das Wohn- und Esszimmer des Hauses. Ansprechende und sichtlich teure Designermöbel waren perfekt auf einem dunklen Parkettboden arrangiert. Durch die Fensterfront war ein großzügiger Garten mit Teichanlage zu erahnen.

»Bitte setzen Sie sich.«

Marc setzte sich an den massiven Tisch, an dem gut ein Dutzend Leute Platz finden würden. Der lederne Stuhl federte leicht nach. Ungefragt reichte ihm Pfeiffer einen Kaffee, den er unter lautem Brummen in der Kaffeemaschine der offenen Küche zubereitet hatte.

»Geht es um Ihre Entführung? Schreckliche Sache. Ich hoffe, es geht Ihnen gut?«

Durch seine runden Brillengläser schaute er Marc neugierig an.

»Mir geht es gut. Ich habe aber noch ein paar Fragen zu Ihrer …« Marc überlegte, wie der Satz weitergehen sollte. Bestenfalls war Nicole Dabrowski eine Affäre gewesen, die er leichtsinnig geschwängert hatte. »Zu Johannas Mutter«, rettete sich Marc. »Wie war das Verhältnis zwischen Johanna und ihrer Mutter?«

»Was genau meinen Sie?«

Marc hatte keine Geduld für Nettigkeiten, und die überzogen freundliche, fast devote Art des Mannes begann ihn zu nerven.

»Hat Nicole ihre Tochter misshandelt?«

Pfeiffer schien zu überlegen, was er antworten sollte. »Wissen Sie, Nicole war keine schlechte Mutter. Sie hat Johanna wirklich geliebt, aber …«

»Aber was?«

Pfeiffer erhob sich von seinem Stuhl und stellte sich vor die Fensterfront. Gedankenverloren starrte er in seinen parkähnlichen Garten. »Nicole hatte klare Prioritäten in ihrem Leben. Erst kam ihr Job und dann ganz lange Zeit gar nichts. Das war auch der Grund, warum wir erst gar nicht versuchten, eine Beziehung einzugehen. Sie war mit ihrem Job verheiratet. Es war die Hölle für sie, als sie erfuhr, dass sie schwanger war. Zum Abtreiben war es zu spät, aber wir wollten auch nicht gezwungen sein, einen auf Familie zu machen. Als Johanna dann da war, stritten wir uns um das Sorgerecht.«

»Darum, wer sie haben darf?«

Der Mann mit den grauen Schläfen lächelte schief. »Darum, wer sie haben muss. Wir haben aber einen guten Weg gefunden, uns das Sorgerecht aufzuteilen.«

»Haben Sie nicht über Adoption nachgedacht?«

»Wie hätte das denn ausgesehen? Ein Bankdirektor und eine

Eventmanagerin mit großem Vermögen geben ihre Tochter zur Adoption frei. Das hätte sicher dem Geschäft geschadet. Vor allem Nicoles.«

»Was haben Sie dem Kind angetan?«

»Ich nichts. Aber Nicole stand in letzter Zeit sehr unter Stress. Manchmal konnte sie sich, wenn Johanna bei ihr war, nicht um sie kümmern. Sie war viel unterwegs, müssen Sie wissen. Eventhallen besichtigen. Kunden treffen. Da hat sie ein kleines Räumchen eingerichtet, wo die Kleine in der Zeit bleiben konnte.«

»Ein Räumchen?«

»Ich war ja auch dagegen, aber sie hatte einen großen Einbauschrank in ihrer Altbauwohnung. Johanna war acht. Sie konnte sie ja schlecht allein in der großen Wohnung lassen, also –«

»Hat sie Ihre Tochter in den Schrank gesperrt? Sie haben doch genug Geld, warum haben Sie nicht für eine Betreuung gesorgt?«

Pfeiffer schaute Marc schuldbewusst an. »Nicole war eine sehr eigensinnige Frau. Sie ließ sich nicht gern helfen. Sie meinte immer, sie müsste alles allein regeln, und das hat sie in dem Fall auch gemacht.«

»Indem sie ihre Tochter in einen Käfig gesperrt hat«, wiederholte Marc fassungslos. »Und Sie wussten davon?«

»Erst nicht. Als ich es rausfand, war ich natürlich sauer, aber Johanna schien es nicht viel auszumachen. Erst als es zu ihrem Schaden wurde, bin ich eingeschritten.«

»Was heißt das?«

»Anfangs ließ sie Johanna mal einen Nachmittag oder einen Abend in ihrem Räumchen. Irgendwann habe ich aber mitbekommen, dass sie auf Dienstreise gewesen war. Sie hatte Johanna ein Wochenende im Schrank gelassen und vergessen, ihr genug zu essen dazulassen. Das ging natürlich zu weit.«

Sie hatte ihre Tochter hungern lassen! Das erste Mal empfand Marc tiefes Verständnis für die Taten des Racheengels. Er hatte

Nicole das spüren lassen, was ihre wehrlose Tochter erleiden musste. Hunger.

Pfeiffer drehte sich zu Marc um. »Ich habe mit Nicole natürlich ein ernstes Wort geredet. Aber Sie kannten sie nicht. Sie ließ sich nichts sagen. Was hätte ich denn noch machen sollen?«

Marc stand auf. Er hatte genug gehört.

»Warten Sie, was machen Sie denn jetzt mit den Informationen?«

Marc holte das Handy aus der Tasche. Er hatte die Aufnahme-App aktiviert, bevor er geklingelt hatte.

»Die Aufnahme geht ans Jugendamt, und ich hoffe, dass Johanna eine Pflegefamilie findet.«

Empört folgte Pfeiffer Marc vor die Villa. »Aber ich habe Ihnen das im Vertrauen erzählt. Sie müssen doch Ihre Quellen schützen«, rief er ihm hinterher.

»Sie hätten Ihre Tochter schützen müssen. Anscheinend bin ich als Journalist genauso unbrauchbar wie Sie als Vater.«

Marc nahm die Straßenbahn zum Barbarossaplatz und rief Brit an. Er war ganz nah dran. Das spürte er.

# 47

»Schön, wieder hier zu sein. Es riecht auch gar nicht mehr so abartig wie letztes Mal«, sagte Brit, als sie Marcs Wohnung betrat.

»Danke, dass du gekommen bist. Ich brauche deine Hilfe.«

»Dir ist schon klar, dass ich einen Job habe und in der Redaktion arbeite? Du kannst da auch einfach mal vorbeikommen. Da gibt es leckeren Kaffee, Licht und frische Luft. Solltest du mal ausprobieren.«

»Ich kann nicht in die Redaktion«, erwiderte Marc. »Ich habe gekündigt.«

Brit brauchte eine Sekunde, um die Information zu verdauen. »Aber du willst trotzdem an deinem Fall weiterarbeiten?«

Marc nickte.

»Na dann, lass uns an die Arbeit gehen. Was hast du Neues?«

Eigentlich hatte er erwartet, dass er Brit erst überzeugen müsste, mit ihm hinter Jens' Rücken an dem Fall zu arbeiten. Stattdessen half sie ihm bereitwillig, ohne Bedingungen zu stellen. Vermutlich war das ein Grund für ihr großes und loyales Netzwerk.

Er erzählte Brit von seiner Begegnung mit Johannas Vater und warum Nicole Dabrowski sterben musste. Kurze Zeit später hing Marcs versiffte Einbauküche voll mit Fotos, Skizzen und Textschnipseln, die sie mit Klebeband befestigt hatten. Neben Josef Keilers Bild hing eines seiner Söhne. Darüber das Wort »Strangulation«. Neben Fathi und Elif Kaya das Wort »Verstümmelung« und über Johanna und Nicole Dabrowski das Wort »Vernachlässigung«.

Brit fasste alles noch mal zusammen. »Das Motiv des Täters kennen wir jetzt, auch, was die drei Mordopfer getan haben. Jetzt brauchen wir nur noch die Verbindung zwischen den

Keiler-Söhnen, Johanna Dabrowski und Elif Kaya. Wie wurde der Racheengel auf die Misshandlungen aufmerksam?«

Marc überlegte. »Lass uns erst mal das Naheliegende überprüfen. Gemeinsame Schule, Vereine, Freunde. Irgendwo muss es eine Schnittmenge geben.«

»Alles klar.« Brit begann, in die Tasten zu hauen und Kontakte auf ihrem Handy zu durchforsten.

Am Kühlschrank hing eine Fotovergrößerung aus dem Schrank vom Keiler-Tatort. Die Holzeinritzung. Marc stand vor dem Foto. M5. Was bedeutete M5?

Marc hatte Stella geschrieben, dass er heute in seiner Wohnung bleiben würde, um aufzuräumen. Während er das Chaos um sich herum beäugte, musste er grinsen angesichts der dreisten Ausrede. Tatsächlich taten er und Brit genau das Gegenteil. Sie hatten die Wohnung in ein Schlachtfeld aus Akten, Fotos und Technikgeräten verwandelt. Es war spät geworden.

»Nichts. Gar nichts. Keine Verbindung. Diese Menschen haben keine Verbindung untereinander«, rief Marc und warf seinen Kugelschreiber wütend in das Chaos seiner Wohnung.

Brit war wesentlich ruhiger. »Wir übersehen was. Ich spüre es wie ein Kratzen im Kopf. Wir übersehen was. Wir müssen nur rausfinden, was.«

»Aber nicht heute. Lass uns Feierabend machen«, sagte Marc resigniert und begleitete sie zur Tür. »Danke für deine Hilfe.«

Brit nickte ihm zu. Bevor sie die Treppe runterging, sagte sie: »Wir kriegen das Schwein.«

Marc brütete noch eine Stunde über dem Fall, dann entschied er, Feierabend zu machen und noch ein Feierabendbier zu nehmen. Kurz überlegte er, Maus anzurufen, wollte dann aber doch lieber allein sein. Er wäre keine gute Gesellschaft gewesen. Gedankenverloren griff er ein paar Tatortbilder und verließ seine Wohnung.

Als er den Stiefel betrat, dröhnte ihm der raue Sound von NOFX entgegen. »Don't Call Me White«. Ein Neunziger-Punk-Klassiker. Die richtige Musik, um sich zu betrinken. Er wollte allein sein, darum setzte er sich nicht wie gewohnt an den Tresen, sondern an einen der kleinen Tische am Fenster. Er hatte keine Lust auf Small Talk mit irgendwem. Das schloss auch Thomas mit ein, der gerade an den Tisch kam.

»Hi, wie läuft's? Gefällt dir der Tresen nicht mehr?«

Marc bestellte mit aufgesetztem Lächeln ein Kölsch und einen Sambuca. »Aber nicht anzünden. Ich brauche den Alkohol«, rief er Thomas hinterher. Ihm dröhnte der Kopf. Nicht von der Recherchearbeit mit Brit, sondern von seinem Leben.

Minuten später stellte Thomas ihm leicht genervt Bier und Schnaps auf den Tisch. Erst dachte Marc, der Barmann wäre eingeschnappt, weil er so kurz angebunden gewesen war, doch dann sah er den Grund für dessen schlechte Laune. Am Tresen saß ein großer Mann um die vierzig, der einen über den Durst getrunken hatte. Unter lautem Geschrei wies er Thomas an, ihm noch ein Bier zu geben. Marc kannte den Mann. Es war ein Stammkunde, genau wie er und Maus. Fast immer, wenn Marc abends herkam, saß der Mann am Tresen und trank einen nach dem anderen. Meistens allein, manchmal auch mit Leuten, die er an dem Abend kennengelernt hatte und denen er ungefragt Anekdoten aus seinem Leben erzählte.

Marc trank an seinem Bier. Wie oft hatte er im vergangenen Jahr selbst an diesem Tresen auf demselben Barhocker gesessen und allein getrunken. In dem Moment schien der Besoffene ein Ausblick in Marcs nicht allzu ferne Zukunft zu sein. Der Mann wirkte nicht verwahrlost oder runtergekommen. Vielmehr vermutete Marc, dass er immer nach der Arbeit in den Stiefel kam, um sich Luft zu machen und den Tag zu vergessen. Vermutlich wusste er nicht mal, dass er Alkoholiker war. Marc selbst hatte oft darüber nachgedacht, ob er ein Alkoholproblem hatte. Eigentlich fast täglich. Bis auf die letzten Wochen. Da hatte er deutlich weniger getrunken. Der neue Job hatte ihm gutgetan. Und Stella. Auch wenn er kein Romantiker war, glaubte Marc an die Liebe. Umso schlimmer war es, dass er sie anlog. Er hatte sie mit seiner Arbeit in Lebensgefahr gebracht. Sie hatte so erleichtert gewirkt, als er ihr sagte, dass er einen neuen Job suchen würde. Einen ungefährlicheren, einen, der das Chaos beenden und Normalität in ihr Leben bringen würde. Eine Normalität, die die Basis für eine Beziehung, vielleicht sogar ein gemeinsames Leben sein könnte.

Marc leerte den Sambuca in einem Ruck und bestellte mit einer Winkbewegung einen neuen.

Und jetzt log er Stella an. Sie waren noch keinen Monat zusammen, und Marc hinterging sie schon. Er arbeitete heimlich weiter an seiner Story und verbrachte den Tag mit einer anderen Frau. Natürlich hätte Marc sie niemals betrogen. Dennoch fühlte es sich falsch an.

Der zweite Sambuca rann seine Kehle herunter.

»Du hast genug, Alex!«

Marc schaute zur Theke. Thomas stand neben dem betrunkenen Stammkunden, der auf dem Barhocker saß und sich mit den Armen auf der Theke abstützte.

»Ach, Quatsch. Ich sage, wenn ich genug habe. Bring mir noch eins. Hopp«, raunzte er Thomas an, dessen eigentlich immer freundliches Gesicht sich verfinsterte.

»Ich habe dich schon mal rausgeschmissen und mache es wieder, wenn du jetzt nicht bezahlst und gehst. Morgen kannst du gern wiederkommen. Aber schlaf erst mal deinen Rausch aus.«

Der Besoffene winkte ab und stand von seinem Hocker auf. Er murmelte eine leise Beleidigung, die Thomas souverän überhörte.

Dann zeigte er Thomas seinen Deckel, auf dem nur drei Striche zu sehen waren. Amüsiert bestand er darauf, nicht mehr getrunken zu haben.

»Die Striche auf der Rückseite des Deckels musst du auch bezahlen, Alex.«

»Welche Rückseite?«

»Dreh den Deckel um«, sagte Thomas, der langsam ungeduldig wurde. »Dreh ihn um, verdammt.«

Dreh ihn um! Der Satz traf Marc mit voller Wucht. So als hätte Thomas gerade etwas Bedeutsames gesagt. Etwas Lebensveränderndes. Augenblicklich vergaß Marc alles um sich herum. Thomas und den Besoffenen. Die laute Musik. Selbst das berauschende Gefühl, das der Schnaps bei ihm ausgelöst hatte.

Dreh ihn um! Hektisch kramte Marc in seiner Jackentasche und holte alle Tatortbilder raus, die er eben noch eingesteckt hatte. Wie ein Besessener durchwühlte er den Stapel, bis er fand, was er so dringend gesucht hatte. Er legte das Bild vor sich auf den Tisch und drehte es um hundertachtzig Grad.

»Oh mein Gott!«, stieß Marc hervor, bevor er alle Bilder wieder einsammelte und aufsprang. Der Stuhl hinter ihm fiel zu Boden. Aber das interessierte ihn nicht. Er musste sofort zu Stella.

Marc stürmte auf die Zülpicher Straße hinaus und winkte hektisch ein Taxi heran. Die frische Luft traf ihn wie ein Schlag ins Gesicht. Die drei Kölsch und ebenso viele Sambuca hatten ihre Wirkung nicht verfehlt. Doch er musste sofort zu Stella und betete, dass es noch nicht zu spät war.

Es dauerte nur Sekunden, bis ein Taxi vorbeikam. Erleichtert stieg Marc ein.

»Körnerstraße. Schnell!«, rief er dem irritiert schauenden Taxifahrer entgegen und fingerte sein Smartphone aus der Hosentasche.

Es tutete dreimal, dann nahm zu Marcs Erleichterung jemand ab.

»Tino Pfeiffer«, erklang die freundliche Stimme am anderen Ende.

»Herr Pfeiffer, ich brauche Ihre Hilfe.« Stille. »Herr Pfeiffer? Marc Bauer hier.«

»Ich weiß, wer da ist. Sie sind an Dreistigkeit nicht zu übertreffen. Heute Morgen kommen Sie in mein Haus, horchen mich aus und drohen mir mit dem Jugendamt. Und jetzt soll ich Ihnen helfen? Wie käme ich denn dazu?«

Marc verzog das Gesicht. Er hatte keine Sekunde daran gedacht, dass es eine schlechte Idee sein könnte, Johannas Vater anzurufen. Nachdem er am Morgen dessen Villa verlassen hatte, hatte er die Aufnahme an eine Freundin vom Jugendamt geschickt, mit der Bitte, dem Mädchen zu helfen. Marc überdachte seine Optionen. Er brauchte die Information. Koste es, was es wolle.

»Gerade weil ich die Aufnahme habe, rufe ich Sie an, Herr Pfeiffer. Ich schlage Ihnen ein Geschäft vor. Sie geben mir eine Information, und das Jugendamt wird von unserem Gespräch nie etwas erfahren«, log Marc. Er hasste es, zu lügen. Unter normalen Umständen hätte er dieses Mittel niemals gewählt, aber er musste Gewissheit haben.

»Nun gut. Was möchten Sie wissen?«

## 48

Das Taxi hielt vor Stellas Haus. Marc ging mit schnellen Schritten durch das Tor. Der Innenhof war dunkel. Es war fast Mitternacht, und eine dünne Tauschicht hatte sich über Köln gelegt. Marc fürchtete sich nicht im Dunkeln. Aber heute war das anders. Die Schwärze des Innenhofs umhüllte ihn bedrohlich. Der efeubewachsene Eingang des Hauses wirkte wie das Tor zu einer anderen Welt. Das, was er in der letzten halben Stunde erfahren hatte, veränderte alles. Er drückte auf die Türklingel. Es dauerte eine gefühlte Ewigkeit, bis das erlösende Brummgeräusch zu hören war. Gott sei Dank, sie war zu Hause.

»Ich dachte, du wolltest heute zu Hause schlafen?«, sagte Stella sichtlich überrascht, als Marc die Haustür aufgedrückt hatte.

Marc reagierte nicht und eilte die Treppe in den ersten Stock hinauf, wo Stella an ihrer Wohnungstür wartete. Seine Gedanken kreisten. Stella drückte ihm zur Begrüßung einen Kuss auf, den Marc nicht erwiderte. Gedankenverloren betrat er den Flur und ging ins Wohnzimmer, ohne die Jacke abzulegen.

»Was ist denn los mit dir? Ist was passiert?«

Marc schaute in Marilyns düstere Augen, die ihn verheißungsvoll von der Wand aus anstarrten. »Bitte setz dich. Ich muss mit dir reden.«

»Bist du betrunken?«, fragte sie irritiert.

»Setz dich«, wiederholte Marc bestimmt.

Er konnte Stellas sorgenvolles Gesicht sehen. Sie wirkte verwirrt von seinem Verhalten. Ein Teil in ihm wollte sie umarmen und küssen. Ihr sagen, dass alles gut würde. Aber das konnte er nicht.

»Ich habe mit Tino Pfeiffer gesprochen.«

Stella schaute ihn abwartend an.

»Er hat mir gesagt, dass Johanna schon vor Nicole Dabrowskis Tod schwer verstört war. Ihr geistiger Zustand hatte sich in den Wochen vor der Entführung ihrer Mutter zunehmend verschlechtert, weshalb er sie in Therapie geschickt hat.« Marc holte tief Luft. Er zitterte vor Aufregung. »Nachdem die Keiler-Söhne wegen ihrer Misshandlungen mehrfach ins Krankenhaus mussten und ihre Mutter das Jugendamt überzeugen konnte, dass sie sich gegenseitig verletzten, wurde eine Therapie angeordnet. Und ich würde wetten, dass auch Elif Kaya wegen ihrer schlimmen Blessuren in einer Therapie war.«

»Worauf willst du hinaus?«

»Ich habe Tino Pfeiffer nach dem Namen des Therapeuten gefragt, der Johanna behandelt hat. Weißt du, was er gesagt hat?«

Stella schaute Marc betroffen an. »Vermutlich hat er meinen Namen genannt.«

Obwohl Marc es bereits wusste, traf ihn ihr Eingeständnis wie ein Schlag.

»Du hast recht. Johanna war meine Patientin. Genauso wie Marvin und Felix Keiler. Und seit Kurzem auch Elif Kaya. Ich weiß, es muss dich sehr enttäuscht haben, als du es rausgefunden hast, aber ich bin auf Gewaltverbrechen spezialisiert. Die vier waren bei mir in Behandlung.«

»Warum hast du mir das nicht erzählt?«

Stella saß am Tisch wie ein Häufchen Elend. Sie hatte schon einen Pyjama für die Nacht angezogen, was sie noch verletzlicher erscheinen ließ.

»Marc, ich nehme meinen Job sehr ernst. Die Schweigepflicht ist für mich eine sehr ernste Sache. Ich habe eine Verantwortung für meine Patienten. Wir kennen uns noch nicht lange, und du bist Reporter. Natürlich habe ich dir nichts verraten. Aber seit den schrecklichen Morden habe ich alle an Kollegen abgegeben. Ich wollte keinen Interessenskonflikt riskieren. Danach habe ich nichts gesagt, weil sich das Problem gelöst hatte. Sie sind keine Patienten mehr von mir.« Sie lächelte Marc versöhnlich an. Ihm wiederum war nur noch übel. Er hatte mit vielem gerechnet, aber nicht mit weiteren Lügen. Er schaute die Frau an, die er glaubte zu lieben. Der er sein Leben anvertraut hatte. Er nahm ein Foto aus seiner Tasche und legte es vor Stella auf den Tisch.

»Was ist das?«, fragte sie sichtlich verwirrt.

»Ein Foto vom Keiler-Tatort, das weder ich noch die Polizei veröffentlicht haben. Die letzte Nachricht von Josef Keiler.«

»Was soll das heißen? ›M5‹?«

»Das habe ich mich auch lange gefragt. Er hat die Nachricht mit seiner Uhr in den Holzschrank gekratzt, in dem er kurz darauf seinen Tod fand.« Er schaute in die dunkle Leere von Stellas Wohnung. Er konnte ihr nicht in die Augen schauen. »Ich habe mir die letzten Wochen den Kopf darüber zerbrochen, was das heißen kann, ›M5‹. Auch die Polizei und meine Redaktionskollegen kamen nicht dahinter. Jetzt weiß ich es.«

Er schaute Stella direkt in die Augen. Er wollte ihre Reaktion sehen. »Keiler hing bereits da, als er die Nachricht einkratzte. Er hatte keinen Kontakt zum Boden. Er muss sich unkontrolliert gedreht haben, während er die Nachricht einritzte. Deshalb war seine Arbeit nicht so akkurat, wie er es sich sicher gewünscht hätte. Die Initialen sind nicht zu erkennen, stattdessen liest man fälschlicherweise ›M5‹.«

»Welche Initialen denn?«, fragte Stella.

Marc griff nach dem Foto und drehte es um. Das »M5« stand nun kopf. Zu lesen war jetzt »SW«. Stellas Initialen.

»Du bist der Racheengel.«

Mit einem Mal schien die Finsternis, in der Stella bislang geduldig gesessen und zugehört hatte, Macht von ihr zu ergreifen. Ihre stahlblauen Augen funkelten eisig in seine Richtung, während sich ihr unschuldiger Gesichtsausdruck zu einem fratzenhaften Lächeln verzog. Sie stand auf und stellte sich hinter ihren Stuhl.

»Du kanntest Keilers Schwäche für schöne Frauen. Da er dir nie begegnet war, konntest du das für dich nutzen. Du bist ihm gefolgt, als er aus der Kneipe im Severinsviertel kam, und hattest leichtes Spiel, ihn zu verführen. Weil du wusstest, dass er kein Problem damit haben würde, Geld anzunehmen, hast du ihm Geld für das Hotelzimmer gegeben und ihm vorgemacht, dass du mit ihm die Nacht verbringen willst. Du hast drauf geachtet, dass die Kameras dich nicht aufnehmen und der Nachtportier dich nicht mit ihm in Verbindung bringt. Doch dann hast du einen Fehler gemacht.«

»Stimmt«, sagte Stella aus der Dunkelheit. »Ich habe ihm meinen Namen verraten. Er sollte wissen, warum er starb. Ich hatte keine Ahnung, dass das Schwein eine Nachricht hinterlassen konnte.« Ihr Grinsen wurde zu einem breiten Lächeln. »Bravo, Marc. Du hast mich erwischt. Aber du hast wirklich lange gebraucht, wenn man bedenkt, dass du die ganze Zeit mit der Mörderin geschlafen hast.«

Marc hatte nun Gewissheit. Die Frau, die er liebte, hatte diesen Menschen unvorstellbare Qualen verschafft. Er hatte damit gerechnet, dass sie sich ertappt fühlen würde, zu fliehen versuchen oder ihn angreifen würde. Stattdessen stand sie ganz still und betrachtete ihn, als würde sie die Situation genießen, als wollte sie seine ganze Verletzlichkeit aufsaugen.

»Du musst mich für ein Monster halten. Dabei bin ich das genaue Gegenteil. Ich bin eine Monster-Jägerin.« Sie musste auflachen. »Die Opfer, wie du sie nennst, waren schreckliche Menschen. Sie haben ihre Familien tyrannisiert und missbraucht und dabei keine Reue gezeigt. Und was hat die Gesellschaft getan? Nichts. Keiler konnte machen, was er wollte. Das Jugendamt hat sich mit dem Märchen zufriedengegeben, die Jungs würden sich gegenseitig würgen. Johanna wurde eingesperrt. Sie wäre fast verhungert, und ihre Mutter? Die wurde in der Klatschpresse für ihre Partys gefeiert. Und dieser Fathi Kaya«, sie wirkte angewidert, »hat seine Schwester verstümmelt. Alle wussten, dass er es war. Die Polizei, die Presse, sogar seine Familie – und keiner hat etwas unternommen. Und keiner von ihnen hat Reue gezeigt. Alle haben so weitergemacht wie immer. Erst als mir die schrecklichen Geheimnisse anvertraut wurden, konnte ich für Gerechtigkeit sorgen.«

Sie löste sich von ihrem Stuhl und ging in die Küche. Marc ließ sie nicht aus den Augen. In aller Ruhe nahm sie ein Glas aus dem Schrank, holte den Öffner aus einer Schublade und öffnete eine Flasche Wein. Sie hatte soeben drei Morde gebeichtet, redete aber so gelassen, als würde sie Marc von einem normalen Arbeitstag erzählen.

Sie nahm einen Schluck aus dem Glas und schlurfte langsam zur Couch, wo sie sich hinsetzte. Marc war zutiefst beunruhigt. Ihr entspanntes Verhalten versetzte ihn in Alarmbereitschaft. Er verspürte den Impuls, sie zu überwältigen, aber Stellas Körpersprache hatte nichts Bedrohliches. Sie erzählte einfach weiter, während sie ihre Füße wie immer unter eine Decke schob.

»Ich bin es ja selbst schuld. Ich war zu leichtsinnig. Die Verbindung zwischen Fathi und Elif war zu offensichtlich. Aber ich hätte sie doch nicht im Stich lassen können. Ich musste das Risiko eingehen.«

Marc war sprachlos. Er setzte sich erschöpft auf die Couch, weit genug weg, um sie genau im Auge behalten zu können.

»Du hast drei Menschen getötet. Vielleicht sogar mehr, von denen ich gar nichts weiß. Du kannst doch nicht wirklich glauben, dass du damit für Gerechtigkeit sorgst?«

Ihr gefiel, dass er aus sich rauskam. Sie begann zu lachen. »Weißt du, was witzig ist?« Sie schaute auf die Couch, auf der beide saßen. »Erinnerst du dich an die Nacht, die wir hier auf der Couch verbracht haben? Als du geklingelt hattest und plötzlich vor meiner Tür standst, kam ich gerade aus der Fabrikhalle. Ich hatte gerade Fathi umgebracht, und kurz drauf hatten wir Sex. Und du hattest keine Ahnung.«

Sie lachte. Marc kämpfte gegen den Impuls, sich zu übergeben.

»Ich dachte …«, stammelte Marc ungläubig.

»Wir wären verliebt?«, ergänzte Stella den Satz. »Ich muss gestehen, du hast mir gefallen. Als du in meiner Praxis aufgetaucht bist, wollte ich dich. Auch dass du dich für meine Arbeit interessiert hast, fand ich irgendwie sexy, aber dann hast du mir das von Knorr erzählt. Kannst du dir vorstellen, was es für ein Gefühl war, festzustellen, dass der Mann, den ich mochte, genauso ein Monster war wie all die anderen, die den Tod verdient hatten? Weißt du, was du mir da angetan hast, Marc?« Ihre Augen glühten vor Hass. Das Grinsen war verschwunden. »Ich habe mir die Entscheidung nicht leicht gemacht. Aber du bist nicht besser als Josef Keiler oder Fathi Kaya. Du hast den Jungen psychisch misshandelt und ihn mit deiner Hetzjagd in den Tod getrieben. Du verdienst es nicht, zu leben. Kannst du dir vorstellen, wie es für mich war, dich nach deinem Geständnis wieder in mein Leben zu lassen? Wie angewidert ich war, mit dir das Bett zu teilen?«

Marc konnte es sich vorstellen, denn er hatte am heutigen Abend erfahren, dass er mit einer Psychopathin das Bett geteilt hatte. »Du hast auf Zeit gespielt, um die Entführung vorzubereiten.«

Stella nickte beiläufig und nahm einen Schluck aus dem Weinglas. »Dann ist mir dieser Vogt in die Quere gekommen. Ich hatte in der Fabrikhalle gerade alles vorbereitet, da hörte ich sein Auto vor der Tür parken. Ich hatte erst überlegt, ihn auch umzubringen, aber das war zu riskant.«

»Stattdessen hast du dich ausgezogen und selbst in den Käfig gesperrt.«

»Es war ein wenig Überwindung nötig, den Käfigschlüssel zu schlucken und mir deine gebrauchte Nadel in den Hals zu schieben, aber es hat ja funktioniert. Die haben mir das abgekauft«, kicherte sie amüsiert vor sich hin.

Marc starrte Stella fassungslos an. Ihre Wohnung war in den letzten Tagen zu seinem sicheren Hafen geworden, wo er sich fallen lassen konnte. Jetzt fühlte er eine andere Art von Fallen. Er verlor jeglichen Halt.

»Und warum hast du mich nicht getötet?«

»Sei doch nicht so ungeduldig.«

In einer Millisekunde warf Stella Marc ihr Weinglas ins Gesicht und stürzte sich auf ihn. Ihr Ellenbogen traf dabei mit voller Wucht seine Nase, die unter einem lauten Knacken brach. Noch ehe er wusste, wie ihm geschah, spürte er die Nadel in seinem Hals. Als sie in der Küche den Flaschenöffner gesucht hatte, hatte sie offenbar die Gelegenheit genutzt und die Spritze eingesteckt.

»Du hast mich betäubt«, stammelte Marc. Sein Kopf dröhnte, Blut lief ihm aus der Nase über den Mund.

»Nein, Schatz«, sagte sie grinsend. »Diesmal gehe ich auf Nummer sicher. Das ist Gift.«

Sie gab Marc einen Kuss auf die Lippen und senkte den Kolben langsam, um die giftige Flüssigkeit in seinen Organismus zu pumpen. Ein brennender Schmerz breitete sich in Marcs Körper aus. Der Raum begann sich zu drehen. Langsam verlor er das Bewusstsein. Es war anders als in der Fabrikhalle. Es war endgültiger. Er spürte, dass sein Körper aufgab. Seine Atmung wurde schwerer, was auch an Stellas Körper lag, den sie so auf ihm platziert hatte, dass er keine Chance hatte, sich zu befreien. Erst kämpfte er noch gegen sein Schicksal an, doch dann gab er auf. Er wusste, dass er sterben würde. Dann wurde es dunkel.

## 49

Es war ein sonniger Tag, als Stella, die damals noch Sarah Winter hieß, in Remscheid geboren wurde. Ihre Mutter weinte, als die Hebamme ihr das Neugeborene auf den Bauch legte. Es waren Tränen der Erleichterung. Die letzten Monate hatte die sechzehnjährige Anja Winter auf Schmerztabletten und Alkohol verzichten müssen. Ihre Mutter hatte sie während der Schwangerschaft auf Entzug gesetzt, um das Neugeborene vor Schaden zu bewahren. Das Kind war Anja egal. Sie war nur erleichtert, dass sie ihr Leben wiederhatte, jetzt, wo das Baby endlich aus ihr raus war. Zwei Tage später verließ sie das Krankenhaus. Nachdem sie Sarah bei ihrer Mutter Gisela abgegeben hatte, traf sie sich mit ihren Freunden und trank, was sie in die Hände kriegen konnte. So lange hatte sie verzichten müssen, doch damit war nun Schluss.

Da ihre Mutter nichts taugte, wuchs Sarah im Haus ihrer Oma Gisela auf. Ihren Vater kannte sie nicht, nicht mal seinen Namen. Schon mit drei Jahren begann die kleine Sarah zu verstehen, dass sie das Leben ihrer Mutter ruiniert hatte. Anja Winter wollte niemals ein Kind. Sarah tat ihr Bestes, ihrer Mutter zu gefallen. An die Schläge und Tritte gewöhnte sie sich dennoch nie. Wenn ihre Mutter getrunken hatte, war es besonders schlimm. Und sie trank oft.

Als Sarah ein Teenager war, fand sie heraus, warum Anja so wütend war. Auch sie hatte zeitlebens Probleme mit einem Elternteil gehabt. Ihr Vater, Sarahs Opa, war verwundet aus dem Zweiten Weltkrieg nach Hause gekommen. Er hatte Hitlers Niederlage nicht verdaut und ließ den Frust an seiner Familie aus. Er trank viel und schlug Gisela, Anja und deren Geschwister regelmäßig. Sarah fand es interessant, dass ihre Mutter dasselbe mit ihr machte, was ihr Vater mit ihr gemacht hatte. Das war die Zeit, in der sie entschied, Psychologin zu werden. Sie wollte die Logik hinter der Gewalt verstehen, und ein bisschen hatte sie auch die Hoffnung, ihrer kranken Mutter helfen zu können.

Sarah Winters Noten ließen ein entsprechendes Studium zu, und ihre Oma Gisela machte ihr Mut. Sie war die Einzige, die sie immer unterstützte und ihr zuhörte. Es schien so, als wollte sie das wiedergutmachen, was sie bei ihrer Tochter versäumt hatte. Als Sarah ihrer Mutter an einem Abend von ihrem Traum erzählte, Psychologin zu werden, lachte Anja sie aus. Es war Sarahs Schuld. Sie hatte nicht bemerkt, dass ihre Mutter zugedröhnt war. Sie hätte es ihr zu einem anderen Zeitpunkt erzählen müssen. Wenn sie nüchtern war. Doch es war zu spät. Anja lachte sie aus und schrie sie an. Insgeheim war sie wohl neidisch, dass ihre Tochter eine Chance auf ein besseres Leben hatte, während sie als Kassiererin im Bergischen versauerte. Es kam für Sarah sehr unerwartet, als ihre Mutter die Wodkaflasche nahm und ihr damit ins Gesicht schlug. Das Glas zerbrach in ihrem Gesicht. Die Narbe an der Stirn war beachtlich.

Gewalttätig war Sarah nicht. Sie kompensierte ihre Wut mit Sport. Wegen ihrer schlanken Figur sah man es nicht direkt, aber sie war sehr muskulös. Vor allem Krafttraining machte sie gern und viel. Es half ihr. Auch bei den Jungs. Wegen ihrer definierten Kurven und den strahlend blauen Augen mochten die Jungs sie, aber sie hatte kein Interesse an einer Beziehung. Niemals hätte sie einen Jungen mit nach Hause bringen können. Im Laufe ihres Lebens sollte sie oft Sex mit unterschiedlichen Männern haben, aber die Liebe sollte sie nie finden.

Es war ein verschneiter Tag, als Sarah mit einem Buch auf der Couch lag. Sie war gerade neunzehn geworden. Eigentlich wollte sie schon im Bett sein. Es war schon spät, und sie wusste, dass ihre Mutter nicht nüchtern sein würde. Doch sie war so in ihr Buch vertieft, dass sie es gar nicht bemerkte, als ihre Mutter nach Hause kam. Es war ein besonders harter Tag für Anja gewesen. Ihr Freund hatte sie verlassen. Sie machte ihre Tochter dafür verantwortlich. Sarah versuchte Anjas Beschuldigungen nicht an sich ranzulassen, sie kannte das bereits. War damit aufgewachsen.

Die Situation eskalierte schnell. Es begann mit Schreien und Weinen. Anja war sehr aufgebracht. Als sie Sarah aber vorwarf, mit ihrem Freund geschlafen zu haben, und unkontrolliert auf sie einzuschlagen begann, war Sarahs neunzehn Jahre währende Geduld aufgebraucht.

Wenige Sekunden später schaute Sarah überrascht auf den Fußboden vor sich. Die Blutlache, die sich über dem Kopf ihrer Mutter ausbreitete, hätte sie wohl traurig oder ängstlich machen sollen, doch stattdessen spürte sie ein Gefühl, das sie bisher nicht kannte: Frieden. Die Wodkaflasche, die Sarah ergriffen hatte, um ihrer Mutter den Schädel einzuschlagen, war dieses Mal nicht zerbrochen.

Gisela hatte schon immer in Remscheid gewohnt und hatte sich insbesondere nach dem Tod ihres Mannes ein beachtliches Netzwerk aufgebaut. Darum war es ein Leichtes für sie, den Tod ihrer Tochter als Unfall in die Akten eingehen zu lassen. Der Tod eines Junkies interessierte keinen in der Stadt. Sie war es auch, die Sarahs Namen ändern ließ und sie als Stella nach Köln schickte. Sie wünschte sich einen Neuanfang für ihre Enkelin. Und der Plan ging auf. Stella begann ihr Psychologiestudium und wurde eine angesehene Psychologin für Gewaltverbrechen.

Ihre Oma Gisela erlebte das nicht mehr mit. Sie starb kurz nach dem Umzug ihrer Enkelin. Mit einem Lächeln im Gesicht und der Überzeugung, dass sie die Welt durch ihre Lüge ein bisschen besser gemacht hatte.

# 50

Den Tod hatte Marc sich anders vorgestellt. Er war nicht sonderlich spirituell oder gläubig, aber er hatte die Vorstellung, dass nach seinem Tod nicht viel mehr als ein Energieschweif von ihm übrig bleiben würde, was manch einer »Seele« nennen würde. Doch stattdessen spürte er sich. Seinen Körper. Seine Gedanken. Erst als er die Augen langsam öffnete, verstand er, dass er lebte. Er hörte ein durchdringendes Piepsen und roch den stechenden Geruch von Desinfektionsmitteln. Er befand sich in einem Krankenhaus.

»Willkommen zurück«, sagte eine vertraute Stimme. »Sie müssen damit aufhören, immer im Krankenhaus zu landen.« Marc schaute sich in dem Zimmer um und erblickte Degner, der ihn mit einem erleichterten Gesichtsausdruck betrachtete.

»Ich dachte, ich wäre tot«, sagte Marc mit brüchiger Stimme.

Degner schaute ihn ernst an. »Das waren Sie auch. Wir waren gerade noch rechtzeitig im Krankenhaus. Stella Winter hatte Ihnen nur die halbe Dosis Gift verpasst. Das war Ihr Glück.«

Marc verstand nicht ganz. »Warum das? Sie wollte mich töten.«

»Daran besteht kein Zweifel. Sie hätte es sicher auch zu Ende gebracht. Gut, dass Sie mich informiert haben, dadurch war ich noch rechtzeitig da.«

Marc begann sich langsam zu erinnern. Nachdem er Pfeiffer angerufen hatte, um den Namen von Johannas Therapeutin in Erfahrung zu bringen, hatte er sofort Degner angerufen und ihn aufgeklärt.

»Das war wirklich knapp. Warum haben Sie nicht auf mich gewartet?«, ermahnte ihn der Kommissar.

Marc schüttelte den schmerzenden Kopf. »Ich musste mit ihr allein sprechen. Ich hatte noch eine kleine Resthoffnung, dass ich falschlag. Ich musste es von ihr hören. Konnten Sie sie festnehmen?«

Degner schaute ihn ein wenig mitleidig an. »Sie erinnern sich nicht, oder?«

Marc schaute ihn fragend an.

»Nachdem Sie mich angerufen hatten, bin ich sofort zur Wohnung gefahren. Ihre Anschuldigungen waren konkret genug, dass ich die Tür aufbrechen konnte. Gerade als ich mir Zutritt verschafft hatte, stürzte Stella Winter sich auf Sie. Als ich begriff, was vor sich ging, habe ich das Feuer eröffnet. Sie hat es nicht geschafft«, fügte Degner betroffen hinzu.

Marc dröhnte der Kopf – und das lag nicht an den Substanzen in seinem Blut. Er wusste nicht, was er fühlen sollte. Ein Teil in ihm wollte trauern, doch dann erinnerte er sich wieder an die Fratze der eiskalten Mörderin, die ihm fast das Leben genommen hatte.

»Wir haben in Stellas Praxis einen verschlossenen Aktenschrank gefunden, der nur die Fälle dokumentiert, in denen sie als Racheengel aktiv geworden ist.« Er hielt kurz inne. »Marc, es scheint so, als gäbe es noch weitere Opfer. Wir werden Monate brauchen, um das aufzuarbeiten.«

Degner merkte offenbar, dass Marc zu stark benommen und überfordert war. »Ich lasse Sie einen Moment allein. Ich komme in einer Stunde noch mal, um Ihre Aussage aufzunehmen.«

Einige Minuten starrte Marc bewegungslos vor sich hin. Er konnte nicht fassen, welche Wendung dieser Tag genommen hatte. Er nahm sein Handy, öffnete Excrime.de und erschrak, als er sich selbst erkannte. Der Aufmacher der Website zeigte das Bild einer Krankentrage, die gerade in einen Rettungswagen geschoben wurde. Der Wagen stand vor Stellas Haus, der Mann auf der Trage war er selbst. »Todeskampf für die Wahrheit«, war über dem Artikel zu lesen. Die Story fasste grob die Ereignisse der Nacht zusammen. Marc wurde darin als heldenhafter Excrime-Reporter gefeiert, der die Kölner Graffiti-Mörderin zur Strecke gebracht hatte.

Marc legte das Handy beiseite. Sein Kopf dröhnte immer noch höllisch. Seine Nase war gebrochen. Er fühlte sich genauso verloren wie vor einem Jahr. Eine Story hatte sein Leben zerstört und eine Frau sein Herz auf bestialische Weise gebrochen. Er war wieder allein.

Es klopfte an der Krankenhaustür. Vogt steckte seinen Kopf ins Zimmer. »Sie haben Besuch. Eine Paula Lenze will Sie sehen. Ist das okay?«

Marc war wie vom Schlag getroffen. Paula war gekommen. Er spürte eine Mischung aus Aufregung und Freude und bat Vogt, den Gast reinzulassen.

Er spürte es deutlich. Ein neues Kapitel in seinem Leben würde schon bald beginnen.

# Danksagung

Wenn Sie diese Danksagung lesen, gehe ich davon aus, dass Sie das Buch gelesen haben. Daher möchte ich zuerst Ihnen danken. Es ist mein erstes Buch, insofern freue ich mich über Anregungen, Feedback, Lob und Kritik. Schreiben Sie mir gern: mail@schmidtwiemueller.de

Darüber hinaus möchte ich vielen Leuten danken, und es wäre schrecklich, jemanden zu vergessen. Sollte ich es dennoch tun, bitte unbedingt unter der besagten Mailadresse beschweren. Im nächsten Buch gibt es dann eine Sondererwähnung.

Mein erster und größter Dank geht an meine Frau Nina, die die Geburtsstunde von Marc und Stella mit dem ein oder anderen Wein am Whiteboard begleitet, mir den Rücken freigehalten und mich ermutigt hat, meinen ersten Roman zu verfassen. Dann danke ich meinem Sohn. Auch wenn er mit seinen fünf Jahren keinen Beitrag zum Buch geleistet hat, soll er Erwähnung finden. Ähnlich verhält es sich mit meinen Eltern. Ohne sie wäre ich schließlich nicht hier.

Ich danke meiner Lektorin Marion Heister und meinem lieben Freund Martin Kiedrowski dafür, dass sie mich textlich gut aussehen lassen, ebenso Lisa Wölle, die mich vor so manchem Tippfehler bewahrt hat. Ein besonderer Dank gilt auch meiner Mentorin Christina Gruber für die jahrelange Inspiration und ihrem Mann Thomas, der mir Einblicke in die Polizeiarbeit gewährt hat. Ich danke Chris Warnat, meiner Autorenfreundin, die mich immer wieder angetrieben hat.

Auch meinen lieben Freundinnen Conny, Sabrina und Kim, die mich immer wieder ermutigen zu schreiben und bis heute bereitwillig alles lesen, was ich ihnen vorlege, möchte ich danken. Ebenso meiner Schwester Anke, die mit ihrem tollen Feedback dafür gesorgt hat, dass ich mit der Veröffentlichung endlich aus dem Quark gekommen bin. Ferner Dany, Heiko und Esther, die sich ebenfalls als Erstleser zur Verfügung gestellt haben, Serhat, der mir in einigen Kapiteln geholfen hat, die türkische Brille korrekt aufzusetzen, und last but not least Britta Heckeroth und Thomas Ziemann, die drauf bestanden haben, im Buch vorzukommen, und denen ich durch ihre besonderen Charaktere die Basis für die Figuren Brit und Thomas zu verdanken habe.

Danke auch an alle, die ich vergessen habe, und an die, die auch den zweiten Teil der Excrime-Reihe lesen werden.